KB141803

책에 미친 바보

조선의 독서광 • 이덕무 • 산문선

책에 미친 바보

조선의 독서광 • 이덕무 • 산문선

초판 1쇄 발행 2022년 2월 28일

지은이 | 이덕무
옮긴이 | 권정원

펴낸곳 | (주)태학사
등록 | 제406-2020-000008호
주소 | 경기도 파주시 광인사길 217
전화 | 031-955-7580
전송 | 031-955-0910
전자우편 | thspub@daum.net
홈페이지 | www.thaehaksa.com

편집 | 조윤형 여미숙 김선정
디자인 | 한지아
마케팅 | 김일신
경영지원 | 정충만
인쇄·제책 | 영신사

값 14,500원

ISBN 979-11-6810-054-1 03810

책임편집 | 조윤형
북디자인 | 이윤경

조선의 독서광 이덕무 산문선

지극히 소소하고 반짝이는 것들에 관한 이야기

책에 미친 바보

이덕무 지음 ㅡ 권정원 옮김

태학사

일러두기

1. 이 책은 이덕무의 『청장관전서(靑莊館全書)』(규장각본, 서울대 고전간행회, 1966)에서 가려 뽑은 글들을 번역한 것이다. 그중 『이목구심서(耳目口心書)』는 분량이 방대하고 내용이 다양하여 몇 가지 주제별로 선별하여 번역했고, 그 외 글들은 모두 전문(全文)이다.
2. 각 글의 제목은 원제목과 관계없이 내용을 대변할 수 있도록 옮긴이가 지어 붙였다. 원래 제목이 없는 글, 선별해서 새로이 묶은 글의 제목도 마찬가지다.
3. 각 글 뒤에는 내용 이해에 도움이 될 만한 옮긴이의 짤막한 해설을 덧붙였고, 그 끝에 글의 원제목과 저술 시기를 밝혀 놓았다.
4. 본문 중 괄호 안의 주석, 그리고 별도의 각주는 모두 옮긴이가 단 것이다.

시대를 초월하는 공감, 감수성으로 말하다

학계에서 이덕무를 주목하는 이유는 크게 두 가지이다. 하나는 조선 후기 대표적 소품문小品文 작가로서 감성적 글쓰기를 했다는 것이고, 또 하나는 박학博學의 학자라는 것이다. 소품과 박학은 18세기 이래 조선 학계에서 일어난 변화의 산물이다.

'소품'은 공리성을 배제한 짧고 감성적인 산문을 일컫는다. 조선 후기에 유행했던 소품문은 중국 명나라 말기 문단의 영향을 절대적으로 받았다. '박학'은 학식이 넓은 것을 말하는 것으로, 서적 열독의 결과물이다. 따라서 당대에 유통되던 서적의 양에 비례한다. 조선 시대의 서적은 조선 후기에 와서 대량 확대되었고, 특히 중국 북경으로부터 수입된 서적은 문단에 큰 영향을 끼쳤다. 즉, 조선 후기 문단에 명말청초 문집이 대량 유입되면서 새로운 문풍과 학풍의 변화가 일어났던 것이다. 그리고 이러한 변화에 가장 예민하게 반응했던 인물 중 하나가 이덕무였다.

이덕무는 스스로를 '책에 미친 바보[看書痴]'라 부르고, 자신이 거처하던 곳을 '구서재九書齋'라 이름 붙일 만큼 독서를 좋아하였다. 그래서 평생 동안 읽은 책이 2만 권이 넘는다고 한다. 독서와 저술로 일생을 보낸 이덕무였기에, 당시 조선에 유입된 명말청초 문집을 열독하였고, 그 결과가 소품과 박학으로 표출되었다.

이 책은 이덕무의 소품문을 모아 번역한 것이다. 이덕무의 저작은

『청장관전서靑莊館全書』라는 문집으로 남아 있는데, 71권 32책의 대단히 방대한 양이다. 그중 이덕무 문학의 정수는 단연 소품문이라 하겠다. 따라서 이 책을 읽으면 이덕무 문학의 정수를 접할 수 있을 뿐만 아니라, 18세기 조선에서 유행했던 최신의 문장을 감상할 수 있을 것이다.

하루가 다르게 변화하는 세상이다. 밀레니엄이니 세기말이니 하는 용어들이 판을 치던 세상을 지나 우리는 21세기의 세상을 살아가고 있다. 지면보다 화면이 대중적이고, 책보다는 TV나 영화와 같은 영상매체가 대세인 시대다. 이런 시대에 18세기 조선의 글을 읽는다는 것이 무슨 의미가 있을까?

고전古典이라 불리는 책들이 있다. 시대를 초월해서 공감할 수 있는 책을 말한다. 그런데 지금 우리는 이덕무의 글을 고전이라 부를 수 있을까? 이덕무의 글에는 대단한 가르침도, 훌륭한 인생의 지침도 없다. 하지만 인간의 희로애락을 애써 감추지 않고, 자신이 보는 세상을 있는 그대로 드러내었다. 이것이 이덕무 소품문의 미덕美德이다. 그리고 이것이 21세기를 살아가는 우리에게 공감을 일으킨다. 성인의 거창한 말씀은 아닐지라도, 시대를 초월해서 서로의 감성을 보듬어 줄 수 있는 글이 필요하다면, 우리에게 이덕무 글은 여전히 읽을 만할 것이다. 감수성으로 충만한 그의 글이 지금의 우리에게 조그마한 위안이 되길 바란다.

2022년 2월

권정원

차례

1

책에 미친 바보

2
복숭아나무 그늘 아래에서

3
나를 경계하며

4
듣고 보고 말하고 느낀 것들

5

벗들과의 대화

1

책에
미친 바보

"때로는 조용히 아무 소리 없이

눈을 휘둥그레 뜨고는 뚫어지게

바라보기만 하다가,

때로는 꿈꾸는 사람처럼

혼자 중얼거리기도 하였다.

이에 사람들이 그를 가리켜

'책에 미친 바보(看書痴)'라고 불렀지만

그 또한 기쁘게 받아들였다."

책에 미친 바보

목멱산木覓山(남산) 아래 어리석은 사람 하나가 살았다. 말씨는 어눌하고, 성품은 게으르고 졸렬해서 세상일을 알지 못하였으며, 바둑이나 장기 같은 잡기는 더더욱 알지 못하였다. 남들이 욕을 하여도 변명하지 않았고, 칭찬을 하여도 잘난 척하지 않았으며, 오직 책 보는 일만을 즐거움으로 삼았기에 춥거나 덥거나 배고프거나 병드는 것에도 전혀 아랑곳하지 않았다.

어릴 때부터 스물한 살이 될 때까지 하루도 옛 책을 손에서 놓은 적이 없었다. 그의 방은 매우 작았지만, 그래도 동쪽·서쪽·남쪽 삼면에 창이 있어 동쪽에서 서쪽으로 해 가는 방향을 따라 빛을 받아가며 책을 읽었다. 행여 지금까지 보지 못했던 책을 보면 문득 기뻐서 웃고는 했기에, 집안사람들 누구나 그가 웃는 모습을 보면 기이한 책을 얻은 줄 알았다.

특히 두보杜甫의 오언율시를 좋아하던 그는 골똘히 시를 생각할 때면 앓는 사람처럼 읊조리기도 하였다. 그러다가 심오한 뜻을 깨치기라도 하면 매우 기뻐하며 일어나 이리저리 왔다 갔다 했는데, 그 소리가 마치 갈까마귀가 우짖는 듯하였다. 때로는 조용히 아무 소리 없이 눈을 휘둥그레 뜨고는 뚫어지게 바라보기만 하다가, 때로는 꿈꾸는 사람처럼 혼자 중얼거리기도 하였다. 이에 사람들이 그를 가리켜 '책에 미친 바보[看書痴]'라고 불렀지만 그 또한 기쁘게 받아들였다. 그의 전기를 지어 주는 사람이 없기에 붓을 들어 그에 관한 일을 쓰고는 「간서치전看書痴傳」이라 한다. 그의 이름과 성은 기록하지 않는다.

이덕무가 21세(1761) 때 독서를 좋아하는 자신에 대해 직접 쓴 전기다.

이덕무는 천성적으로 책을 좋아했다. 네댓 살 때에 아이가 보이지 않아 집안사람들이 이리저리 찾아다니다가 저녁때에야 관아 뒤 풀더미 속에서 찾았는데, 그때 꼬마 덕무는 벽에 새겨진 옛글을 보는 데에 몰두해서 날이 저무는 줄도 몰랐다고 한다.

열여덟아홉 살 때에는 자신이 거처하던 곳에 구서재九書齋라는 이름을 붙였다. 구서는 독서讀書·간서看書·장서藏書·초서鈔書·교서校書·평서評書·저서著書·차서借書·폭서曝書를 말하는데, 독서는 입으로 소리 내어 읽는 것이고, 간서는 눈으로 읽는 것이며, 장서는 책을 소장하는 것이고, 초서는 중요한 부분을 베껴 가며 손으로 읽는 것이다. 교서는 교정해 가며 읽는 것이고, 평서는 책을 읽고 감상과 평을 남기는 것이다. 저서는 책을 저술하는 것이고, 차서는 책을 빌려 읽는 것이며, 폭서는 책을 햇볕에 쬐어 말리는 것이다. 이 모든 행위가 책과 관련된 것이니, 서적에 대한 이덕무의 포부를 알 수 있다.

이덕무의 독서 취향은 분야를 가리지 않았다. 경서를 깊이 연구하는 것부터 제자백가, 고금의 역사와 문물제도, 음운학, 문자학, 역대 문집, 의서와 농서 그리고 사물의 이름이나 법식과 수량과 관련된 학문까지 다방면에 걸쳐 이루어졌다.

이덕무는 평생 손에서 책을 놓지 않았는데, 등불이 없어도 햇빛에 비춰 가며 책을 읽었고, 새로운 책을 얻으면 뛸 듯이 좋아하였다. 눈병이 나 괴로울 때조차 실눈을 뜨고서라도 기어이 책을 보고, 한겨울 추위에 얼어 죽을 지경이 되어도 손에서 책을 놓지 않았다. 여행을 갈 때에도 반드시 책을 들고 다니며 주막에서나 배에서나 장소를 가리지 않고 읽었으며, 심지어는 종이와 벼루, 붓, 먹까지 싸 가지고 다니면서 기이한 말이나 이상한 이야기를 들으면 즉시 기록하였다. 그래서 이덕무가 평생 동안 열람한 책이 2만 권이 넘고, 스스로 베껴 둔 책 또한 수백 권에 이른다고 한다.

「간서치전看書痴傳」, 1761년, 21세

내 이름에 담긴 뜻

삼호거사三湖居士는 약관弱冠의 나이에 호방한 기상이 있었다. 엄숙하면서도 공경하면 날로 강해진다는 말에 뜻을 두었기에 일찍이 호를 '경재敬齋'라 하였다. 뜻을 세웠으면 지향하는 목표가 생기게 마련이니, 이를 이루고자 또 호를 '팔분당八分堂'이라고 하였다. 팔분이란 사마광司馬光의 구분九分에 가까운 것이다.[1]

가난해서 집은 쌀 한 말을 겨우 놓아둘 만큼 작았지만, 그래도 이를 즐겁게 여길 줄 알았다. 그래서 매미 허물과 귤껍질처럼 좁은 곳에서도 즐거움을 찾을 줄 알았기에 호를 '선귤헌蟬橘軒'이라고 하였다. 처지에 맞게 수양하고자 호를 '정암亭巖'이라 하였으며, 은둔함을 편안히 여겼기에 '을엄乙广'이라는 호를 짓고 은둔하고자 하였다. 마음을 물처럼 잔잔하고 거울처럼 맑게 하고자 해서 '형암炯菴'이라는 호 또한 갖게 되었다. 무릇 일을 공경하면서 수양하니 옛사람에 가까웠고, 마음을 물처럼 맑게 하니 은둔하여 작은 집에 누울 수 있었다. 밥 짓는 연기가 드물어 굶주리는 날이 많았지만, 붓을 잡고 문장을 지으면 아침에 피는 꽃처럼 화려하였다. 그런데도 이 사람은 여기에 만족하지 않고 빙그레 웃으며 말하기를, "이것은 어린

1 주염계周濂溪는 "성인은 하늘을 바라고, 현인은 성인을 바라고, 선비는 현인을 바란다.〔聖希天, 賢希聖, 士希賢〕"고 했다. 이에 대해 사마광은 성인을 십분十分이라 하면 현인은 구분九分, 선비는 팔분八分이라 하고, 자신은 구분의 현인이 되고자 하였다. 여기서는 이덕무가 자신은 무능하지만 선비로서 현인이 되기를 바라는 마음으로 당호를 팔분이라 붙인 것이다.

아이가 노는 것을 좋아하는 것과 같으니 타고난 천성이다. 나는 장차 처녀가 순수함을 지키듯 천성을 지키려 한다."라 하고는 자신의 글에 '영처嬰處'라는 제목을 붙였다.

여러 사람과 함께 있을 때면 자기의 학식과 재능을 감추고 오히려 어리석고 미련한 척하였다. 단정한 사람이나 엄숙한 선비를 만나면 기뻐하였고, 저잣거리의 장사꾼을 만나도 똑같이 즐거워하였다. 빈 배를 띄워 홀로 어디를 가더라도 유유자적해서 어떤 이들은 그를 '감감자憨憨子'라 부르기도 하고 '범재거사汎齋居士'라 부르기도 했다. 예전에는 삼호에 살았기에 스스로 '삼호거사三湖居士'라 했는데, 이것이 그가 자신에게 붙인 최초의 호다.

이덕무가 자신의 호에 대해 쓴 글이다. 호號란 자신의 또 다른 이름으로, 지향하는 삶의 지표와 의지를 담고 있다.

이덕무는 평생 40여 개의 호를 사용했다. 그중 청장관青莊館, 영처嬰處, 형암炯菴, 아정雅亭 등이 가장 많이 알려져 있고, 그 밖에도 선귤헌蟬橘軒, 단좌헌端坐軒, 주충어재注蟲魚齋, 학초목당學草木堂, 향초원香草園, 매탕槑宕, 동방일사東方一士 등의 호를 갖고 있었다.

특히 청장은 흔히 알바트로스로 알려진 신천옹信天翁인데, 종일 물가에 꼿꼿이 서서 그 앞을 지나는 고기만 먹고 사는 청렴한 새이다. 이를 딴 청장관은 이덕무의 금욕적인 성품을 상징하는 대표적인 호다. 영처는 '어린아이가 노는 것을 좋아하듯이, 처녀가 순수함을 지키듯이 천성을 지키고자' 하는 의지를 담았고, 형암은 '마음을 물처럼 잔잔하고 거울처럼 맑게 하고자' 해서 지었다고 한다. 그리고 단좌헌은 항상 올곧던 삶에 대한 자세를, 학초목당은 공붓벌레 같은 학구열을 반영하고 있다. 대부분 20대 초반에 사용하던 호인데, 순수함을 잃지 않고 학문에 열정적이던 젊은 이덕무의 의지를 엿볼 수 있다.

그리고 아정이란 호는 이덕무가 쉰두 살일 때 정조의 명으로 「성시전도城市全圖」라는 1백 운韻짜리 고시古詩를 지어 바친 것에서 비롯되었다. 정조가 그의 시권에 '아雅' 자를 써 주자 이것으로 자호를 삼아 자신의 깨끗한 성품을 반영한 것이다.

이덕무의 초명은 종대鍾大이고, 자는 무관懋官이다. 16세에 관례를 치르며 받은 첫 자는 명숙明叔이었는데, '명숙'이란 자가 너무 흔하다 해서 28세(1768) 되던 첫날에 스스로 무관으로 고쳤다. 무관은 『서경書經』에 나오는 '덕무무관德懋懋官(덕이 많은 자에게는 관직을 성대하게 내리다)'이라는 구절을 딴 것이다.

「호기號記」, 1760년, 20세

이덕무의
문장 2

"이익과 욕심에 대해 말하면
기운이 빠지고,
산림山林에 대해 말하면
정신이 맑아진다.
문장에 대해 말하면 마음이 즐겁고,
도학道學에 대해 말하면
뜻이 정돈된다."

나에 대하여

사람은 변할 수 있는가? 사람에 따라 변할 수 있는 사람도 있고 변할 수 없는 사람도 있을 것이다.

여기 한 사람이 있다. 그는 어려서부터 장난도 치지 않고 황당한 농담도 하지 않았다. 그뿐 아니라 성실하고 신중하였으며, 행실 또한 반듯하고 아름다웠다.

그러던 그가 장성한 뒤, 어떤 사람이 충고하며 말했다. "자네가 세상과 어울리지 못하면 세상도 자네를 받아주지 않을 걸세." 그 자신도 그 말에 동감하여 입으로는 저속하고 상스러운 말을 지껄이고, 몸으로는 까불까불 경망한 행동을 하였다. 하지만 그렇게 사흘을 보내고 난 그가 얼굴을 찡그리며 불쾌한 듯 말했다. "내 마음은 변할 수가 없다. 사흘 전 내 마음은 환하게 밝았건만 사흘이 지난 지금은 휑하니 텅 빈 듯하다." 그리고 주저 없이 다시 본래 자신의 모습으로 되돌아갔다.

이처럼 이익과 욕심에 대해 말하면 기운이 빠지고, 산림山林에 대해 말하면 정신이 맑아진다. 문장에 대해 말하면 마음이 즐겁고, 도학道學에 대해 말하면 뜻이 정돈된다. 완산인完山人 이덕무는 옛것에 뜻을 두었기에 지금 세상 물정에는 어둡다. 그래서 산림과 문장, 도학에 관한 이야기는 듣기 좋아하지만 그 밖의 다른 것은 들으려 하지 않는다. 설사 듣더라도 마음으로는 전혀 받아들이지 않으니, 아마도 그 본바탕을 갈고닦는 데만 힘쓰고자 하는 사람일 것이다.

그렇기 때문에 선귤蟬橘의 뜻을 취하였고, 드러내 말하는 것 또한 고요하고 담박하다.

'스스로를 말하다'라는 제목에서 알 수 있듯이, 이덕무 자신이 어떤 사람인지를 적은 글이다. 그러나 자신에 대해 직접 밝히기보다는 가상의 상황을 설정하여 마치 제3자를 설명하듯 서술하였다.

사람은 변할 수 있는가? 사람에 따라 변할 수도 있고 변하지 않을 수도 있지만, 이덕무는 변할 수 없는 사람이란다.

올곧게 살아온 탓에 세상과 어울리지 못하는 이가 세상에 자신을 맞춰 보고자 애썼다. 일부러 저속한 이야기도 해 보고 경망한 행동도 해 보았지만 점점 마음만 불편해질 뿐 스스로에게 도움 되는 일이 없었다. 결국 3일을 견디지 못하고 자신의 본모습으로 되돌아오고야 말았던 사람, 바로 이덕무가 그런 사람이었다. 타고난 천성이 그러해 세상과 타협하며 살기에 부족했던 것이다.

여기서 말하는 '세상'은 이덕무가 거부한 세상이면서 이덕무를 거부하는 세상이기도 하다. 이덕무는 정종定宗의 아들 무림군茂林君의 후예로 왕족 출신이지만, 부친 성호聖浩가 서자였으므로 사회적으로 소외될 수밖에 없는 형편이었다. 이러한 사회 현실을 이덕무는 너무도 잘 알고 있었다.

결국 이덕무는 자기 성찰을 위해 스스로 세상과 어울리기를 거부하면서도, 한편으로는 세상에서 소외되기를 거부하고자 현실로부터 거리를 유지하려 했던 것이다. 따라서 세속적인 영화보다는 자신의 내면적 행복을 추구하였고, 그 방편으로 일생을 독서로 일관하였다.

「자언自言」

한가로움에 대하여

넓은 거리나 큰길 가운데에도 한가로움이 있다. 마음이 진실로 한가롭다면 어찌 굳이 강호江湖나 산림山林이어야 하랴! 내 집은 시장 곁에 있다. 해가 뜨면 온 동네 사람들이 모여 물건을 파느라 시끄럽다. 해가 지면 온 동네 개들이 무리 지어 짖어 댄다. 하지만 나는 홀로 책을 읽으며 편안하다. 이따금 문밖을 나서면 달리는 사람은 땀을 흘리고, 말 탄 사람은 내달리며, 수레와 말은 뒤섞여 복잡하게 오간다. 하지만 나는 홀로 천천히 걸어간다. 일찍이 소란함으로 인해 나의 한가로움을 잃지 않으니, 이는 내 마음이 한가롭기 때문이다.

저들은 마음이 동요되어 한가로운 자가 드무니, 그것은 마음에 각기 몰두하는 것이 있기 때문이다. 장사하는 자는 저울눈에 마음을 빼앗기고, 벼슬하는 자는 명예와 이익을 다투고, 농사하는 자는 밭 갈고 김매는 일에 마음을 빼앗긴다. 날마다 생각하는 것이 이와 같은 사람들은 제아무리 경치 좋은 동정호洞庭湖에 앉아 있게 한들 두 손 깍지 끼고 끄덕끄덕 졸면서 평소 생각하던 것을 꿈꿀 것이니, 어찌 한가로울 수 있겠는가! 그러므로 나는 말한다. "마음이 한가로우면 몸은 절로 한가로워진다."

원原은 사물의 본질과 근원을 밝힌다는 뜻으로, 한문 문체 중 하나이다. 따라서 「원한原閒」은 한가로움의 근원을 밝힌 글이다.

이덕무는 한양 대사동大寺洞, 즉 현재 서울의 종로 인사동에 살았다. 조선 시대에 가장 번화한 곳이 바로 종로 네거리였다. 이덕무는 시장 근처에 살았기 때문에 주변 환경이 매우 번잡하였다. 이곳은 조금이라도 시간을 아끼기 위해 달리는 사람, 달리는 것도 모자라서 말을 탄 사람들이 정신없이 오갔다. 낮에는 물건을 사고팔며 흥정하는 소리, 밤에는 개들이 짖어 대는 소리 때문에 밤낮없이 소란스러웠다. 따라서 이덕무의 눈과 귀는 한가로움을 방해하는 요소들로만 가득했다. 오늘날 서울 도심의 모습과 별반 다르지 않다. 그러나 이덕무는 바쁘게 살아가는 인간 군상의 삶 가운데서 얻어내는 한가로움을 예찬하였다. 그는 그러한 한가로움의 근원을 마음의 여유에서 발견한다. 세속적 이익만을 꾀하여 마음이 소란스러운 사람은 아무리 풍경이 아름다운 중국의 동정호洞庭湖에 옮겨 놓더라도 절경을 감상하기보다는 자신이 매달렸던 일만 생각할 것이다. 결국, 이덕무가 시끄러운 시장에 살면서도 스스로 한가로울 수 있었던 이유는 몸이 한가해서가 아니라 마음이 한가했기 때문이라는 것이다.

이 글은 도시에 인구가 급증하고 상업이 발달하면서 인간의 삶도 바빠진 현실을 배경에 깔고 있다. 전에 없이 바빠지고 소란스러운 삶을 경험하면서 여유와 한가로움이 절실해졌던 것이다. 바쁜 도시의 삶 속에서도 여유를 찾고자 하는 것은 예나 지금이나 마찬가지인가 보다.

「원한原閒」

오활함에 대하여

산림山林에 살면서 명예와 이익에 대한 마음을 품는 것은 '큰 수치'이다. 복잡한 시정市井에 살면서 명예와 이익에 대한 마음을 품는 것은 '작은 수치'이다. 산림에 살면서 은거할 마음을 품는 것은 '큰 즐거움'이다. 복잡한 시정에 살면서 은거할 마음을 품는 것은 '작은 즐거움'이다. 작은 즐거움이든 큰 즐거움이든 나에겐 다 즐거움이며, 작은 수치이든 큰 수치이든 나에겐 다 수치이다.

그런데 '큰 수치'를 가진 사람은 백에 절반쯤 되고, '작은 수치'를 가진 사람은 백이면 백이다. '큰 즐거움'을 누리는 사람은 백에 서넛쯤 되고, '작은 즐거움'을 누리는 사람은 백에 하나 있을까 말까 하니, 가장 높은 경지는 '작은 즐거움'을 누리는 것이다. 나는 복잡한 시정에 살면서 은거할 마음이 있는 사람이다. 그렇다면 작은 즐거움이 가장 높은 경지라 한 나의 이 말은 세상 물정 모르는 소리일 것이다.

이 글의 제목인 우언迂言은 '오활한 말', 곧 '사리에 어둡고 세상 물정 모르는 말', '그때그때의 세상이나 시정에 밝지 못한 말'이라는 뜻이다.

이덕무는 산림-시정, 명리-은거, 부끄러움-즐거움을 대비하고 있는데, 어디에 살고 어떤 지향을 가지는가에 따라 부끄러움과 즐거움이 결정된다 하였다. 산림에 살면서 은거를 지향하면 큰 즐거움이고, 시정에 살면서 은거를 지향하면 작은 즐거움이 된다. 반면 시정에 살면서 명리를 추구하면 작은 부끄러움이고, 산림에 살면서 명리를 추구하는 것은 큰 부끄러움이 된다. 그런데 자신은 시정에 살면서 은거할 마음을 품은 자이므로 작은 즐거움을 누리는 사람이고, 작은 즐거움을 가장 높은 경지라고 했으므로 자신의 말은 세상 물정 모르는 소리라는 것이다. 과연 그러한가?

이덕무는 한양 도성 안에 살았는데, 18세기 한양은 대단히 화려하고 번화하였다. 당시 모습은 성시城市에 대한 시문과 그림으로 엿볼 수 있는데, 이덕무 역시 정조의 명을 받고 「성시전도」라는 1백운 고시를 지었다. 그 속에서 확인할 수 있는 한양의 정경은, 기다란 도로를 따라 연이어 세워진 건물과 색색의 물건을 종류별로 판매하는 가게가 들어서 있고, 사고파는 사람과 흥정을 붙이는 사람을 비롯해 구경꾼에 이르기까지 수많은 인파가 왁자지껄 떠들어대는 모습들이다.

이러한 화려하고 복잡한 시정에 살면서도 이덕무는 은거할 마음을 품고 있었다. 서얼이라는 신분적 제약으로 출세에 한계가 있었기에 영달榮達하려는 마음을 스스로 포기한 것이다. 따라서 이덕무의 말은 정말로 세상 물정을 모르는 말이라기보다는 자신의 마음을 우회적으로 드러낸 것이라 하겠다.

「우언迂言」

내가 팔분八分을 추구하는 이유

좁은 곳에 기둥이 네 개인 주인의 방은 답답하고 습하여 손님이 자주 찾아오지 않았다. 설사 찾아온다고 하더라도 잠깐 말하고는 바로 인사하고 가 버렸다. 서로 의사가 거침없이 잘 통하는 사람이 아니고는 누구도 다시 오지 않았다.

이처럼 방이 좁고 누추했지만, 주인의 성품이 워낙 곧고 검소해서 이런 것에는 전혀 상관하지 않았다. 낮에는 홀로 단정히 앉아 있을 수 있고 밤에는 편안히 잘 수 있어서, 그 마음만은 여유로워 오히려 이 누추한 집을 화려한 궁전처럼 여겼다. 주인이 편안한 마음으로 분수를 지키는 것 또한 이와 같았다.

추운 겨울이면 문틈으로 바람이 들어와서 등잔불이 흔들려 책을 잘 볼 수 없었다. 그럴 때면 흰 종이를 바른 병풍을 세워서 10분의 7 정도를 막는다. 그러면 방의 3분은 병풍 바깥에 있게 되고 7분만 그 안에 있게 되니, 안은 저절로 침소가 되고 도구나 서책 등은 밖에 쌓아 둔 것처럼 된다. 그래도 주인은 여전히 방이 좁다며 불평하지 않고 문을 닫아걸고 쉼 없이 옛사람의 글을 읽었다.

어느 날, 한 손님이 방에 들어서며 손을 들고 인사를 하려는데 병풍이 그의 이마에 닿을 듯했다. 놀란 손님은 눈을 부릅뜨고 주인을 비웃으며 말했다.

"협소하구나, 주인이여! 예전에 내가 그대에게 방을 넓히라고 그렇게 말했건만, 지금 보니 넓히기는커녕 도리어 더 둘러막았네그려.

그대가 물가에 살 때에는 작은 것에 의미를 두고 매미 껍질과 귤껍질에서 집 이름을 따오더니, 그래 지금 이 방은 또 무엇이라고 이름 붙였는가?"

이에 주인이 웃으며 대답하기를 "팔분당八分堂이라고 하였네."라고 했다. 무슨 뜻인가 묻자, 주인은 "내 잠깐 기다릴 테니, 어디 그대가 한번 스스로 알아내어 보시게."라고 하였다. 손님은 곰곰이 생각하며 얼마 동안 가만히 있더니 이내 동쪽을 돌아보고 웃으며 말하였다.

"아마도 이 벽인가 보군. 전서체篆書體가 2분이고 해서체楷書體가 8분쯤인 것을 팔분체八分體라고 하는데, 지금 자네가 팔분체로 글씨를 써서 걸어 두었으니 팔분당이라고 이름 붙인 뜻은 바로 이 벽의 글씨 때문이 아닌가?"

"아니라네. 어떻게 집의 이름을 그렇게 사소한 것에서 따올 수 있겠는가. 다시 한번 생각해 보게."

손님은 정말 무엇인지 몰라 머뭇머뭇하다가 다시 입을 열었다.

"병풍 밖에 남은 공간이 몇 자나 되는가? 만약 그것이 10분의 2라면 집의 이름은 여기에서 따온 게 아닌가?"

이 대답에 주인은 껄껄 웃으며 "병풍 밖은 10분의 3인데, 그렇다면 칠분당이라고 해야지 어찌 팔분당이라고 했겠는가?"라고 하였다. 답답해진 손님이 "그렇다면 집 이름의 뜻이 무엇인가?"라고 묻자, 그제야 주인은 큰 한숨을 내쉬며 말했다.

"내가 비록 보잘것없다 해도 집의 크고 작음을 가지고 이름 지은 것은 아니라네. 내가 만약 집이 큰 것을 사모하였다면 웅당 태산만

한 집〔泰山之室〕이라고 이름했을 것이고, 만약 집이 작은 것을 위로 하고자 했다면 당연히 가을 짐승의 터럭만 한 집〔秋毫之室〕이라고 이름했을 것이네. 그러나 이런 이름은 남을 속이거나 편협한 것이니 군자가 취할 바가 못 되지. 그리고 '선귤蟬橘'은 그 고결하고 향기로운 점을 마음으로 사랑한 것이지, 단지 사모하거나 위로하고자 해서 붙인 이름은 아니라네.

무릇 수가 차면 십이 되고 백이 되고 천·만·억과 천억이 되는데, 이 모두는 10이란 수에서 벗어나지 못한다네. 사람이 처음 태어날 때 하늘이 본성을 부여하는데, 그때 사람은 10분의 완전한 성선性善을 갖추게 되지. 그런데 어른이 되면 기질에 구애받고 외부의 물질을 욕심내면서 본성을 잃게 되는데, 이때 나쁜 기운이 급속히 생겨나 거의 8, 9분의 악성惡性에 이르고 10분까지도 얼마 남지 않게 된다네.

왕망王莽이나 양광楊廣[2]과 같은 자들은 나쁜 짓을 한 자 중에서도 으뜸이고 소인 중에서도 꺼리는 행동이 없는 자였으니, 이들이 바로 악이 10분에 꽉 찬 자일 것이네. 하나 그들이라고 해서 처음에 어찌 10분의 선함이 없었겠는가. 단지 갈수록 악한 짓이 심해지면서 선한 행동을 날로 잃어 간 것이겠지. 모든 것이 이와 같으니, 어떻게 크게 두려워하지 않을 수 있겠는가.

2 왕망은 중국 전한前漢 말기의 외척 정치가로, 평제平帝를 시해하고 제위를 찬탈하여 신新이란 나라를 세웠다. 양광은 중국 수隋나라 제2대 황제인 양제煬帝로, 만리장성과 대운하를 건설한 것으로 유명하다. 수나라 문제文帝의 둘째 아들로 형을 살해하고 황태자가 된 것도 모자라, 권신인 양소와 결탁해 아버지 문제를 살해하고 제위에 올랐다.

보통 사람 중에는 선과 악을 각기 5분씩 가지고 있는 자도 있을 터이고, 4분과 6분으로 가지고 있는 자도 있을 것이네. 그러므로 선을 7분과 8분에서 조금씩 10분에 이르게 하는 것은 얼마나 노력하는가에 달려 있을 뿐일세.

주자朱子는 '안연顔淵은 성인의 경지에 9분 9리까지 근접하였다.'고 하였고, 소강절邵康節 선생은 '사마광은 9분의 사람이다.'라고 하였는데, 이는 모두 아성亞聖과 대군자大君子를 논한 판단으로 실제 기록이라네. 이렇듯 아성과 대군자도 1리나 1분이 부족했으니 10분이란 참으로 어려운 일이 아닐 수 없네. 그렇지만 10분에 도달하는데 단지 1리나 1분이 부족할 뿐이니, 이들과 보통 사람을 비교한다는 것 또한 어려울 것이네.

나는 어쩌면 선과 악을 5분씩 가지고 있는 사람일 걸세. 장담할 수는 없지만, 만약 소인이 되는 것을 부끄럽게 여겨 죽을 때까지 선을 닦는다면 다행히 6분, 7분에 도달할 수 있을지도 모르겠네. 8분은 9분과 겨우 1분의 차이가 나지만, 나처럼 무능한 사람이 어찌 감히 그 차이를 뛰어넘을 수 있겠는가. 그러나 5분의 재능으로 9분에 이르기를 감히 바랄 수는 없을지라도, 5분에서 6분, 7분에 이르기를 목표로 삼는 것 또한 그 뜻을 세운 것이 높지 못하니, 어쩌겠는가. 『맹자』에 '나는 어떤 사람이며, 순舜은 어떤 사람인가?'라는 말이 있는데, 무능한 나는 감히 그 경지에 이르지 못할 것이네. 주자周子는 '성인은 하늘을 바라고, 현인은 성인을 바라고, 선비는 현인을 바란다.'고 했으니, 무능한 나지만 혹시라도 선비로서 현인은 바랄 수 있지 않을까 생각하네.

그렇게 사모하고 발돋움하여 그런 경지에 이르고자 노력한다면 목표가 너무 높지도 낮지도 않아야겠지. 그것이야말로 모든 행동을 7분과 9분 사이에서 다하는 것이니, 이게 바로 8분이 아니고 무엇이겠는가. 그러니 무능한 내가 무슨 여유가 있어 답답하고 습하며 낮고 협소한 것을 걱정하여 거처를 넓힐 수 있겠는가? 그대여, 나의 방을 협소하다 하지 말고 이런 내 뜻을 알아주길 바라네."

주인의 말에 조용히 귀 기울이던 손님이 말하기를, "그대의 말 잘 들었네. 내가 그대를 추측한 것이 천박하였네그려."라고 하였다.

손님이 돌아간 뒤 이를 기록하고 옛 상자에 보관해 두었으니, 이때가 경진년(1760) 삼짇날이었다.

이덕무가 자신의 당호를 '팔분당八分堂'이라 붙인 이유를 손님과의 문답 형식으로 쓴 것이다.

이 글을 쓴 것은 20세(1760) 때이다. 당시의 이덕무는 패기로 똘똘 뭉쳐 있던 젊은이였다. 이덕무는 인간이 세상에 태어날 때에 하늘로부터 누구나 선한 성품을 동일하게 부여받는데, 시간이 지남에 따라 삶의 외적 조건에 구속되어 그 본연의 성품을 점차 상실하게 된다고 여겼다. 그래서 그는 인간이 본연의 성품 그대로를 지니고 있는 때를 10분으로 보고 성인의 경지라 하였고, 9분에 도달한 이들은 아성이나 군자라 하였다. 9분은 아성이나 군자의 경지이기에 너무 이상적이고 7분은 선비가 목표로 삼기에 너무 미약하므로, 자신은 그 중간인 8분을 목표로 삼겠다는 것이다. 선비로 태어나

성인이나 대현의 경지까지는 도달하지 못한다 하더라도 현인賢人의 경지는 바랄 수 있어야 한다는 뜻이다.

이런 이덕무의 진취적인 모습은 초기 저서인 『영처시고』와 『영처문고』, 『영처잡고』 등에서 확인할 수 있다. '영처' 시리즈는 대체로 이덕무가 열여덟 살부터 스물네 살까지 쓴 것이다. 이 시기의 글에서는 '문장에 대해 온 천하의 기서奇書를 다 보지 못하고, 천하의 기재奇才를 다 만나지 못함'을 안타깝게 여기거나, 당시 '조선의 문헌이 너무 적음'을 한심스럽게 여기거나, 당시 시단을 비판하는 모습들을 볼 수 있다.

젊은 시절 이덕무는 '8분의 꿈'을 품고 독실하게 공부하였기에 결코 일개 나약한 선비일 수만은 없었던 것이다. 당시 이덕무의 진취적인 기상과 장래에 대한 포부가 대단했음을 이 글을 통해 확인할 수 있다.

「팔분당기八分堂記」, 1760년, 20세

"아무리 조심하고 삼가며 자세히 살펴서
어린아이와 처녀의 마음가짐으로 자처해도
외려 남의 꾸지람을 면하기 어려우니
참으로 부끄럽고 또 부끄럽다.
하지만 이것으로 자처하지 않는다면
이후에 있을 꾸지람을
어찌 다 감당할 수 있겠는가."

문장의 바탕은 영처심

"문집의 원고 이름이 영처嬰處라니, 원고를 쓴 사람이 어린아이이거나 처녀라서 그런 건가?"

"원고를 쓴 사람은 스물이 넘은 남자다."

"어린아이도 처녀도 아니면서 '영처'라고 이름해도 되는가?"

"겸손하면서도 찬미하고자 그리 지은 것이다."

"그건 옳지 않다. 조숙한 어린아이는 스스로를 높일 때 '장자長者'라 하고, 지혜로운 처녀는 스스로를 찬미할 때 '장부丈夫'라 한다. 한데 나이 스물이 넘은 남자가 자신을 찬미하려 스스로 어린아이와 처녀라고 한다고? 그런 경우는 거의 들어 보지 못했다."

이제 입을 열어 스스로 그 이유를 말하고자 한다.

예전 『영처문고』의 앞부분에 "어린아이가 장난치고 노는 것과 무엇이 다르랴! 마땅히 처녀가 부끄러워하고 스스로 감추는 것과 같다."고 기록한 적이 있다. 이는 겸손한 듯하지만 실상은 스스로를 찬미한 것이 분명하다.

나는 어릴 때부터 특별히 좋아하는 것이 없었지만 문장만은 좋아했다. 그러나 문장도 잘하지는 못하고 그냥 좋아하는 정도였다. 그래도 가끔 문장을 지어서 스스로 즐기곤 했다. 또 그것을 드러내 자랑하는 것도 좋아하지 않았고, 남에게 명예를 요구하는 것도 부끄럽게 여겼다. 그래서 어떤 사람은 이런 나를 이상하게 생각하기도 했다.

나는 어려서부터 몸이 약하고 병치레를 자주 하여 독서를 부지런히 할 수 없었기에, 배우고 외운 것이 고루하였다. 또한 나를 가르치고 이끌어 줄 스승과 친구도 없었는데, 집이 가난해서 소장한 책이 없었기에 지식과 식견을 크게 기를 수도 없었다. 그러므로 아무리 좋아서 한 일이라고 하더라도 그 익힌 바는 부끄러울 지경이었다. 무릇 어린아이가 장난치고 노는 것은 타고난 본성 그대로이고, 처녀가 부끄러워하고 숨는 것은 순수한 진정 그대로이니, 이것이 어찌 억지로 노력해서 되는 것이겠는가?

네댓 살, 예닐곱 살의 어린아이는 날마다 노는 것이 전부다. 닭 깃을 머리에 꽂고 파 잎을 입으로 뚜뚜 불면서 벼슬아치 놀이를 하거나, 제사 그릇을 배열하고 법도에 맞는 몸가짐과 걸음걸이를 해 보는 학교 놀이를 하거나, 눈을 부릅뜨고 손톱을 세워서 달려드는 사자 놀이를 하거나, 정중하게 인사하고 겸손하게 물러나서 당에 오르고 섬돌에 나아가는 손님 접대 놀이를 하거나, 대나무 가지로 말을 만들고 밀랍으로 봉황을 만들고 바늘로 낚싯대를 만들며 물동이로 연못을 만들어 놀곤 한다. 이 같은 놀이는 귀로 듣고 눈으로 본 것을 모두 배워서 따라 한 것이다. 그러나 활짝 웃거나 펄펄 춤추다가도 목소리를 가다듬어 노래를 부르기도 하고, 때로는 근심스럽게 엉엉 울다가 갑자기 소리 내어 울부짖고 까닭 없이 슬픔에 잠기기도 한다. 하루에도 수백 수천 가지 모습으로 변화하지만, 왜 그렇게 되고 왜 그렇게 하는지 이유는 알지 못한다.

처녀는 실띠를 매기 시작하는 네댓 살부터 비녀를 꽂는 열다섯 살까지 집안에서 온화하고 단정한 행동으로 정해진 예의법도를 굳게 지킨다. 음식을 만들거나 바느질과 길쌈하는 일에 대해서는 어머니의 법이 아니면 따르지 않고, 말하고 행동하고 웃는 법에 대해서는 여스승의 가르침이 아니면 복종하지 않는다. 밤에는 촛불을 밝히고서야 행동하고, 낮에는 얼굴을 부채로 가리며 촘촘한 주렴을 드리우거나 안개처럼 가볍고 고운 비단으로 가리고서야 행동하니, 조심하는 모습이 조정에 있는 신하와 같고, 세상을 멀리하는 것이 신선과 같다. 부끄러워 「요도夭桃」나 「사균死麕」과 같은 남녀의 사랑 노래는 읽지 못하고, 한스러워도 탁문군卓文君이나 채문희蔡文姬가 개가한 일[3]을 말하지 않는다. 이모나 고모, 그리고 자매와 같이 친한 사이가 아니면 한자리에 앉지도 않고, 오랫동안 보지 못한 친척이 먼 곳에서 와도 함께 어울리지 않다가 부모가 봐도 좋다 명령한 뒤에야 형제를 따라 겨우 인사할 따름이다. 등불을 등지고 벽을 향해 있으면서도 부끄러움을 스스로 이기지 못하고, 가끔은 남이 출입하지 않는 중간문 안에서 노닐다가도 멀리서 발자국 소리나 기침 소리가 들리면 달아나 깊이 몸을 감추기에 여념이 없다.

아, 어린아이여! 처녀여! 누가 시켜서 그렇게 하는 것인가? 장난치고 노는 것이 과연 인위인가? 부끄러워하고 감추는 것이 과연 가식인가? 이 원고를 쓴 사람이 문장을 짓고도 보여 주려 하지 않는 이유도 이와 비슷하다.

한 덩이의 먹을 갈고 세 치쯤 되는 붓을 휘둘러서 아름다운 문장

3 탁문군이나 채문희는 모두 일찍 과부가 되었다가 개가하였다. 탁문군은 한나라 탁왕손의 딸로 사마상여司馬相如에게 개가하였고, 채문희는 후한 채옹의 딸로 동사董祀란 사람에게 개가하였다.

을 주워 모아 가슴속에 담겨 있는 것을 화가처럼 그려 낸다. 그러면서 마음에 서린 답답한 근심을 후련히 풀기도 하고, 서로 어긋난 감정을 화합하기도 한다. 또 휘파람 불고 노래하며 웃고 꾸짖기도 한다. 그 사이에 산수의 밝고 아름다운 것, 글씨와 그림의 기이하고 예스러운 것, 구름·노을·눈·달의 화려하고 고우며 희고 깨끗한 것, 꽃·풀·벌레·새의 곱고 아름다우며 부르짖고 날아다니는 것, 이 모든 것을 일시에 붓으로 그려 표현한다.

다만 그 천성이 난폭하지 않아서 과격하거나 괴팍하게 꾸짖고 비방하는 따위의 언사는 쓰지 않는다. 또 자신이 만족하지 않아도 번번이 찢어 버리거나 하지 않고, 그저 갑집·을집으로 만들 뿐이다. 그러고는 붉고 푸른 색깔로 포장하고 표제를 붙여서 한 권의 책으로 만들어 이를 주머니에 넣어 봉한다. 그런 후에는 그것을 머리에 베기도 하고 깔고 앉기도 하며, 손에 들고 다니면서 찬송하기도 하고 노래하기도 하면서 친구처럼 여기고 형제같이 사랑한다. 이는 모두 내 마음이 내키는 대로 행동한 것이지 다른 사람의 눈에 보이기 위함은 아니었다.

불행하게도 예전에 한번 손님에게 그것이 발견되어 얼굴을 마주한 상태에서 칭찬을 듣게 되었는데, 얼굴빛이 붉어지며 겸손의 정도를 지나 마음까지 아주 불안했다. 손님이 돌아간 뒤에도 부끄러움이 더해지다 못해 오히려 화가 나서, 아까운 생각은 하지 않고 물이나 불 속에 그 책을 던져 버리려고 했다. 그러나 마음이 조금 진정된 후에는 다시 웃으면서, 상자에 넣어 단단히 봉하지 않았기에 그것이 발견된 것이라 생각하고 곧 열 겹 종이로 싸서 나무 상자에 넣어 자물쇠로 채워 버렸다. 그러고 나서 정색을 하며 "이제부터 만약 다시 남에게 발견되어 빼앗긴다면, 마땅히 물이나 불 속에 던져 버려도 조금도 아까워하지 않으리라."고 맹세했다. 이러니 나를 괴짜라고 수군대도 어쩔 수가 없다.

그렇지만 반딧불의 희미한 빛과 마소의 발자국에 고인 물방울 정도의 문장을 가지고 어찌 자기 분수도 모르고 방자하고 교만하게 굴 것이며, 부끄러움 없이 스스로 자랑하고 겸손함 없이 스스로 뽐내면서 "내 이전에 이미 나만 한 사람이 없었는데 내 이후에 어찌 있을 수 있겠는가?"라고 거칠고 편협하게 생각할 수 있겠는가. 이는 식견 있는 자들에게 꾸지람 들을 일이로다.

예로부터 문장을 잘하는 사람들은 교만해서 훌륭한 척하는 일이 많았다. 따라서 그런 사람을 질투하는 자가 사방에서 일어나 부당하게 훼방을 당했고, 이 때문에 일이 뜻대로 안 풀리는 것도 모자라 몸과 명예를 잃고 부모마저 욕보이곤 하였다. 하물며 문장을 잘하지 못하는 사람이 그렇게 할까? 아, 두려워할 따름이다.

나는 이미 장난치고 논다 하고 부끄러워 감춘다고 하면서, 아울러 스스로 칭찬하기까지 하였다. 그러나 장난치고 노는 것은 어린아이의 일이므로 어른이 꾸짖지 않을 것이고, 부끄러움을 감추는 것은 처녀의 일이므로 외부 사람이 따지지 못할 것이다.

아, 누군가 내게 "널리 남에게 구하여 스스로를 밝게 빛내라." 하고 꾸짖는다면, 비록 내가 깨치고 조심해야 하는 것이 많더라도 더욱 깊이 두려워하고 더욱 단단하게 감추리라. 또 누군가 내게 "단지 스스로 즐길 뿐 남과 더불어 함께하지는 마라." 하고 꾸짖는다면,

이에 대해서만은 변명하지 않으리니, 나 스스로 그렇다고 생각하기 때문이다. 아무리 조심하고 삼가며 자세히 살펴서 어린아이와 처녀의 마음가짐으로 자처해도 외려 남의 꾸지람을 면하기 어려우니 참으로 부끄럽고 또 부끄럽다. 하지만 이것으로 자처하지 않는다면 이후에 있을 꾸지람을 어찌 다 감당할 수 있겠는가.

그래서 재차 스스로를 위로하며 말하기를, "노는 것이 가장 즐거울 때는 어린아이 때만 한 것이 없는데, 아이들이 노는 것은 타고난 천성을 그대로 따르기 때문이다. 부끄러워함이 가장 심할 때는 처녀 때만 한 것이 없는데, 처녀들이 부끄러워함은 순수하고 참되기 때문이다. 문장을 좋아하는 사람 중에 장난치며 놀고 부끄러워 감추는 데는 나만 한 이가 없다. 그러므로 문집의 원고를 영처라 한 것이다."라고 하였다.

그래도 어떤 이는 "보통은 좋아하는 사람이 잘하는 사람이다. 과연 그대는 잘하는 사람이면서도 일부러 겸손하게 구는 것은 아닌가?"라고 묻는다. 그러면 나는 이렇게 답한다.

"음식으로 비유하자면, 훌륭한 요리사가 맛있는 요리를 만드는데 있어, 곰 발바닥과 살진 닭발과 잉어 꼬리와 원숭이 입술과 싱싱한 회 등에 생강과 계피를 섞고, 소금과 매실로 짠맛 신맛의 간을 맞춰 알맞게 삶고 볶아서 제후에게 바치면 배부르도록 맛있게 먹지 않는 사람은 없을 것이다. 무릇 제후가 맛있는 요리를 좋아할 줄은 알아도 어찌 요리사와 같이 요리를 만들 수 있겠는가? 내가 문장을 좋아하는 것도 제후가 요리를 좋아하는 것과 같다. 식초에 담그면 응당 시고, 간장에 절이면 당연히 짜다는 것쯤은 요리를 못하는 제후라 해도 대략 알 수 있다. 내가 문장을 약간 지을 줄 안다는 것 또한 이와 같다. 그러니 어찌 일부러 겸손한 체하기만 하고 스스로 찬미하지 않겠는가?"

"그렇다면 어린아이와 처녀는 장부가 되고 부인이 될 날이 없겠는가?" 하고 다시 반문하기에, 내가 빙긋이 웃으며 이렇게 답하였다.

"비록 장부가 되고 부인이 된다 하더라도, 타고난 천성과 순수한 진정은 백발이 되어도 변함이 없을 것이다."

경진년(1760) 3월 곡우에 서문을 쓰다.

이덕무의 문학적 지향을 가장 잘 보여 주는 글이다. 그의 나이 20세 때 자신의 글을 엮어 문집을 만들고는 '영처고嬰處稿'라 이름 붙이고, 스스로 서문을 쓴 것이다.

이덕무는 문학의 바탕이 되는 것으로 '영처심嬰處心'을 제시하였다. 영처는 어린아이의 타고난 본성과 처녀의 순수한 진정을 말하는 것으로, 이는 인위적으로 꾸밀 수 없는 인간 본연의 성질이며 이것이 그대로 발현된 것이 바로 문학이라는 것이다. 따라서 문장가는 장부가 되거나 부인이 되어도 어린아이의 천진난만함과 처녀의 순수한 마음만은 변하지 말아야 한다고 주장하였다. 이러한 이덕무의 문학관은 중국 명나라 문장가인 이지李贄의 '동심童心'과 원굉도袁宏道의 '성령性靈', 그리고 박지원朴趾源의 '진심眞心' 등과 상통하는 개념이다.

이덕무에게 문학이란 입신출세를 위한 방편이 아니라, 기쁨을 찾는 목적 그 자체였다. 어린아이가 장난치고 노는 것이 누가 시켜 하는 일이 아니고, 처녀가 부끄러워하고 감추는 것이 만들어진 내숭이 아니듯, 자신이 문장을 지을 때도 마음속을 있는 그대로 그려내는 것이 소중하다는 것이다. 이덕무는 문장 짓기를 통해 답답한 근심을 풀기도 하고, 어긋난 감정을 화합하기도 하며, 휘파람 불고 노래하거나 웃고 꾸짖고 한다. 그래서 이덕무가 열거한 '산수의 밝고 아름다운 것, 서화의 기이하고 예스러운 것, 구름·노을·눈·달의 화려하고 고우며 희고 깨끗한 것, 꽃·풀·벌레·새의 곱고 아름다우며 부르짖고 날아다니는 것', 이 모두를 그려 내는 것이 바로 그가 말한 '영처심'의 문학적 형상화라 할 수 있다.

궁극적으로 이덕무는 문장은 꾸미지 않은 진정眞情을 담는 것이 가장 중요하고, 자신만의 문장을 짓기 위해서는 자신에게 부여된 참된 마음을 자유롭게 발현시켜야 함을 강조한 것이다.

「영처고자서嬰處稿自序」, 1760년, 20세

좋은 문장은 효도에서 비롯된다

파산자坡山子가 문집을 가지고 와서 완산자完山子 이덕무에게 문집의 이름을 지어 달라고 하였다. 완산자는 사흘 동안 생각한 끝에 진한 먹을 묻힌 몽당붓으로 문집 앞머리에 '효가잡고孝暇雜稿'라고 큼직하게 써 주었다. 부모를 잘 섬기는 것을 '효'라 하고, 효를 하고 남는 여가를 '가'라 하며, 여력이 있어 시나 문장을 저술하여 서책에 싣는 것을 '잡고'라고 한다.

어찌 효를 하루라도 하지 않을 수가 있겠는가! 문장이라는 것은 효도를 하고 난 뒤 남은 여가에 하는 일이다. 범이 아무리 아름다운 가죽을 가지고 있더라도 을골乙骨[4]이 없다면 어떻게 그 위엄을 널리 전할 수 있으며, 용이 아무리 찬란한 비늘을 가지고 있더라도 여의주가 없다면 어떻게 그 신묘함을 펼칠 수 있겠는가? 마찬가지로 사람이면서 효도를 하지 않는다면 아무리 훌륭한 문장이 있다고 하더라도 무엇으로 그의 덕을 칭송할 수 있겠는가? 그러므로 군자는 먼저 효를 행해야 한다.

정성으로 효를 다하면 온갖 행실이 저절로 갖추어지고, 갖춰진 온갖 행실을 드러내면 그대로 문장이 된다. 그래야 문장이 화평한 기운을 띠게 되어 즐겁고 맑고 고요하며, 그 글을 읽는 사람에게도 선

4 을골은 범의 양쪽 갈빗대 밑에 있는 뼈로, 길이는 세 치 정도며 '을乙' 자 모양을 하고 있다. 이 뼈가 위엄을 낸다 하여 '위골威骨'이라고도 한다.

한 마음이 자라난다. 만약 재능과 문장을 앞세우고 행실을 뒤로 미룬다면, 비록 글솜씨가 아무리 맑고 아름답고 논리 정연하더라도 이는 올바른 것이 아니기에 읽는 사람을 감동시킬 수 없다.

파산자는 나이가 어리지만 효도와 순종에 뜻을 두었다. 그래서 매일 해 뜰 무렵에 부모님의 거처로 나아가 기운을 가라앉히고 밝은 목소리로 안부를 묻고 물러 나온다. 그리고 무릎을 모으고 단정히 앉아 있으면 의지와 기개가 한창 왕성해진다. 이때 성현의 글 한두 편을 읽으면 마음이 진정되고, 깊이 생각하다 보면 저절로 고무되어 마음에 즐거움이 생겨 스스로 그만두지 못한다. 한유와 구양수의 문장을 외우고 도연명과 두보의 시를 읊조리다가 마음속에 쌓인 것을 밖으로 드러내는데, 그중 큰 것은 서序나 기記가 되고, 작은 것은 율시나 절구가 된다. 이를 소리 높여 읊고 낭송하면 즐거움이 더욱 깊어진다. 잠시 후 계집종이 아침상을 차렸음을 알리면 부모님을 모시고 밥을 먹고, 해가 져서 어두워지면 이부자리를 정리하고 돌아오는 것을 늘 하던 일처럼 하였다.

그는 책 한 권이 완성되면 언제나 내게 그 책을 읽고 품평하도록 하였다. 이 문집은 그가 효를 행하고 남은 여가에 시문을 지어서 만든 잡고다.

완산자는 거듭 말한다.

"파산자는 행실을 우선하고, 재주를 뒤로 여긴다. 때문에 그의 말은 화평한 기운을 띠어 즐겁고 맑으며 고요하니, 단지 문장만이 맑고 아름다운 것이 아니다. 파산자여, 파산자여! 호랑이의 을골이나 용의 여의주를 잃지 않도록 하라."

임오년(1762) 11월 12일에 완산자가 짓다.

이 글은 파산자坡山子가 자신의 문집 이름을 지어 달라 부탁해서 완산자完山子 이덕무가 지은 것이다. 파산은 현재의 파주이고, 완산은 현재의 전주로 이덕무의 본관이다. 파산자는 파산이 본관인 이덕무보다 연하의 벗으로, 누구인지 알 수 없다. 완산자는 이덕무 자신을 가리킨다. 이덕무는 완산자完山子, 완산이자完山李子, 완산인完山人, 완산후인完山後人 등을 호로 썼다.

이덕무가 22세(1762) 때 지은 이 글은 그가 문학의 가치를 어디에 두고 있는지를 잘 보여 주고 있다.

『효가잡고孝暇雜稿』라는 문집의 이름만 봐도 떠오르는 글귀가 있다. 『논어』「학이學而」에 나오는, "제자가 들어가서는 효도하고 나와서는 공경하며, 행실을 삼가고 말을 성실히 하며, 널리 사람을 사랑하되 어진 이를 가깝게 해야 하니, 이것을 행하고 여력이 있으면 글을 배워야 한다.〔弟子入則孝, 出則弟, 謹而信, 汎愛衆, 而親仁, 行有餘力, 則以學文〕"는 글귀다.

이 말은, 문장이 중요하지 않은 것은 아니지만, 문장을 이루기 전에 인격 도야가 먼저 이뤄져야 한다는 뜻이다. 이덕무가 파산자의 문집에 '효가잡고'라는 이름을 붙인 것도 바로 이런 논리를 반영하기 위해서이다.

결과적으로 이덕무는 문인이 문학 행위보다 유학의 덕목 실행을 먼저 해야 한다고 보았다. 이렇듯 이덕무의 문학관은 '도문일치道

文一致'라는 유학의 전통적 문학관에 입각하여 작품과 인격이 일치될 것을 강조하였다. 더불어 그는 문인의 문학 활동은 유학자의 본령인 '수기치인修己治人'의 덕목을 실천하는 일과 연관될 때 참다운 가치를 지닌다고 여겼다.

「효가잡고서孝暇雜稿序」, 1762년, 22세

벽옥란碧玉欄 – 선비와 군자가 지켜야 할 세 가지 덕목

『벽옥란시고碧玉欄詩稿』는 이선보李善甫가 지은 책이다.

지난해 내가 연경을 유람하고 돌아왔을 때, 농장農丈 서유년徐有年이 말마다 선보를 크게 칭찬하였다. 그래서 선보가 누구냐고 물었더니, 그가 대답하기를 소년 시인으로 아름다운 공자라 하였다.

하루는 '아름다운 공자' 선보가 처음으로 나를 찾아왔다. 모습은 비록 가냘팠지만 말할 때 침착하고 단정하고 자상한 것이 세속의 자제들처럼 천박하거나 조급한 습관은 찾아볼 수 없었다. 나는 그런 선보를 매우 기특하게 여겼다.

예전에 내가 들은 바로는, 그의 만형은 근세의 명재상이었던 완이공莞爾公 이유수李惟秀로 인품이 훌륭하고 문장이 뛰어나 당대의 훌륭한 분들과 함께 문장을 지으며 한가롭게 유람하는 것을 좋아했다고 한다. 성의 동쪽에 있는 그의 누대는 한양에서 가장 좋은 곳으로, 여기서 완이공은 술자리를 베풀어 친구들과 즐겁게 모이거나 때때로 성대한 잔치를 마련해서 거문고와 비파를 뜯으며 마음껏 즐기고 놀다가 끝마치곤 했다. 선보는 어릴 때부터 이미 졸렬하고 난잡하며 별 볼 일 없는 천한 남자가 되는 것을 인생의 가장 큰 수치로 여겼는데, 그가 보고 들은 것들이 이와 같았기 때문이다.

그러나 이미 완이공이 세상을 떠난 지가 오래되자 손님들도 흩어져 버리고 집안은 가난해졌다. 선보는 혈혈단신이 되었지만 집안 살림을 곧잘 꾸려 나갔다. 그리고 차츰 시인들을 따라 좋은 계절에는 시를 읊고 노래를 부르며 잔치를 열어 놀기도 했다. 아, 선보 같은 사람을 어찌 완이공의 훌륭한 아우라 하지 않겠는가.

올봄, 나는 선보의 전원에서 노닐었다. 그곳의 흰 소나무와 누른 버드나무는 비바람에 썩고 이끼가 끼어 다 벗겨졌지만, 바위 위에 핀 꽃은 향기가 소매에 스쳤고 연못의 물은 얼굴이 환히 비칠 만큼 맑았다. 그래서 아련히 먼 곳을 바라보고 어정어정 머뭇거리며 옛사람을 상상해 보았는데, 그 남은 풍취와 여운을 충분히 살필 수 있을 듯하였다.

선보도 한참을 슬퍼하다가 그의 『벽옥란시고』를 꺼내 내게 서문을 청했다. 나는 무엇 때문에 '벽옥란'이라 이름을 붙였는지 물어보았다. 그는 이렇게 말했다.

"병신년(1776)에 오랫동안 병들어 거의 죽게 된 적이 있습니다. 그때 완이공이 며칠을 연이어 꿈에 나타나서는 나를 어루만져 주시고 따뜻하게 해 주시더니, 이어 '벽옥란'이란 석 자를 제게 주셨습니다. 그때의 정성스럽고 정중한 모습은 생전의 모습과 하나도 다를 게 없었습니다. 저는 '벽옥란'이란 석 자를 받고 한편으로는 기쁘고 한편으로는 슬퍼서 그 뜻을 물으려 했는데, 몸이 말을 듣지 않아 그만 연못에 빠지고 말았습니다. 덕분에 화들짝 놀라 꿈에서 깨었는데, 자상히 가르쳐 주시던 목소리가 지금까지도 귀에 또렷이 들리는 듯합니다.

그 일이 있은 지 4, 5년이 지났습니다만 그것이 어떤 좋은 징조였는지는 아직 모릅니다. 옛날에도 해몽을 해 주는 일이 있었다 하니 공께서 이것을 풀이해 주십시오."

그래서 나는 '벽옥란'의 뜻을 풀이해 주었다.

"여기에는 세 가지 좋은 뜻이 있는데, 그 뜻이 미묘합니다. 벽碧은 문장을 뜻하고, 옥玉은 아름다운 자질을 가리키며, 란欄은 막음을 뜻합니다. 이는 아름다운 문장으로 몸을 장식하고, 온화함과 씩씩함으로 본래의 품성을 잘 가꾼 다음, 예절을 지키어 점검하고 단정히 하여 혹시라도 방만한 마음을 드러내는 일이 없도록 하라는 뜻입니다. 이렇게 완이공께서 선보를 깊이 사랑하는 마음이 살아 계실 때나 돌아가신 후에나 다름이 없으니, 선보가 어찌 이를 마음에 새겨 조심하고 삼가지 않을 수 있겠습니까?"

선비와 군자의 언행은 이 세 가지에 의지하게 되는데, 시를 짓는 방법 또한 이 세 가지에서 벗어나지 않는다. 선보는 인품이 고상하고 정신이 올바르기 때문에 그의 시는 맑고 시원하며 사리에 밝고 뛰어나다. 한쪽으로 기울거나 어려운 풍조와 번거롭고 조급한 운치를 찾을 수 없다. 그의 시를 한번 읽어 보면 그의 사람됨을 알 수 있으리라.

이선보李善甫가 『벽옥란시고』의 서문을 청하자, 이덕무는 자신의 생각을 쓰는 대신 이선보를 알게 된 사연과 문집 이름이 '벽옥란'이 된 까닭을 썼다.

이선보가 병이 깊어 거의 죽게 되었는데, 그의 형 이유수李惟秀(1721~1771)가 꿈에 나타나 '벽·옥·란' 세 글자를 주었다고 한다. 하지만 그 석 자의 뜻은 알지 못한다기에 이덕무가 풀이해 주었다.

벽碧은 문장을 뜻하고, 옥玉은 아름다운 자질을 말하며, 란欄은 마음이 외부로 향하는 것을 막음을 의미한다. 그리고 이 세 가지는 군자가 갖추어야 할 덕목인 동시에 시를 짓는 방법이라고 하였다. 여기서 주목할 것은 '란'이란 덕목이다. '마음이 외부로 향하는 것'을 막는 란을 제시한 것은, 외부 세계에 대한 객관적 인식과 비판보다는 내면세계에 충실할 것을 강조하는 이덕무의 사상적 가치관을 엿볼 수 있는 부분이다. 그는 시를 짓는 원리로서 벽·옥·란 세 가지를 제시하면서 그 근본이 도덕적 수양과 내면 성찰에 있음을 확실히 밝혔다.

「벽옥란시고서碧玉欄詩稿序」, 1780~1781년, 40~41세

"시대마다 각기 시가 다르고

사람마다 각기 시가 다르니,

시는 남의 것을 답습해서는 안 된다.

답습한 시는 군더더기 시일 뿐이다."

박제가 문집에 써 준 글 –
시대마다 시가 다르고 사람마다 시가 다르다

갑신년(1764), 나는 훈도방薰陶坊[5]에 있는 백영숙白永叔(백동수)의 집을 방문하였다. 그의 집 문 위에 '초어정樵漁亭'[6]이라는 석 자가 씌어 있었는데, 글자 획이 모두 힘이 넘치고 살아 움직이는 듯하였다. 백영숙은 "이 글씨는 내 고향 친구 박 승지朴承旨(박평)의 열다섯 살 되는 아들이 쓴 것일세."라며 자랑하였다. 나는 그 말에 깜짝 놀라 눈이 휘둥그레지고 아직 그 동자를 만나지 못한 것을 탄식하였다. 그러나 그때까지는 그가 글씨 잘 쓰는 것만을 알았지, 시까지 잘 짓는다는 것은 알지 못했다.

2년 후 겨울에 김자신金子愼이 나에게 시 두 편을 주면서, "이것은 백영숙의 집 문 위에 글씨를 썼던 동자가 지은 시라네."라고 말하였다. 그래서 그것을 보았더니 시와 글씨가 잘 어울려 아주 좋았다. 그러나 이때까지도 그가 시를 잘 짓는다는 것만 알았을 뿐 그의 생김새나 마음씨가 어떠한지는 알지 못했다. 당시는 내가 어머니의 상중喪中이었기에 직접 찾아가 만날 수 없었지만, 백영숙과 김자신 두 사람을 만날 때면 그의 생김새나 마음씨가 어떤지를 물어보곤 하였다. 오랫동안 이렇게 하다 보니, 그의 생김새가 생생해지고 그의 마음씨는 상상으로 짐작하게 되어서, 생김새는 십중팔구 알 수 있었고 마

5 훈도방은 조선 시대 한성부漢城府 남부에 속했던 행정 단위로, 지금의 서울시 중구 저동·묵정동 일대이다.
6 초어정은 나무꾼과 어부의 집이라는 뜻이다.

음씨도 절반쯤은 알 수 있게 되었다.

그 이듬해 봄, 나는 다시 백영숙의 집을 찾아갔다. 문밖에는 남산에서 흘러나오는 시냇물이 철철 넘치듯 흐르고 있었다. 이때 한 동자가 문을 나와 점잖은 걸음으로 시내를 따라 북쪽으로 걸어가는데, 흰 겹옷에 녹색 띠를 매었으며 얼굴 표정은 자신만만해 보였다. 이마는 훤칠하고 눈은 진중하고 얼굴빛은 온화한 걸출한 남아였다. 나는 이 사람이 박 승지의 아들일 것이라 짐작하고 길을 가면서 계속 그를 주시하였다. 동자도 마음에 짚이는 것이 있는지 나를 눈여겨보며 지나갔다. 나는 마음속으로 이 사람이 반드시 나를 따라 백영숙의 집으로 올 것이라 생각했는데, 얼마 후 과연 동자가 백영숙의 집에 들어왔다. 그리고 매화를 읊은 시를 내게 주면서 인사를 하였다. 나는 그의 기색을 엿보고 언사를 시험해 보며 그의 뜻과 절개를 살피고 성령性靈을 알아보았는데, 모두 내 마음에 꼭 들어 매우 좋았다.

그 후 그 동자가 나를 찾아와 5백 자쯤 되는 시를 주었다. 대개 옛날 군자들이 교제를 맺는 기풍이 있었다. 동자는 올해 관례冠禮를 치르고 자字를 재선在先이라고 하였다.

재선은 다른 사람을 대할 때엔 언제나 말을 잘하지 않았다. 하지만 나를 대할 때만은 말을 참 잘하였다. 나 역시 다른 사람의 말을 들을 때면 잘 이해하지 못했지만, 재선의 말을 들을 때만은 쉽게 이해할 수 있었다. 그러니 재선이 나에게 말을 하지 않으려 한들 어찌 안 할 수 있었겠는가. 그래서 우리는 이따금 바람이 스며들고 비가 새는 낡은 집에서도 호젓하게 만나 서로 마주하고, 등잔불을 켜고 온갖 책들을 좌우에 펼쳐 놓고 한껏 이야기하곤 하였다. 하늘과 땅이 왕복하는 이치라든지 삶과 죽음의 문제라든지 고금 역사의 흥망성쇠라든지 선비가 벼슬하고 물러나는 도리에 대하여 말하고, 산수와 벗 사귐의 즐거움이라든지 서화와 시문의 운치에 대해서도 논하였다. 그러다가 감정이 울컥해지면 함께 슬퍼하였고, 감정에 위안이 되면 함께 기뻐하였다. 그런 다음 아무 말 없이 서로 쳐다보고는 웃곤 했는데, 왜 그랬는지 그 이유는 알지 못하였다. 비록 이와 같이 마음이 잘 통하는 사이라 하더라도, 재선의 재주는 내가 따라갈 수 있지만, 재선의 욕심 없는 마음은 따라갈 수가 없었다. 그렇기 때문에 그의 시는 담박하고 소탈한 것이 마치 그의 사람됨과 같았다.

지난해 재선이 이미 나에게 『초정시집楚亭詩集』을 평선評選해 줄 것을 부탁했었다. 그리고 이번에 재차 그 일을 당부하였다. 나는 전본全本과 부본副本의 평을 모두 끝내고는 웃으며 말하였다. "시평이 왜 전본은 칭찬하고 부본은 비판했다고 생각하는가?" 재선은 "이것으로 벗 사이 우정의 정도를 알 수 있겠지요."라고 하였다. 그러고는 내가 평선한 것을 보고는 물었다. "왜 이 시들이 전본은 아름다운데 부본은 날카롭다고 생각하십니까?" 하기에, 내가 "이것으로 시도詩道를 볼 수 있다네. 내가 일찍이 '시대마다 각기 시가 다르고 사람마다 각기 시가 다르니, 시는 남의 것을 답습해서는 안 된다. 답습한 시는 군더더기 시일 뿐이다.'라고 말하지 않았던가? 재선은 아마도 일찌감치 이것을 알고 있었을 것이오."라 하였다.

아, 재선이여! 이때 재선의 나이는 열아홉이었다. 이러한 재선의 마음을 알아줄 이가 과연 얼마나 될까?

박제가朴齊家(1750~1805)의 시집인 『초정시집楚亭詩集』에 쓴 서문이다.

이덕무와 박제가는 아홉 살의 나이 차이에도 불구하고 서로에게 평생을 함께하는 지기였으며, 가장 신뢰하고 마음을 터놓은 동반자였다. 이 글은 이덕무와 박제가의 첫 만남과 이후 사귐의 정황, 그리고 시집에 서문을 쓰게 된 경위를 자세히 알려 준다.

1764년 이덕무는 처남 백동수의 집을 방문했는데, 그곳 사랑방 문 위에 걸린 '초어정樵漁亭'이라는 현판의 글씨를 통해 처음 박제가를 알게 되었다. 그리고 1766년 겨울 김자신金子愼이 준 박제가의 시를 보고는 더욱 그를 만나 보고 싶었으나 그때는 어머니 상중喪中이라 만날 수 없었다가, 1767년 봄 백동수의 집에서 첫 만남이 이루어졌다. 당시 이덕무의 나이가 27세, 박제가가 18세였다.

당시 이덕무가 보았던 박제가는 말수가 적고 자신을 드러내길 꺼리는 성격이었다. 그러나 이덕무 앞에서만큼은 밤이 새도록 속마음을 털어놓으며 정을 나누었다 한다. 이후 둘은 자주 만나 고금의 서적과 하늘의 이치와 역사의 흥망성쇠 등 온갖 주제에 대해 이야기를 나눴고, 백탑을 중심으로 한 문학동인 활동도 함께 하였다. 그리고 함께 중국 연행을 다녀왔고, 함께 정조의 명을 받아 초대 검서관이 되었으며, 이덕무가 죽는 날까지 인연을 이어 갔다. 박제가에게 이덕무는 평생을 함께한 지기였다. 그러므로 박제가는 자신의 시집을 엮으면서 먼저 이덕무에게 시집을 평선評選해 달라고 부탁했던 것이다.

이때 박제가의 시에 대해 이덕무가 어떤 평을 했는지는 알 수 없다. 하지만 이덕무는 그의 시 비평집 『청비록淸脾錄』에서 박제가의 시를 다음과 같이 평했다.

"초정의 시는 재주가 뛰어났을뿐더러 기운이 강하고 사리가 명백하며 또 사실을 잘 기록하였다. …… 나와 함께 문예에 대해 낮이 다 가고 밤이 새도록 끝없이 이야기했으나 조금의 어긋남도 없었다. 그의 시는 웅대한 곳은 기상이 장렬하고 섬세한 곳은 아름답고도 미묘했으며, 글씨를 쓰면 기이하여 아무도 당해 낼 수가 없으니 근래에 드문 재주를 지닌 사람이다."

이 글에서 '시는 시대마다 다르고 사람마다 다른 법이니, 남의 시를 답습해서는 안 된다.'는 발언을 특히 주목할 만하다. 평소 독창적이고 개성적인 글을 써야 할 것을 강조했던 이덕무의 문학관을 여기서도 확인할 수 있다.

「초정시집서楚亭詩集序」, 1769년, 29세

내제 박종산의 원고에 써 준 글

무릇 시문이란 하나하나 한결같이 그 정신이 유동流動해야만 살아 있는 글이라고 할 수 있다. 만일 진부한 것을 답습하기만 한다면 죽은 글이 될 것이다. 일찍이 육경六經의 글 중에 정신이 살아 있지 않은 것을 본 적이 있는가?

이덕무가 내제內弟 박종산朴宗山의 문집에 쓴 제문題文이다.

제題는 한문 문체의 하나로, 글 내용을 요약하여 책머리에 적는 것이다. 그러나 문집이나 문장에 대한 어떠한 설명도 없다. 단지 '시문이란 정신이 유동해야 하는 것이기에, 진부한 것을 답습하지 말고 자신만의 개성적인 문장을 쓸 것'을 당부하고 있다.

이 글은 전문全文이 36자로 이루어진 짧은 소품小品으로, 소품가로 널리 알려진 이덕무 글의 특징을 잘 보여 준다.

이 글의 제목은 '내제의 원고에 쓰다'는 뜻이다. 일반적으로 내제의 내內는 보통 아내 쪽 집안을 가리키는데, 여기서는 외가, 즉 이덕무의 어머니 쪽 집안을 가리킨다. 이덕무의 외가는 반남 박씨潘南朴氏로, 그의 어머니는 효종의 부마 금평위錦平尉 효정공孝靖公 필성弼成의 손자이자, 토산현감兎山縣監 사렴師濂의 딸이다. 이덕무 어머니의 남동생이자 이덕무의 외삼촌이 박순원朴淳源이고, 박순원의 아들이자 이덕무의 외사촌 동생이 박종산朴宗山(1748~?)

이다. 『청장관전서』에 실린 글 중 이덕무가 직접 '내제'라는 표현을 쓴 것은 「내제 치천이 운자를 부름」, 「내제 박치천 종산에게」 등 박종산을 수식하는 용어로 사용되고 있다. 따라서 여기서 내제는 박종산을 가리킨다고 하겠다.

박종산은 자가 치천穉川이고 호는 상홍相洪, 양애陽厓이다. 이덕무는 12세 때부터 19세 때까지 유년 시절의 대부분을 외숙 박순원의 집에서 보냈다. 그러므로 이덕무와 박종산은 한집에서 거처하면서 유년 시절의 가장 많은 시간을 함께 보냈고, 문학과 일상을 이해하고 격려해 주는 사이로 관계가 매우 두터웠다. 박종산은 『영처시고』에 이름이 언급된 것만도 22회가 넘고, 그에게 보낸 척독도 14편이나 된다. 이덕무가 1759년 겨울에 지은 「까치집 상량문」의 배경이 된 곳이 박종산의 집이었고, 1763년 12월 박종산이 남양南陽으로 이사하고 서재 이름을 양애라 칭함에 「양애기陽厓記」를 지어 주기도 했다. 이를 통해 둘의 친분이 각별했음을 미루어 알 수 있다.

「제내제고題內弟稿」

벗 정수의 시집에 써 준 글 – 나만 알아주는 시

나의 벗 정이옥鄭耳玉은 갯가 흙이 퇴적한 언덕 사이에 집터를 정하여 살았다. 서까래 몇 개만 남고 허물어져 가는 집이라 비바람을 막지 못했고, 부엌에는 식량과 나무도 없어 으스스하기까지 했다. 그러면서도 남에게 기이한 서책을 빌려 밤낮없이 읽으며 무릎을 안고 턱을 괴고 생각하곤 했다. 때로는 갑자기 물가나 산속의 정자에 가서 그윽한 꽃을 따기도 하고 아름다운 나무 밑에서 쉬기도 했다. 끝없이 펼쳐진 안개 자욱한 물결 위에 돛배가 가물거리는 것을 바라보고 이리저리 배회하다가 시상詩想이 떠오르면 흥얼흥얼 시를 읊조리기도 했다. 집에 돌아오면 그렇게 해서 지은 시가 30~50편이나 되었는데, 그 며칠 동안은 끼니를 굶기도 했다.

그러고는 다시 마을의 주막에서 외상으로 막걸리를 마시고는 마음 내키는 대로 걸어서 내 집 청장관青莊館에 찾아오곤 했는데, 집에 도착해서는 자신이 쓴 시 원고를 품속에서 꺼내 주면서 내게 읽어보라고 권하였다. 내가 다 읽고 나면 이옥은 꼭 묻기를 "어떠한가? 내가 지은 시이지만 나는 오히려 잘 모르고, 오직 자네만이 잘 알 수 있다네. 나는 늘 자네 말을 듣고서야 비로소 내 시가 어떻다는 것을 안다네."라 하였다. 내가 대수롭지 않게 "내가 어떻게 알겠나?"라고 말을 던지면, 이옥은 시무룩해서 "내 시가 아마도 아름답지 않은 거로군!" 한다. 내가 웃으면서 "자네 시는 꽤 좋다네."라고 하면, 이옥은 마침내 무릎걸음으로 다가와서 "과연 그러한가?"라 한다.

그러다가 내가 비로소 붓을 잡고 그의 시를 읊기도 하고 비평하기도 하면서 추어올려 칭찬하면, 이옥은 그제야 자기 시가 정말 아름답다고 믿고는 기쁨을 감추지 못했다. 이렇게 밤을 지새우면서 웃고 이야기하다 돌아가곤 했는데, 이렇게 지낸 지도 4, 5년이 되었다.

아! 이옥이 태어난 지 30여 년이 넘었는데도 그는 아직 뜻을 얻지 못한 채 이룬 것이 없고, 또 자기 마음속의 기이한 기운을 표현할 길도 찾지 못했다. 게다가 자신의 이름이 널리 알려지지 못하고 오직 나만이 자기의 시를 알아주는데도 감격스러워하였다.

하지만 나 역시 재주는 없으면서 뜻만 큰 사람인지라, 날이 갈수록 뜻만 커지고 쓸데없이 시인과 재주 있는 사람들의 시집이나 문집을 비평하기를 좋아하였다. 그런데 내가 그들의 잘못된 점을 지적하기라도 하면 "고의로 흠을 잡아 사람의 앞길을 막는다."며 성을 내는 사람도 있고, 그들의 아름다움을 칭찬하기라도 하면 "겉으론 칭찬하는 체하면서 세상에 아첨한다."고 의심하는 사람도 있었다. 하지만 이들은 자신의 시도 잘 모를 뿐만 아니라 나도 잘 모르는 사람이다. 내가 행여 남의 시를 몰라본다는 것이 사실일지 몰라도 천하에 나처럼 졸렬한 자가 어찌 남을 속일 수 있단 말인가? 이런 이유 때문에 나는 차츰 다른 사람의 시를 읽기가 싫어졌다. 그 때문인지 사람들 중에는 간혹 나를 배반하고 떠나가 버리는 사람도 있었다. 하지만 오직 이옥만은 나를 깊이 믿어 주는 사람이었기에, 나도 이옥에게 감격스러운 마음이 있었다.

이옥은 시를 지으매 솜씨가 풍부하고 특이하며 기발하고 잘 다듬어져 마치 미인이나 향초와 같고 신선의 선약이나 수정과 같았다.

시의 뜻과 흥취는 아름답고 영롱하여 마음과 눈이 쏠리게 할 정도였다. 하지만 그의 시에는 불우하고 가난한 자신의 처지를 한탄하는 말은 전혀 없었으니, 이것은 아마도 그의 타고난 자질과 성품이 본래 그러하기 때문일 것이다.

벗 정수鄭琇의 시집에 써 준 서문이다.

정수는 자가 이옥耳玉이라는 것 외에는 알려진 바가 없다. 『청장관전서』에 서문 한 편(「정수의 시집에 쓴 글」)과 척독 한 편(「정수에게」)이 남아 있는데, 이를 통해 평생 가난 속에서도 시 짓기를 멈추지 않았던 불우한 시인이었음을 짐작할 뿐이다.

이덕무와의 인연은 20대 후반부터 시작된 듯하다. 이 글에서 '정수가 태어난 지 30여 년이 넘었고, 서로 교유한 것이 4, 5년이 되었다.'고 한 것에서 짐작할 수 있다. 이덕무가 '나의 벗'이라 칭했으니, 둘은 동년배였을 터이다. 게다가 정수가 시를 짓고 주막에서 술을 마시면 찾았다던 '청장관靑莊館'은 이덕무의 당호이다. 이덕무는 1766년 대사동으로 이사하고 3년의 공사 끝에 1769년 5월 청장서옥靑莊書屋을 완성하였다. 따라서 이 글은 이덕무가 1770년 초, 즉 30대 초반에 쓴 것임을 알 수 있다.

이 글에서 정수는 자연에서 소요하다 시상이 떠오르면 시를 짓고, 완성된 시를 이덕무에게 보이며 평가해 달라 했다고 한다. 당시 이덕무는 시 비평가로 이름이 알려져 있었다. 그래서 많은 문인들이 그의 비평을 얻는 것을 금이나 옥보다도 보배로 여겼다. 이덕무는 이러한 시평을 담은 『청비록淸脾錄』을 남겼다. 『청비록』은 그 대상 범위가 조선은 물론 중국과 일본, 안남 그리고 유구까지 포괄하고 있으며, 실린 시화 역시 177편이나 된다.

「정이옥시고서鄭耳玉詩稿序」, 1770년 초, 30세 즈음

『기년아람』 출간에 부쳐

예전에 나는 고염무顧炎武와 주이준朱彛尊의 저서를 읽은 적이 있다. 그들의 책은 조정과 국가 의식은 물론, 한 나라의 제도와 문물에 대하여 자세하고도 분명하게 밝혀 놓았으며, 고금古今의 많고 지극한 일에 대하여 근본을 밝혀 실제로 활용할 수 있도록 힘쓴 것들이었다. 나는 그 책들에 탄복하며 이렇게 말했다.

"지금 세상에도 이런 사람이 있는가? 있다면 장차 나는 그를 찾아 묻고 싶다."

나는 그런 사람을 만나고자 몇 년을 헤매었다. 그러던 어느 날 효효재嘐嘐齋 김용겸金用謙 선생을 뵈었는데, 선생께서는 "이만운李萬運이라는 나이 많은 학자는 우리나라 문헌에 대해 모르는 것이 없어서, 고사를 인용할 때 근거를 분명하게 드러내어 월일의 날짜까지도 거의 틀리지 않을 정도라네."라고 말씀해 주셨다. 나는 마음이 절로 기뻐져서는 "이분을 어찌 지금 세상의 고염무와 주이준이라 하지 않겠습니까." 하고 즉시 일어나 마을로 가서 이만운 선생을 찾아뵈었다.

선생의 초가는 조용했다. 선생의 얼굴은 해맑고 모발은 듬성듬성했다. 선생은 서적이 가득 쌓여 있는 사이에 단정히 앉아 계셨는데, 눈에는 안경을 쓰고 손에는 산가지를 잡고 한참 지나간 세대의 연혁을 짚어 보면서 전 시대 사람들의 생몰 연대를 미루어 계산하고 있었다. 그래서 나는 시험 삼아 단군과 기자 이후부터 지금까지 평소

의문이었거나 알기 어려웠던 40~50가지 일에 대해 물었다.

선생은 기뻐하는 표정을 지었는데, 후배가 찾아와 질문해 주는 것을 고맙게 여기는 듯했다. 입으로는 대답하고 손으로는 쓰면서 여기저기에서 여러 책을 꺼내 크고 작은 일을 구분해 주셨다. 같은 일과 다른 일을 분별해 주시면서 의문스러웠던 것을 풀어 주고 잘못된 일은 바로잡아 주셨다. 술술 말씀하시던 그 모습, 선생이야말로 박학博學의 집합체였다.

나는 다시 근거 삼을 문헌이 없는 고려 시대 이전의 일들에 대해 물어보았다. 선생은 탄식하며 이렇게 말씀하셨다.

“당나라 장수 이적李勣이 고구려를 평정하고는 우리나라의 모든 서적을 평양에다 모아 놓았지. 그런데 그때 우리나라 문물이 중국에 뒤지지 않는 것을 시기하여 모두 불태워 버렸다네. 또 신라 말엽에 견훤이 완산 지방을 점령하고는 삼국의 모든 서적을 이곳에 실어다 놓았는데, 패망하게 되자 모두 불태워 재로 만들어 버렸지. 이것이 3천 년 동안 있었던 두 번의 큰 재앙이라네.”

그러더니 곧이어 『중국동방기년아람中國東方紀年兒覽』을 꺼내시고는 그 책을 내게 맡기면서 말씀하셨다.

“이것은 내가 편찬한 것일세. 학자나 문인들은 법식이나 수량 등 사물의 지식에 대해서는 소홀히 다룬다네. 그래도 중국 연대에 대해서는 대강이나마 알지만 우리나라에 대해서는 까마득히 모르고 있지. 이는 자기 할아버지나 아버지의 나이를 기억 못 하는 것과 무엇이 다르겠는가. 내 지금 자네를 보니 충분히 총명하다고 생각되네. 이 책을 좀 더 다듬고 내용을 보충하여 없어지지 않을 불후의 책으로 만들어 주길 바라네."

나는 그 말씀과 책을 삼가 받들고 돌아와 두 달 동안 정성껏 손질하여 마침내 완성하였다. 책에 남긴 대강의 내용은 다음과 같다.

중국의 경우, 아주 오랜 옛날 홍황鴻荒[7] 10기 세대부터 청나라에 이르기까지 봉건 시대 열국列國들의 뺏고 빼앗기는 전쟁사를 자세히 기록했으며 국경과 행정 구역도 뒤에 부록으로 실어 놓았다.

또한 우리나라의 경우는 삼조선, 한사군, 이부, 삼한, 삼국, 고려에서 현재에 이르기까지 모든 일을 거론하였을 뿐 아니라 속국의 경계와 군현의 총수를 그 아래에 기록하였으며, 발해와 일본의 계보와 행정 구역, 가락駕洛과 유구琉球의 계통도 각각 부록으로 붙여 놓았다. 더불어 중국과 우리나라의 다르게 구분되는 시기를 서로 연대를 들어서 계산하기 편리하게 해 놓았다.

이 책은 기년紀年에 대해서는 상세하고 정윤正閏에 대해서는 엄격하다.[8] 사실은 간략하게 기재하였고, 서법書法에 대해서도 조심하였다. 명나라와 우리나라에 대해서는 더욱 자세히 다루었다.

나는 이미 선생의 부탁을 받아 글을 다듬고 내용을 보충하였으므로 삼가 '증보'라는 두 글자를 위에 써서 표시하였다. 책은 모두 두 권이다. '아람兒覽'이라고 이름 붙인 것은 선생이 겸손하여 어린아

7 홍鴻은 큰 기러기로, '크다'는 뜻으로 사용된다. 황荒은 '거칠다, 황량하다'는 뜻이다. 따라서 홍황은 세상이 정비되기 전 거칠고 큰 덩어리 형태였던 '먼 옛날', '태고太古'를 의미한다.

8 기년紀年은 세기世紀와 연월年月을 이르는 말로, 기원紀元으로부터 차례로 셈한 햇수이다. 정윤正閏은 정위正位와 윤위閏位를 이르는 말로, 윤위는 정통이 아닌 임금의 자리를 뜻한다. 즉 정통과 비정통을 뜻한다.

이들이나 읽을 수 있는 책이라 여겼기 때문이다. 당나라 손혁孫奕이 자전字典을 한 권 편찬하고는 『시아편示兒編』이라 이름붙인 뜻과 같다.

이 책은 역사가들의 모든 것을 포함하고 있으니, 먼저 어린이들이 자주 익혀서 환히 꿰뚫어 알게 한다면 중국의 23가지 역사책 및 우리나라의 여러 역사책과 우리 왕조 대대 임금의 생애와 행적 같은 것도 저절로 알게 될 것이다. 이는 마치 층계를 따라 올라가되 한 칸씩 나아가는 것과 같아 매우 쉬울 것이다.

간략한 것으로 말하자면 『소학小學』의 사물 명칭과 수량 따위의 자질구레한 지식과 비슷하지만, 방대한 것으로 말한다면 나라를 다스리는 정치가의 학문도 될 수 있으니 도리어 중요하지 않겠는가. 책이 완성되자 선비들 중에 이를 베껴 기록하고자 하는 자가 끊이지 않았으니, 이 책이 반드시 세상에 전해질 것임을 알 수 있다.

이 글은 『기년아람紀年兒覽』이라는 책에 쓴 서문으로, 책의 저자를 밝히고 편찬 과정을 설명하고 있다. 『기년아람』은 상고 시대부터 조선 시대에 이르기까지 중국과 우리나라의 역대 제왕 계보와 행정 구역 이름, 또 발해와 일본 등의 행정 구역까지 총망라한 역사책으로, 이만운李萬運(1736~1820)이 편찬한 『중국동방기년아람』을 이덕무가 두 달 동안 수정·증보하여 1777년 10월에 완성했다. 이덕무는 일찍부터 고염무의 『일지록日知錄』과 주이준, 서건학徐乾學의 글을 읽고 깊은 영향을 받았다. 이들은 명말·청초 시대의 고증학 대가들로서, 우리나라에도 이와 같은 인물이 없을까 찾던 이덕무는 마침 김용겸 선생에게 이만운을 소개받게 되었다. 당시 마흔두 살이었던 이만운은 우리나라 문헌에 통달하였을 뿐 아니라 고사에 대해서도 꼼꼼히 따지는 세밀함을 가지고 있었다. 따라서 『기년아람』은 이만운과 이덕무가 의기투합해서 이룬 학문적 결실이라 하겠다.

이덕무는 박학博學으로 유명한 학자다. 그의 넓은 학식은 고증학적 학문 자세에서 비롯되었다 해도 과언이 아니다. 이덕무의 학문 경향은 그의 뒤를 이은 정약용, 김정희 그리고 그의 손자이기도 한 이규경 등의 실학자들에게도 큰 영향을 주어 18세기 이후 조선 사회에 고증학풍을 수립하는 데 크게 공헌했다.

「기년아람서紀年兒覽序」, 1777년, 37세

야뇌, 백동수라는 사람

야뇌野餒는 누구의 이름인가? 나의 벗 백영숙白永叔(백동수)이 스스로 붙인 이름이다. 내가 보기에 영숙은 걸출한 선비인데, 무슨 까닭으로 고루하고 거친 사람으로 자처하는가? 나는 그 이유를 알고 있다.

무릇 사람들은 세속을 벗어나 여러 사람과 어울리지 않는 선비를 보면 반드시 조롱하고 비웃는다. 그러면서 "저 사람은 생김새가 예스럽고 복장이 유행에 뒤떨어지니 촌스러운 사람[野]이구나. 또 고지식한 말만 하고 최신 풍속을 따르지 않는 행동거지를 하니 굶어 죽을 사람[餒]이로구나." 하며, 마침내 그와 함께 어울리지 않는다. 세상 사람들이 모두 그렇게 대하니, 이른바 '야뇌'라 자처하는 사람들은 묵묵히 자신만의 길을 가다가도 세상 사람이 자신과 어울리지 않음을 한탄하곤 한다. 그래서 이들 중 어떤 사람은 후회하면서 자신의 순박함을 버리기도 하고, 어떤 사람은 부끄러워하면서 자신의 질박함을 버리기도 한다. 그러면서 점차 각박해지는 세태를 좇아가기도 한다. 어찌 이런 사람들을 진짜 야뇌라 할 수 있겠는가? 이제는 야뇌다운 사람을 또한 볼 수 없게 되었다.

백영숙은 예스럽고 소박하며 수수하고 진실한 사람이다. 수수하고 진실한 마음을 가지고 세상의 화려함을 사모하지 않고, 예스럽고 소박한 마음을 가지고 세상의 속임수를 따르지 않으며, 굳세게 우뚝 자립해서 마치 딴 세상에서 노니는 사람처럼 처신하였다. 세상 사람들이 모두 헐뜯고 비방하더라도 그는 야인인 것을 후회하지 않고,

뇌인인 것을 부끄러워하지 않는다. 그러니 이 사람이야말로 진짜 야뇌라고 말할 만하다.

이러한 사실을 누가 알고 있겠는가? 나만이 알고 있다. '야뇌'라는 이름을 세상 사람들은 하찮은 것이라 여기지만, 나는 이것이야말로 그대에게 어울릴 만한 이름이라 믿는다. 내가 앞서 '그대가 고루하고 거친 사람으로 자처한다.'고 한 것은 내 마음에 격동된 바가 있었기 때문이다.

영숙은 내가 자기 마음을 알아준다고 생각해서 내게 '야뇌'라는 이름에 대한 글을 써 줄 것을 부탁하였다. 이제 이렇게 글을 지어 영숙에게 주노니, 행여 교언영색巧言令色을 일삼는 자들이 이 글을 읽게 된다면 반드시 비웃으며 "이 글을 지은 자야말로 진짜 야뇌로구나." 하고 욕할 것이다. 그렇다 하더라도 내가 어찌 화를 내겠는가?

신사년(1761) 1월 20일 한서유인寒棲幽人[9]이 쓰다.

처남이자 절친했던 벗 백동수白東脩(1743~1816)에게 써 준 기문記文이다.

이덕무는 16세(1756)에 동갑인 수원 백씨水源白氏에게 장가들었는데, 그녀는 동지중추부사 백사굉白師宏의 딸이다. 그리고 그녀의

9 한서유인은 '궁벽한 데에 머무는 가난한 사람'이라는 뜻으로, 이덕무의 또 다른 호이다.

두 살 아래 동생이 백동수이다. 이덕무와는 예닐곱 살부터 알던 사이였고, 이후 처남 매부 사이가 되었다. 백동수의 집안은 증조부인 백시구白時耉가 종2품인 평안도 병마절도사를 지낸 고위 무관 집안이었지만, 그의 조부인 백상화白尙華가 서자였기에 서얼이라는 굴레를 짊어질 수밖에 없었다.

백동수는 29세(1771)에 무과에 급제했고, 45세(1787)에 국왕의 호위부대인 장용영 초관에 임명되었고, 정조의 특명으로 이덕무, 박제가와 함께 『무예도보통지武藝圖譜通志』를 간행하였다.

이 글은 백동수가 자신의 당호를 '야뇌'라 짓고, 이에 대한 글을 써주길 부탁해서 이덕무가 쓴 것이다. 야野는 '촌스럽다' 혹은 '꾸밈없이 순박하다'는 뜻이고, 뇌餒는 '굶주린다'는 뜻이다. 따라서 '야뇌'는 세상 사람들이 귀하게 여기는 부와 명예, 성공과 출세와는 거리가 멀다. 그런데 백동수는 이 두 글자를 자신의 호로 삼았다. 그리고 이덕무는 그런 백동수의 자호를 높이 평가하였다.

'야인野人'은 꾸밈없이 순박하여 가식 없이 진실한 사람이다. '뇌인餒人'은 세속의 명리를 부러워하지 않고, 굶주림이나 가난을 부끄러워하지 않는 사람이다. 세속의 기준과 타협하지 않고 타고난 본성대로 순수함을 간직한 사람, 백동수와 이덕무는 그런 사람이었다. 백동수가 '야뇌'를 자호로 삼은 뜻은 이덕무가 '영처嬰處'를 자호로 삼은 뜻과 다르지 않다고 하겠다.

백동수는 야뇌野餒 외에 인재靭齋, 점재漸齋라는 호도 사용하였다. '인靭'이라는 글자는 가죽 혁革과 칼날 인刃이 합쳐진 것이다. 가죽은 부드럽고 질기며 칼날은 강하고 날카롭다. 따라서 백동수가 불

갈은 자신의 성격을 유연하게 만들고자 하는 의지를 담은 것이라 하겠다. '점漸'은 차례를 뛰어넘지 않고 순차적으로 하는 것을 뜻하는데, 이 역시 점차적이고 완만하게 처신하고자 하는 의지를 드러낸 것이다. '점재'의 뜻은 이덕무가 써 준 「점재기漸齋記」에 자세히 밝혀져 있다.

「야뇌당기野餒堂記」, 1761년, 21세

"잘못을 하기는 쉽지만,

잘못을 알기는 어렵습니다.

잘못을 알기는 쉽지만,

잘못을 진실로 알기는 어렵습니다.

잘못을 진실로 알기는 쉽지만,

잘못을 제거하기는 어렵습니다.

잘못을 제거하기는 쉽지만,

잘못을 진실로 제거하기는 어렵습니다."

잘못을 아는 지혜

장운장張雲章(장간張幹)께서는 잘못을 하시면, 스스로 자신의 잘못을 아시는지요? 잘못을 하기는 쉽지만, 잘못을 알기는 어렵습니다. 잘못을 알기는 쉽지만, 잘못을 진실로 알기는 어렵습니다. 잘못을 진실로 알기는 쉽지만, 잘못을 제거하기는 어렵습니다. 잘못을 제거하기는 쉽지만, 잘못을 진실로 제거하기는 어렵습니다. 천하의 많은 사람들이 사람의 도리를 다하지 못하면, 심하면 오랑캐나 금수禽獸에 이르는 것은 모두 잘못을 알지 못하는 데서 비롯됩니다. 그러니 잘못을 아는 것이 중요한 일임을 비로소 알겠습니다.

운장께서는 과연 혼자만은 스스로의 잘못을 아시는지요? 그렇다면 사람마다 누군들 "나는 나의 잘못을 알고 있노라."고 말하지 않겠습니까? 하지만 나는 아직 자신의 잘못을 진실로 아는 자를 보지 못했으니, 추하고 미련한 것이 예나 지금이나 그대로입니다.

조금 지혜로운 자는 자신의 잘못을 알거나 자신의 잘못을 제거하는 단계에 거의 들어갔다 나왔다 할 수 있지만, 자신의 잘못을 진실로 알거나 진실로 제거하는 단계까지는 여전히 거리가 멉니다. 진짜 어리석고 망령된 자들이 더러 있는데, 이들은 마치 깜깜한 밤이나 목석과 같아서 자신의 잘못을 아예 알지 못합니다. 비록 부모가 가르치고 임금이 타이른다 해도 반발하거나 크게 화를 내기도 하니, 이런 자들은 모두 죽여 마땅한 자라 하겠습니다.

만일 잘못을 진실로 알 수 있다면 잘못을 진실로 제거하는 것도 가능합니다. 그런데 자신의 잘못을 진실로 아는 것으로 세상에 이름난 사람이 예전에도 있었는지요? 거의 없었습니다. 오직 거백옥蘧伯玉[10]이라는 자만이 이것으로 명성이 있었습니다.

오호라! 오직 거백옥만은 자신의 잘못을 진실로 알았고, 또 자신의 잘못을 진실로 제거한 자라고 말할 수 있을 겁니다. 쉰 살이 되기 전에도 잘못을 전혀 알지 못했던 것은 아니었으나, 아는 것과 제거하는 것 사이 단계를 출입하다가 마흔아홉 살 이후에 확 트여 확실히 알게 되었습니다. 그러니 보통 사람들보다 크게 뛰어난 자가 아니라면 어찌 그럴 수 있었겠습니까?

지금 운장께서는 '잘못을 안다〔知非〕'를 집 재실 현판으로 거는 것을 매우 쉽게 생각하시니, 당신도 또한 보통 사람보다 크게 뛰어난 자가 아니겠습니까? 그러나 운장께서는 한갓 "나는 나의 잘못을 알고 있노라."고 말할 뿐만 아니라, 가난하여 술지게미와 쌀겨를 먹으면서도 자신의 몸이 부귀영달하기를 원하지 않으시고, 오직 자신의 잘못을 알기만을 원하셨습니다. 나 또한 가난 때문에 운장께서 뜻을 이루지 못할까를 걱정하지 않습니다. 다만 운장께서 잘못을 진실로 아는 것부터 잘못을 진실로 제거하는 데까지 도달하기를 격려하겠습니다. 그러나 자신의 잘못을 아는 일이 쉽지 않기에, 한편으로는 기쁘고 한편으로는 걱정도 됩니다. 아! 운장께서는 삼가 나의 문장

10 거백옥은 공자가 존경했던 사람으로, 춘추시대 위衛나라 대부였다. 평생 과거의 잘못을 끊임없이 반성하고 새 사람으로 다시 태어나기 위해 노력한 인물로, "거백옥은 50살이 되어 49년 동안의 잘못을 알았다."고 한다(『회남자』「원도훈」).

에 부끄럽지 않으시기 바랍니다. 종합하여 경계하기를 "극기복례하십시오."라고 말하겠습니다.

갑신년(1764) 청명에 삼가 짓다.

장간張幹의 집 재실에 써 준 기문記文이다.

장간은 자가 운장雲章, 호가 지비재知非齋이다. 이 밖의 인물 정보는 알려진 바가 없다. 『청장관전서』에 장간의 이름이 9회 정도 보인다. 『영처시고』에 이름이 보이고 『이목구심서』에서도 이름이 언급되는 것으로 보아, 20대 초반부터 줄곧 돈독한 관계를 유지했던 듯하다. 특히 '운장노자雲章老子'라는 호칭을 쓴 것을 보면, 아마도 이덕무 손위 선배인 듯하다.

이 글은 장간이 자신의 집 현판에 '잘못을 알다〔知非〕'라고 쓰고자 한 이유를 밝히고 있다. 잘못을 제거하는 일은 모두 잘못을 아는 데서 비롯되므로, '잘못을 아는 것'이 가장 중요한 일이라는 것이다.

「지비재기知非齋記」, 1764년, 24세

배우는 일보다 더 당연한 것은 없다

하늘이 우리에게 귀와 눈과 입과 코, 그리고 팔다리와 뼈대를 준 것이 어찌 우연이겠는가. 그렇다면 우리는 하늘로부터 부여받은 것을 어떻게 해야 할까?

귀는 당연히 들어야 할 것을 듣고, 눈은 당연히 보아야 할 것을 보며, 입은 당연히 말해야 할 것을 말하고, 코는 당연히 냄새 맡아야 할 것을 맡고, 팔다리와 뼈대는 모두 당연히 움직이고 멈추어야 할 때 움직이고 멈추어야 한다.

당연함이란 당연히 그렇게 해야 하는 것으로, 이치에 맞는 것을 말한다. 하늘의 이치를 잃지 않는 것, 이것을 이치에 맞는다고 하는 것이니, 우리가 하늘로부터 받은 것도 어찌 우연이겠는가. 듣고 보고 말하고 냄새 맡고 움직이고 멈추는 일이 만일 불행하게도 그 당연함을 잃는다면 이것은 하늘의 이치를 잃는 것이다. 이미 하늘의 이치를 잃었다면 고개를 들어 하늘을 쳐다볼 때 어찌 두렵고 부끄러운 마음이 들지 않겠는가.

내가 밤낮으로 당연함에 대해 생각해 보았는데, 배우는 것만큼 당연한 일은 없었다. 그리고 나는 조금도 이지러지거나 잘못됨이 없는 온전한 귀와 눈과 입과 코, 그리고 팔다리와 뼈대를 갖추었으니, 이미 배운다고 말하면서 당연히 배워야 할 것을 배우지 않는다면, 이는 오히려 처음부터 배우지 않은 것만 못하다. 그러므로 비록 배우지 않았다고 말한다 해도 괜찮을 것이다.

이덕무는 일생을 독서로 일관해 온 인물이다. 그에게 독서는 곧 학문하는 일이었다. 그런 이덕무가 생각하는 학문이란 무엇인가?
하늘이 우리에게 귀과 눈과 입과 코와 팔다리, 그리고 뼈대를 부여해 준 것은 인간으로서 당연히 해야 할 도리를 실천하라는 뜻이다. 그런데 인간의 도리 중 가장 당연한 일이 바로 '배우는 일'이라고 한다. 즉 배움은 우리가 태어날 때부터 부여받은 운명이며 의무인 것이다.
특히 이덕무는 인간 본연의 순수한 성품을 중시하였고, 이를 위해서 학문을 통한 인격 수양을 강조하였다. 그런데 이덕무는 인간이 문명 생활을 영위하기 시작하면서 본연의 성품을 잃어 간다고 생각했다. 문명이 발달해 갈수록 인간은 더욱 타락한 생활을 한다고 생각한 것이다. 그래서 인간의 순수함을 되찾고 내면적 성찰을 이루는 방편으로 배움의 덕목을 강조했다. 온전한 신체를 가지고 있으면서도 배우지 않는 것은 인간 본연의 의무를 저버리는 것이라고까지 생각한 이덕무이기에, 평생을 독서로 일관하며 자신에게 주어진 역할을 묵묵히 이행했던 것이다.
나날이 발달하는 문명의 이기 속에서 인간 본연의 모습을 잃어 가는 요즘이다. 학문이 더 이상 내면 성찰의 도구가 아니라, 재력이나 권력을 위한 수단으로 전락해 가고 있다. 한 분야에 마음을 두고 정진하는 이를 보기가 힘들어지는 요즘에, 이덕무의 학문에 대한 신념은 오늘날의 우리를 되돌아보게 한다.

「학설學說」

『고문선』은 꼭 읽어야 한다

『고문선古文選』은 청성부원군 식암공息庵公 김석주金錫胄가 편집했다. 중국 전국 시대부터 송나라에 이르기까지의 문장이 모두 1백여 편 실려 있는데, 그 내용이 넓으면서도 간략해서 역대 문장의 변화 양상을 뚜렷이 살필 수 있다.

고문의 도道가 거의 끊어진 지 이미 오래다. 의관을 갖추고 다니는 선비들도 겉보기만 화려하고 실속이 없어져 자법字法과 구법句法, 장법章法이 어떠한지 깊이 연구하지 않는다. 그러면서 꼭 큰소리치며 이렇게 말한다.

"『고문선』은 지리멸렬하고 사소한 데 얽매여 있으니 이것을 읽는다면 어찌 선비라 하겠는가?"

많은 선비가 이런 말에 동감하니 이제 이런 경향은 하나의 풍습이 되었다. 그래서 누군가 『고문선』을 끼고 문밖을 나서거나 책상 위에 펴 놓으면 많은 선비가 비웃으며 이리 말한다.

"저것은 무슨 책인가? 『고문선』은 그대를 크게 그르칠 책이다. 예로부터 지금까지 얼마나 많은 책이 있는데, 왜 하필 그중에서도 『고문선』을 읽는단 말인가?"

이러니 그 책을 가지고 있거나 펼쳐 보던 사람도 마치 자신이 큰 죄를 지은 것처럼 얼굴이 붉어져서, 마음속으로 '차라리 시장에서 매를 맞을지라도 『고문선』을 읽을 수는 없다.'고 생각하며 책을 집어 던져 버린다.

아, 이렇게 선비들이 깊게 생각지 못하는 풍습이 오늘날은 더욱 심하다. 『고문선』에는 전국·선진·동한·서한 시대의 글과 한유·유종원·구양수·소식의 글, 또 옛날의 이름난 선비와 덕이 높은 선비들의 글이 가득하다. 이런 『고문선』을 선집한 사람을 어찌 보잘것없는 보통 선비와 비교하겠는가? 비록 문장 중에 귀한 것을 대강 아는 사람이 뽑았더라도 분명 얻을 것이 많을 텐데, 하물며 식암공같이 문장과 재주와 식견이 당대에 이름난 분이 뽑은 문장이라면 반드시 볼만하리라.

그런데도 어째서 스스로 읽지도 않을뿐더러 수치스럽게 여기고 남까지 읽지 못하게 하는가? 그 글을 부끄러워하기 때문인가? 아니면 거기에 실려 있는 사람들이 훌륭하지 않기 때문인가? 아니면 문장을 뽑은 자가 잘 알려지지 않은 사람이기 때문인가? 이 세 가지 중 어느 하나 빠지는 것이 없는데 대체 어느 누가 『고문선』을 부끄러워하기 시작했단 말인가?

내 생각에는 어떤 천한 선비가 이 책을 읽었는데 전혀 공부에 발전이 없어 남들에게 손가락질을 받게 되자, 본인을 탓하지 않고 되려 이 책을 탓하는 바람에 오늘날 이렇게 된 듯하다. 내가 일찍이 들으니, 당나라·송나라 때 모든 어린아이에게 『논어』를 가르쳤더니 세상 선비들이 마침내 성인이 남긴 말씀을 귀하게 생각지 않게 되었다 한다. 이것 또한 습관으로 그렇게 된 것이니, 이상하지 않은가? 『고문선』을 읽지 않는 풍습을 어쩌면 좋을까? 이는 습관이 되는 것을 걱정하기보다는 먼저 그 근본을 하나하나 깊이 연구하는 것이 나을 것이다.

이덕무가 『고문선古文選』을 읽고 쓴 감상문이다.

『고문선』은 조선 후기 문신 김석주金錫胄(1634~1684)가 편집한 책이다. 중국 전국 시대부터 송나라까지의 백여 편의 문장이 실려 있어서 역대 문장의 변화 양상을 뚜렷이 살필 수 있다. 진나라·한나라 시대의 문장은 물론, 당나라·송나라 시대의 뛰어난 문인들인 당송팔대가唐宋八大家의 문장도 가득해서 '고문'의 진면모를 볼 수 있다. 게다가 이 책을 선집한 사람은 문장과 재주와 식견이 당대에 이름난 김석주이다. 이렇듯 『고문선』은 선집한 사람도 훌륭하고 수록된 문장도 훌륭하다.

그런데도 세속에서는 이 책을 좋지 못한 책이라 평가하고, 이 책을 읽는 선비를 비웃는다. 이는 이 책을 읽고 평가한 결과가 아니라 남들이 하는 말을 따른 결과일 뿐이다. 그러나 어떤 과정을 거쳐 이런 풍습이 생겼는지는 아무도 알지 못한다. 그냥 당대의 유행에 따를 뿐이다.

하지만 이런 풍습은 단지 『고문선』에만 해당되는 것은 아니다. 당시 선비들이 진중하게 책을 읽고 엄숙하게 학문하는 대신, 남의 문장을 모방하거나 남이 읽는 책만 읽는 풍습을 비판한 것이다. 그래서 이덕무는 말한다. "남이 한다고 나도 하랴! 책에 대해서는 스스로 읽고 하나하나 깊이 연구할 줄 알아야 할 것이다."

「제고문선후題古文選後」

심계의 글을 읽고서

귀신이 비 오는 날 슬피 울어 사람의 골수를 오싹하게 하니, 무산巫山의 신아神娥가 고당高唐의 뭉게구름 위를 떠다니다 아름다운 모습으로 초나라 대왕의 꿈에 나타난 것일까?[11]

나는 옛 화폭에서 초몽도楚夢圖를 본 적이 있다. 그 그림에서 초나라 양왕襄王은 옥으로 만든 팔걸이에 기대어 졸고 있다. 그때 마치 향에서 나는 연기처럼 흰 기운이 하늘하늘 피어오르더니 대왕의 이마에 꽂혀 있다가 공중에서 빙 돌고 있다. 아름답게 단장한 한 여인이 그 흰 기운 끝을 살짝 밟고 있는데, 그 맑은 눈동자는 대왕의 이마를 꿰뚫어 보고 있다. 송옥宋玉의 무리는 그 옆에서 손을 모으고 서 있으면서도 그저 대왕이 옥궤에 기대어 졸고 있다는 것만 알 뿐, 왕이 깊은 꿈속에서 아득히 멀고 넓은 초나라 5천 리를 다니다가 무산의 선녀를 만나 즐겁게 이야기를 나누고 있다는 것은 까맣게 모르고 있다.

대개 꿈이란 헛된 그림자여서 혼자서만 느낄 뿐, 남과 함께 볼 수는 없다. 그런데 꿈을 그릴 수 있겠는가? 더욱이 초나라 대왕과 무산 신아의 만남을 그려 낼 수 있겠는가?

11 중국 춘추 전국 시대 초나라의 문인 송옥宋玉의 「고당부高唐賦」에 나오는 표현이다. "옛날 초나라 양왕이 일찍이 고당을 노닐다 지쳐 낮잠을 자는데, 꿈속에 한 부인이 나타나 '첩은 무산의 여자로 고당의 나그네가 되었는데, 임금께서 고당에 노닌다는 소식을 듣고 왔습니다. 바라건대 잠자리를 받들어 모시고자 합니다.' 하니 왕이 그녀를 사랑하였다."고 전한다.

그러나 한 줄기 흰 기운이 하늘하늘한 것은 꿈이 분명하다. 흰 기운이 꿈인지, 꿈이 신아인지, 신아가 그림인지, 그림이 꿈인지, 분명한 것은 대체 무엇이란 말인가? 나는 이미 그것을 잊었다. 나의 족질 심계心溪 이광석李光錫의 글은 그 꿈을 그린 것이란 말인가?

화가는 자신이 주장하고자 하는 것을 손으로 그려 낼 수 있어서 사물인 단청을 마음대로 부리며 꿈꾸지 않은 것도 꿈꾼 듯 만들어 낼 수 있다. 지금 심계가 보낸 것은 글이지 그림이 아니며, 그가 말한 것은 미루迷樓나 금관성錦官城 또는 초요焦僥나 파사시波斯市[12] 등이지 초나라 대왕의 꿈은 분명 아니다. 그러나 내가 눈으로 꿰뚫어 보고 나의 정신으로 파악해 보니, 이 그림은 초몽도인 것이 분명하고 심계의 글이라는 것은 또한 잊어버렸다. 나뿐 아니라 심계 또한 잊었으리라.

나는 눈을 크게 뜨고 심계를 보며 웃고, 심계도 손을 모으고 웃었다. 이날은 조용히 한마디 말도 없었다.

이 글의 원제목은 「심계의 긴 편지 뒤에 쓰다書心溪子長牘尾」이다. 제목에서 알 수 있듯이 조카인 심계 이광석에게서 편지를 받고 감상을 적은 것이다. 이 글은 연암 박지원의 「녹앵무경서綠鸚鵡經序」

12 미루는 '사람을 현혹하는 건물'이라는 뜻의 궁전 이름으로, 수나라 양제가 세운 것으로 알려져 있다. 금관성은 성도성成都城의 별칭으로, 두보의 시를 보면 "금관성 밖에 잣나무가 무성하다.〔錦官城外柏森森〕"라는 구절이 있다. 초요는 난쟁이들이 사는 나라를 이르는 말이며, 파사시는 페르시아를 일컫는다.

와 마찬가지로 초양왕楚襄王의 꿈 이야기를 통해 자신의 뜻을 전하는 방식을 취하고 있다. 초몽도楚夢圖 자체로는 심계의 편지에 덧붙이는 글의 성격과는 전혀 무관한 듯한데, 심계의 글에 대해 말하기 위해 길게 꿈 이야기를 인용하고 있는 것이다.

이덕무는 이 글에서 심계가 보내온 편지의 문장이 너무나 기이하고도 생소해서 대여섯 번을 읽어도 이해할 수 없다 하였다. 더불어 그 문장들이 마치 다른 이는 볼 수 없고 나만 홀로 느끼는 꿈을 그린 듯하다 평하였다. 문장은 그림이 아니다. 더구나 다른 이가 꾼 꿈을 선명하게 되살려 그릴 수는 없다. 따라서 아무리 독창적이고 신기한 글을 짓고자 하더라도 꿈을 그릴 수야 없지 않겠느냐는 뜻이다. 이덕무는 심계의 긴 편지를 받고 이광석에게 답장을 보냈는데, 이 책에 수록된 「이광석에게 4」이다.

「서심계자장독미書心溪子長牘尾」

「골계전」을 읽고 나서

사마천이 지은 「골계전滑稽傳」을 읽은 사람들은 눈썹이 펴지고 입이 벌어지면서 졸음은 물론이고 근심스러운 마음도 달아날 만큼 재미있다고 말한다. 그러나 이는 그저 겉만 알고 속뜻은 조금도 살피지 않아서 하는 말이다.

다른 이들과 달리 나는 그 글을 읽을 때 유독 순우곤淳于髡, 우맹優孟, 우전優旃[13]의 고뇌하는 마음을 가련하게 생각했기에 매번 그들이 우스꽝스러운 일을 당하면 탄식했었다. 제나라, 초나라, 진나라 시대가 모두 잘 다스려진 세상은 아니었다. 그때는 어리석은 사람 현명한 사람 할 것 없이 크게는 구족이 멸족을 당하고 작게는 자기 한 몸이 가루가 되어 버리는 세상이었다.

이 세 사람은 어리석은 자가 아니라면 현명한 자이다. 만약 이들이 어리석었다면 어찌 강한 자에게 붙어 약한 자에게 등을 돌리고 부귀에 목숨을 걸어 자신이 바라던 것을 채우지 않았겠는가? 또한 이들이 현명했다면 어째서 곧은 말은 하지만 얼굴빛을 온순하게 해서 임금을 바른길로 인도하고 좋은 세상이 되는 데 재능과 명성을

13 순우곤, 우맹, 우전은 모두 『사기』「골계열전」에 등장하는 인물들이다. 순우곤은 중국 전국 시대 제나라의 학자로 익살과 다변多辯으로 널리 알려진 인물이다. 우맹은 초나라의 악인樂人으로서 춤과 노래, 우스꽝스러운 익살에 능했다고 한다. 우전은 진나라 악공樂工으로서 키는 작지만 우스운 소리를 잘했는데, 그 우스운 말마다 깨우침을 주는 도리가 들어 있어서 진시황도 그를 좋아했다고 한다.

떨치지 않았겠는가?

이 세 사람은 어리석지도 현명하지도 않은 듯하지만, 실제로는 현명하면서도 어리석은 척하며 골계에 의탁해 자신의 몸을 보존했다. 한마디 말이나 한 번의 웃음에도 풍자하려는 뜻이 매우 깊었으니, 아무리 포악한 임금일지라도 어찌 화를 내며 배우를 죽일 수 있었겠는가. 또 아무리 어리석은 임금이라도 어찌 돌이켜 풍자한 것임을 깨닫지 못했겠는가.

아, 하지만 이 세 사람인들 그렇게 하는 것이 즐거웠겠는가. 그들이 큰소리치며 크게 웃고 다니던 것이 슬퍼서 탄식한 것임을 어찌 알겠는가.

이 글은 『사기』에 나오는 「골계전」을 읽고 쓴 독후감이다. 골계滑稽라는 것은 익살, 즉 남을 웃게 하는 것을 뜻한다. 「골계전」에 나오는 세 사람은 모두 명배우로서, 익살을 잘 부리는 순우곤과 풍자를 잘하는 우맹, 그리고 우스운 이야기를 잘하는 우전은 남들에게 웃음을 주는 인물들이었다. 그럼에도 이덕무는 그들의 처지를 매우 슬프게 여기고 있다. 세 사람이 한 일이 어찌 자기 스스로 즐거워서 한 일이겠냐고 되묻는다. 그들이 큰소리치며 웃고 다닌 이면에 가려진 슬픔을 이덕무는 읽었던 것이다.

그가 이 명배우들의 처지를 슬프게 여긴 것은 아마도 모순된 현실 속에서 자신의 뜻을 펴지 못하고 배우의 문장을 즐거움으로 삼았던 자신의 처지가 이들 세 사람과 같다고 느꼈기 때문일 것이다.

자신이 배우고 쌓은 덕을 세상에 풀어놓지 못한 답답한 마음이 고스란히 전해진다.

「서골계전후書滑稽傳後」

2

복숭아나무
그늘 아래에서

"난새처럼 멈추고 고니처럼 그치며

봉황의 깃털처럼 아름다운 풍채

길이 전하기를,

곰이 나무에 오를 때 나무를 잡아당기듯,

새가 목을 펴서 먹이를 먹듯,

닭 둥지 속의 늙은이처럼

오래오래 살기를 진심으로 바라노라."

까치가 집을 짓기에

삼호三湖의 외삼촌 댁에는 큰 산수유나무가 있었다. 기묘년(1759) 겨울 11월, 까치가 그 나무 꼭대기에 집을 짓기 시작하더니 절반쯤 만들고는 가 버리고 오지 않았다. 이 모습을 지켜보던 외삼촌이 "네가 상량문을 지어 주면 까치가 집 짓는 일을 끝마칠 것이다."라고 말씀하셨다. 그래서 나는 곧 붓을 들어 상량문을 지었다. 글은 비록 장난처럼 지었지만 신기하게도 까치가 마침내 집을 완성하였다. 까치는 정말로 내 글을 기다렸던 것일까? 이 일을 기록하여 이야깃거리를 좋아하는 사람들에게 전한다.

하늘과 땅 사이에 별다른 경계가 없어 강 언덕 위의 기둥 하나가 허공을 의지하고 서 있네. 이곳은 바로 신선이 사는 좋은 누각이니, 중국의 구주九州까지도 구름 아래 아홉 개의 점인 듯하네. 살고 싶었던 곳에 살게 되었으니 더없이 즐거우리라. 이 집의 주인은 옛날 은하수를 메워 다리를 만들고,[1] 돌로 변하여 일의 징조를 알려 주었던 이들의 후손이다.[2]

1 음력 7월 칠석 까마귀와 까치가 오작교를 놓으면 이 다리에서 견우와 직녀가 만난다는 전설이 있다. 『회남자淮南子』에도 "까마귀와 까치가 은하를 메워 다리를 놓아 직녀성을 건너게 한다."는 글귀가 나온다.

2 한나라 무제 때 장호張顥라는 이가 양梁나라의 정승이 되었는데, 어느 날 까치처럼 생긴 새가 날아오는 모습을 보고 사람을 시켜 잡아 오게 했더니 어느덧 까치는 돌로 변해 있었다. 그 돌을 깨뜨려 보니 '충효후忠孝侯'라고 쓴 도장이 나왔다고 전한다(『사문유취 후집事文類聚 後集』 44 「작鵲」).

궁전 앞에서 동방삭東方朔이 까치를 가리키며 동풍이 불어올 것을 알게 됨은 일찍이 바람이 불면 제비처럼 생긴 돌이 날리는 것을 알았기 때문이다.[3] 옥에 갇혀 있던 경일景逸이 까치를 보고 좋은 소식이 있으리라 생각하고 마음을 놓았더니 곧 금계金鷄를 받고 풀려났다네.[4] 높이 있는 둥지에서 재잘거리며 진흙을 물어다 집을 짓는 제비를 비웃고, 텅 빈 성에서 지저귀며 낟알이나 쪼아 먹는 참새를 천박하다 여기네. 때를 알아 기쁜 소식 알려 주니[5] 사람들이 어여삐 여기고, 그해의 운세를 알아 나쁜 기운이 있는 방향을 등지고 집을 지으니[6] 이는 천성이 본래부터 참으로 슬기롭기 때문이네.

곧고 굵고 높이 자란 큰 나무와 오래도록 운명을 같이해 온 처지라 화려하게 훨훨 날아 높은 곳만 밟고, 큰 나무의 남은 풍모가 있으

3 미앙궁未央宮 앞에 앉아 있는 한 무제에게 동방삭이 나아가 "앞으로 동풍이 불 것입니다. 까치는 꼬리가 길어 바람이 옆에서 불면 꼬리가 기울어지고, 뒤에서 불면 꼬리가 꺾이기 때문에 언제나 바람 부는 쪽을 향하여 섭니다. 지금 이 까치는 동쪽을 향하고 있으므로 동풍이 불 것입니다."라고 하였다(『사문유취 후집』 44 「작鵲」). 이는 제비처럼 생긴 검은 돌, 즉 석연石燕이 천둥 치고 바람 불면 진짜 제비처럼 떼를 지어 난다는 사실(『수경水經』 상수 주湘水 註)을 동방삭이 미리 알고 이야기한 것이다.

4 당나라에 여黎씨 성을 가진 경일景逸이란 사람이 있었는데, 일찍이 공청산空靑山에 살면서 까치 한 마리를 길렀다. 훗날 경일이 모함으로 옥에 갇혔을 때 이 까치가 감옥 지붕 위로 날아와 반갑게 지저귀자, 잠시 후 그를 풀어 주라는 조서가 왔다고 한다(『사문유취 후집』 44 「작鵲」). 금계는 머리를 황금으로 꾸민 닭 모양의 물건으로, 죄수의 죄를 사할 때 이를 베풀었다고 한다.

5 『천보유사天寶遺事』를 보면 "당시 사람들이 이 집에서 까치 소리를 들으면 모두 길조라 여겨 '신령스러운 까치가 반가움을 알린다.〔靈鵲報喜〕'고 말하였다."는 구절이 등장한다(『사문유취 후집』 44 「작鵲」).

6 까치는 집을 지을 때 언제나 삼살방三殺方을 피하여 문을 낸다고 전해진다. 『설문說文』에 "까치는 그해의 세살歲煞을 안다."고 기록되어 있으며, 『박물지博物志』에도 "까치는 태세太歲를 등져 집의 문을 낸다."고 적혀 있다. 세살은 삼살방의 하나로 이 살이 있는 방위를 범하면 자손이나 가축이 해를 입는다고 하며, 태세는 길흉의 방위를 맡아본다는 여덟 신(팔장신) 중 하나다.

니 어찌 쉽게 아래로 내려올 수 있겠는가. 이에 흙도 아니고 물도 아닌 언덕에 편안히 거처할 보금자리를 만들었네. 나무를 얽어서 집을 만드는 것은 아주 오랜 옛날부터 내려오던 방식을 취한 것이고,[7] 뽕나무 뿌리를 거두어 문을 얽었으니 천한 백성들이 어찌 넘볼까 걱정하겠는가.[8] 산을 등지고 물을 내려다보니 동남쪽 양지바른 곳에 집을 정하였고, 때도 좋고 날도 좋으니 마침 북두칠성 자루가 자방子方을 가리켜 집 짓기 좋은 때라네.[9] 이쪽저쪽 좌우가 모두 법도에 맞으니 어찌 유명한 목수들을 번거롭게 할 것이며, 위쪽의 마룻대와 아래쪽의 처마도 목수들의 솜씨를 기다릴 필요가 없네.[10] 그러니 자자손손 계승하며 살 수 있으리라. 단지 부부만은 남편이 이끌면 부인이 따르듯 집을 짓고 가꾸어 나가야 하리.

춘하추동 네 계절의 아름다운 경치를 독차지하였으니, 까마귀가 산다는 해가 가고 토끼 형상의 달이 가듯 세월이 흘러도 변함없을 것이며,[11] 동서남북 사방의 아름다운 기운을 모았으니 그 모양이 봉황이 춤추고 용이 나는 듯 기이하도다. 위로는 하늘 높은 곳까지 솟

7 옛날 유소씨有巢氏가 처음으로 나무를 엮어 집을 만들었다고 전해진다(『십팔사략』 1).

8 『시경』「빈풍豳風·치효鴟鴞」를 보면 "장마가 오기 전에 뽕나무 뿌리를 가져다 창과 문을 얽었거늘, 이제 천한 백성이 감히 나를 넘볼 수 있겠느냐?"라는 구절이 나온다.

9 동짓달에는 북두칠성의 자루가 자방을 가리키는데, 이때가 까치가 집 짓기 가장 좋은 때라고 한다.

10 원문에 보이는 '수垂'는 순 임금 때 공공共工이라는 벼슬을 한 유명한 목수이다. 또 '안기按器'는 먹줄과 자 따위의 기구이다. 이 구절은 까치집이 모두 법도에 맞기에 위와 같이 유명한 목수나 기구가 필요 없다는 뜻으로 쓰였다.

11 해 속에는 세 발 달린 까마귀가 살고, 달 속에는 토끼가 산다는 전설이 있다. 그러므로 까마귀가 사는 해가 가고, 토끼가 사는 달이 간다는 말은 세월의 흐름을 뜻한다.

아 있으니 신기루 같은 화려한 집의 모습이 저 아래 있는 듯하고, 옆으로는 사해四海와 통하니 무지개같이 굽은 들보와 달처럼 둥근 대문은 우러러볼수록 더욱 높네.

달이 밝아 별도 드문 맑은 날에 어찌 보금자리를 잃을까 탄식하겠으며, 비바람 치는 궂은 날이라도 어찌 비가 샐 근심을 하겠는가. 기러기는 이리저리 왔다 갔다 하다가 화살에 맞을까 두려워 자취를 감추고, 앵무새는 슬기로우나 새장 속에서 울며 속을 태우니, 저들이 저런 화를 입는 것을 가엽게 여기면서 우리의 복됨을 굳게 보존하리라.

작은 가지에 둥지를 만들어 새끼를 다치게 하고 알을 깨뜨리는 뱁새에 어찌 비할 것이며,[12] 대나무에 올라가려고 꼬리를 붙이고 머리를 구부리는 메기보다 낫지 않겠는가.[13] 무릎을 펼 만큼 넓으니 모기 눈썹이나 달팽이 뿔처럼 작지만은 않다. 그러니 머리를 부딪칠 만큼 나지막하지도 않다. 그래도 괴국槐國의 가군柯郡은 될 만하다.[14] 남

12 뱁새가 둥지를 트는 데는 나뭇가지 하나면 족하다는 말이 있다(『장자』「소요유逍遙遊」). 전국 시대 제齊나라 맹상군에게 어떤 객이 찾아와 "뱁새가 갈대에다가 사람의 머리카락으로 단단히 둥지를 만들고 이만하면 견고하다고 생각하였지만, 거센 바람이 불어 갈대가 꺾이자 둥지에 있던 알이 모두 깨지고 새끼도 다 죽었습니다."라고 전했다는 일화가 있다(『설원說苑』「선설善說」).

13 메기는 비늘이 없어 몸이 미끄럽기에 대나무에 올라가는 일이 매우 어려운데도 곧잘 입으로 댓잎을 물어 가면서 대나무 위로 뛴다고 한다(『이아익爾雅翼』).

14 괴국은 개미 왕국인 괴안국槐安國을 뜻하며, 가군은 남가군수南柯郡守의 준말이다. 옛날 순우분淳于棼이 큰 느티나무 아래에서 술을 마시고 취하여 잠이 들었는데 꿈을 꾸었다. 꿈에 구멍이 하나 보여 따라 들어가 보니 괴안국이 나왔다. 괴안국의 왕은 그를 남가군수로 임명하였는데, 깨어나 보니 고목이 된 느티나무 아래 환한 구멍에 한 사람이 앉을 만한 곳이 있었다. 거기에 큰 개미가 한 마리 있었는데, 바로 그가 만난 괴안국의 왕이었다. 그 구멍은 곧장 남쪽으로 이어졌는데, 그 가지가 바로 남가군이었다고 한다. 이것이 남가일몽南柯一夢의 고사이다(『이문록異聞錄』).

의 둥지를 헐어 버리는 포악한 올빼미에게 공격당할 걱정도 없고, 하루살이로 인한 흔들림을 근심할 필요도 없다.

나의 재주는 벌레나 곤충처럼 작지만, 품은 뜻은 구만리를 나는 붕새와 같이 크다. 이미 좋은 이웃이 되었으니, 바람 부는 밤에는 고상한 운치를 기리고 조만간 계수나무 전각[15]에 오른다는 좋은 소식이 오기를 기다리겠네.

삼가 짧은 서문을 지어 집을 수리할 것을 돕는다.

"영차 대들보를 미세, 동쪽으로…… 영차 대들보를 미세, 서쪽으로…… 영차 대들보를 미세, 남쪽으로…… 영차 대들보를 미세, 북쪽으로…….[16] 상량한 후에는 비둘기에게 빼앗기지 말고,[17] 메뚜기처럼 자손이 많기를 바라노라.[18] 또한 난새처럼 멈추고 고니처럼 그치며 봉황의 깃털처럼 아름다운 풍채 길이 전하기를,[19] 곰이 나무에 오를 때 나무를 잡아당기듯, 새가 목을 펴서 먹이를 먹듯, 닭 둥지

15 옛사람들은 궁궐 안에 계수나무가 있다고 생각하여 궁궐을 계전이라 불렀다고 한다.

16 원문은 "兒郞偉抛樑東西南北."이다. '아랑위兒郞偉'는 상량문을 지을 때 사용하는 관용구다. 상량문은 대들보를 올릴 때 고하는 축문으로, 비는 대상은 동서남북과 위아래 육방六方이다. 글은 사륙문을 쓰고, 중간에 6방위에 각각 3구씩 하여 모두 18구의 율문을 짓는데, 각 글 앞에 '아랑위' 같은 관용구를 넣는다.

17 『시경』「소남召南·작소鵲巢」에 보면 "까치집에 비둘기가 산다.〔維鵲有巢, 維鳩居之〕"는 구절이 나온다. 이는 집을 잘 짓는 까치에 비해 비둘기는 재질이 없어 집을 짓지 못하기에 때로는 까치가 만든 집에 비둘기가 들어가 사는 것을 이르는 말이다.

18 『시경』「주남周南·종사螽斯」에 보면 "메뚜기가 많이 모였으니 마땅히 네 자손이 많겠다.〔螽斯羽, 詵詵兮, 宜爾子孫振振兮〕"는 구절이 있다. 「집주」에 "메뚜기는 한 번에 새끼를 아흔아홉 마리나 낳는다."고 해설하였다.

19 난새는 아름답고, 고니는 크고 점잖으며, 봉황의 깃은 아름다운 광채와 무늬가 있는 것으로 유명하다.

속의 늙은이처럼 오래오래 살기를 진심으로 바라노라.[20]"

상량문上樑文은 집을 지으며 서까래를 올릴 때 짓는 글이다. 이 글은 이덕무가 까치집을 위해 지은 상량문이다.

1759년 열아홉 살의 이덕무는 외삼촌 박순원의 집 삼호三湖 수명정水明亭에 머물고 있었다. 외삼촌 댁에는 큰 수유나무가 있었는데, 마침 까치가 그 위에 집을 짓다가 날아가 버리고 돌아오지 않았다. 그러자 외삼촌은 이덕무에게 상량문을 지으면 까치가 다시 와서 마저 집을 짓지 않겠냐며 까치집을 위한 상량문을 쓸 것을 권했다. 이런 외삼촌의 농담 한마디에 얼결에 지은 글이지만, 정말로 까치는 이덕무가 글을 짓자 이내 돌아와 집을 완성하였다. 정녕 까치는 이덕무의 글을 기다렸던 것일까? 아마 까치도 자신을 위한 이덕무의 갸륵한 마음 씀씀이를 알았기 때문에 되돌아와 마저 집을 지었으리라.

이 글은 상량문이라는 형식적 제약에도 불구하고 까치집이라는 사소한 대상을 재미있게 표현했다. 더불어 까치에 관한 다양한 전례와 고사를 바탕으로 하고 있어 이덕무의 박학다식함을 확인할 수 있다.

「작소상량문鵲巢上梁文」, 1759년, 19세

20 『장자』「각의刻意」를 보면 "묵은 공기를 토하고 신선한 공기를 마셔 호흡을 잘하며, 곰이 나무를 올라갈 때 나무를 잡아당기듯 하고, 새가 목을 펴 먹이를 먹을 때처럼 하는 것은 오래 살기 위한 행동이다."라는 구절이 있다.

고상한 기예

세상 사람들은 여름이면 칡으로 짠 베옷을 입고, 겨울이면 털가죽 옷을 입으며, 생선과 고기와 과일과 곡식을 먹으면서, 밤에는 잠자고 낮에는 일하며, 몸을 편안히 하고 정신을 수양한다. 그런데 이런 사람들에게 질병과 어려움이 없는 까닭은 무엇인가?

이는 육예六藝와 사민四民[21]이 있기 때문이다. 육예 외에는 다른 기예가 있을 수 없으며, 사민 외에는 다른 백성이 있을 수 없다. 어떤 이는 "요 임금께서 바둑을 만들어 아들 단주丹朱에게 가르쳤다."고 말하지만, 당나라 때의 문인 피일휴皮日休가 이미 사실이 아님을 밝혔다.

나는 본래 바둑을 잘 두지 못한다. 잘 두지 못할 뿐 아니라 두려고도 하지 않는다.

열대여섯 살 때에 소년회少年會에 갔었는데, 바둑 경기가 크게 열렸다. 옆에서 구경하는 사람들이 사방을 에워싸고 바둑알을 하나 놓을 때마다 번번이 크게 떠들며 "아무개는 이제 죽을 것이고, 아무개는 이제 살 것이다."라고 말했다. 사는 자와 죽는 자가 초조하게 생각하며 기가 죽는 모습이, 마치 진짜로 죽고 사는 것을 결정하는 듯했다.

21 육예는 예禮·악樂·사射·어御·서書·수數, 즉 예법·음악·활쏘기·말타기·붓글씨·셈하기 등 선비가 배워야 할 여섯 가지 기예를 말하고, 사민은 사士·농農·공工·상商, 즉 선비·농부·장인·상인 등 네 가지 계급의 백성을 말한다.

나는 놀라서 눈을 동그랗게 뜨고는 "잠깐 사이에 전세가 역전되는 경우도 있고, 웃고 말하는 사이에 죽고 죽이는 경우도 있으니, 나는 그것이 좋은 것인지 잘 모르겠다."고 말했다. 이런 내 말에 어떤 이가 "그대가 어찌 이 맛을 알겠는가. 고기 맛이 바둑 재미만 못하다네. 그대가 배우지 않는다면 그만이지만, 만일 배운다면 마땅히 밥 먹고 잠자는 것도 잊게 되리다."라고 응수했다. 그 말에 나는 웃으며 이렇게 말했다.

"나는 천성이 너무 게을러서 단지 판은 네모지고 알은 둥글다는 것만 알 뿐, 그 움직이고 멈추고 채우고 비우는 규칙을 알지 못하오. 구경하고 있노라면 한 시간도 안 돼서 머리가 아프고 눈이 어지러우니 고기 맛보다 좋음을 도저히 알 수가 없소. 그런데 어느 겨를에 밥 먹고 잠자는 것을 잊을 수 있겠소?

바둑을 익히면 비록 삼매경에 들어갈 수 있다고 할지라도, 실제로 적과 마주쳤을 때 무슨 지략이 생길 것이며, 국가를 다스리는 데 무슨 보탬이 되겠소? 외려 생업을 소홀히 여기고 성품이 쇠하게 될 따름이오. 바둑과 같은 기예가 나오니 장기나 쌍륙雙六 같은 기이하고 변화가 많은 다른 기예들도 더불어 섞여 나왔소. 그런데 사대부마저도 이 기예들을 부끄러운 줄 모르고, 그저 여기에만 힘쓰면서 밤낮을 모르고 가산을 탕진하며 생업마저 그만두는 자도 생겨났다고 하오. 심지어 장기의 길을 다투다가 장기판을 들어 태자를 죽이기도 하고,[22] 쌍륙을 두다가 황후와 간음하기도 하였소.[23] 그뿐 아니라 아버지와 아들이 함께 바둑을 두기도 하고, 주인과 노복이 길을 다투는 경우도 있었소. 이는 부자간에도 승부를 결단하는 계기가 되기도 하고 노복과 주인 사이에도 살리고 죽이는 마음을 품게 하니, 더욱 옳은 짓인 줄 알지 못하겠소.

아, 속임수가 천하에 유행하고 예절이 해이해져서 앞으로 후세에 육예와 사민은 볼 수 없고, 급속도로 노는 일에만 힘쓰게 되니, 선비들은 예악禮樂이 무엇인지 알지 못하고, 백성들은 농사와 장사가 무엇인지 모르게 될 것이오. 그러면서도 도리어 배불리 먹고 따뜻하게 입고 승부 내기에만 집착하니, 이른바 칡으로 짠 베옷과 털가죽 옷, 생선과 고기와 과일과 곡식이 어디에서 생길 것이며, 밤에는 어떻게 자고 낮에는 어떻게 일하며, 어떻게 몸을 편안히 하고 정신을 수양하여 질병이나 어려움을 겪지 않을 수 있겠소? 바둑의 해로움은 이처럼 크다오.

노장 사상이 이미 널리 퍼지게 되자 양묵楊墨과 형명刑名, 종횡縱橫과 견백堅白의 술책[24]이 아울러 함께 나왔소. 그러자 우리 유가의 도가 가려졌소. 바둑은 육예와 사민에게 있어 노장 사상과 같은 것

22 한나라 문제 때의 일이다. 제후국인 오吳나라의 태자가 황태자와 술을 마시며 장기를 두었다. 본래 교만하고 건방졌던 태자는 장기의 길을 다투다 그만 황태자에게 불손하게 굴고 말았고, 이에 화가 난 황태자는 장기판을 들어 태자를 때려죽이고 말았다(『사기』 106 「오왕비전吳王濞傳」).

23 당나라 때 중종의 황후 위후韋后는 측천무후의 이복 오빠 무원경의 아들인 무삼사를 불러 자주 쌍륙을 두었다. 이에 두 사람이 사통하였다는 추문이 끊이지 않았다(『구당서』 51 「중종위서인전中宗韋庶人傳」). 실제로 이 두 사람은 결탁하여 제위를 차지하려고 했었다.

24 전국 시대의 제자백가 중 구류백가九流百家를 가리킨다. 양묵은 개인주의를 주창한 양주와 겸애설을 주창한 묵적을, 형명은 법치주의를 주장한 한비자와 신불해를, 종횡은 합종연횡의 책략을 중심으로 한 소진과 장의를, 견백은 견백동이堅白同異를 주장한 공손룡을 말한다. 유교에서는 이들 사상을 모두 이단이라고 배척했다.

이며, 장기와 쌍륙 등의 기이하고 변화가 많은 기예들은 양묵과 형명, 종횡과 견백의 술책과 같으니, 그 누가 우리 맹자와 같아서 이를 깨끗이 물리치겠는가.[25]"

바둑을 배우는 사람들은 "바둑은 요 임금께서 가르치신 것이다. 나는 성인이 만든 것을 배워서 우리의 지혜를 기르는 데 쓸 뿐이다. 그러니 누가 감히 나무랄 것인가?"라고 말한다. 그러나 요 임금이 바둑을 만들었다고 할지라도, 어찌하여 요 임금의 도는 배우지 않고 요 임금의 기예만을 배우려고 하는가?

내가 듣기에, 공자는 요 임금을 배운 사람이고, 예악은 요 임금께서 일찍이 만드신 것이라고 한다. 그러므로 공자가 "노담老聃에게 예를 물었고, 사양師襄에게 거문고를 배웠다."[26]는 말은 들었지만 "누구에게 바둑을 배웠다."는 말은 듣지 못했다.

모두들 내가 바둑을 두지 못하는 것을 비웃으며 나를 옹졸한 사람이라고 말하지만, 나는 바둑을 두지 못하는 옹졸한 사람이 되는 것은 전혀 두렵지 않다. 도리어 바둑을 둘 줄 아는 옹졸하지 않은 사람이 될까 두렵다.

나는 나를 비웃는 사람에게 이렇게 말하고 싶다.

"바둑이란 기예 중에서 고상한 것이다. 무릇 사물에 미혹되면 깊

25 맹자는 이단을 "부모도 없고 임금도 없는 도〔無父無君之道〕"라며 배척했다. 이를 두고 중국 전한의 학자이자 식견자인 양웅揚雄은 "옛날에 양묵이 바른 길〔正路〕을 막자 맹자가 배척하여 깨끗이 물리쳤다."고 말했다(『한창려집』 18 「여맹상서서與孟尙書書」).

26 노담은 노자를 말하고, 사양은 노나라의 악관으로 거문고에 능했다고 한다. 공자는 주나라에 가서 노자에게는 예를 물었으며, 태사 양자에게는 거문고 타는 법을 배웠다(『사기』「공자세가孔子世家」).

이 빠지게 되는 것이니, 그 고상함만 남겨서, 내기도 하지 않고 다투지도 않으면서, 일 없는 한가한 대낮에 한두 판을 두는 것이라면 오히려 옛사람들의 도가 있을 것이다."

이덕무가 쓴 논論은 모두 다섯 편으로, 여기 실린 「혁기론奕棋論」과 군제軍制에 관한 네 편의 글이 있다. 논은 해설과 변론 같은 비평적 논의에 가까운 수필이다. 문학적인 글과는 거리가 있지만, 필자의 사고와 감정을 독자적 태도로 표현하여 그의 인생관과 세계관을 명확하게 드러낸다. 이 글은 바둑에 대한 이덕무의 견해를 서술한 것으로, 우리는 이를 통해 이덕무의 가치관을 살필 수 있다.

바둑은 삼국 시대 이래 많은 사람에게 사랑받아 온 기예이다. 요 임금이 만들어 아들 단주에게 가르쳐 주었다 하여 왕실과 문인 사대부들이 즐기던 고상한 취미였다. 그러나 이덕무는 바둑을 잘 두지 못할 뿐 아니라 두려고 하지도 않는다. 그러나 그가 애초부터 바둑에 관심을 갖지 않은 것은 아니었다. 하지만 '잠깐 사이에 전세가 역전되는 경우도 있고, 웃고 말하는 사이에 죽고 죽이는 경우'도 있기에 바둑은 좋은 놀이가 못 된다고 말한 것이다.

무엇보다 바둑에 대한 비판적 견해가 단순히 바둑 자체에 대한 비판이 아니라, 대회가 열리고 바둑에 탐닉하다가 침식까지 잊는 당시 분위기에 대한 비판임을 알 수 있다.

당시 사람들이 바둑에 이토록 열광한 정황은 조선 후기의 문인 심노숭沈魯崇(1762~1837)이 쓴 「기장 바둑돌」이라는 글에서도 확인할 수 있다. 기장이라는 고을에서는 서울의 어떤 귀인에게 일 년에 1천 벌 이상의 바둑돌을 바쳤다고 한다. 국가에 올린 공물도 아니고 한 개인에게 바친 양이 그토록 막대했다는 것은 당시 바둑 열기가 얼마나 대단했는지 알게 한다.

이덕무는 바둑을 통해 승부욕을 기르고 속임수를 늘리며 사회 질서를 파괴하여 결국에는 인간의 도덕과 양심을 저버리게 되는 풍토를 우려했다. 따라서 바둑을 노장 사상과 같은 당시로서는 비현실적인 사상들에 비유하면서, 유학자로서 지니고 있는 현실적 도덕성에 대한 신념을 드러냈다.

「혁기론奕棋論」

"한평생 자신의 마음에 맞는
일을 하며 살기란 매우 힘들다.
좋은 말이 끄는 수레를 타고
끼니마다 진수성찬을 먹는 사람들이라도
때때로 근심 걱정이 있게 마련이다."

복숭아나무 그늘 아래에서

뜰에 있는 아홉 그루 복숭아나무는 키가 처마만큼 높아서 시원한 바람이 솔솔 불어올 때면 서늘한 그늘을 만들어 준다. 어린아이의 손을 잡고 복숭아나무 그늘에 가서 나뭇잎을 따다가 붓 삼아 마음 내키는 대로 글씨를 쓴다. 해가 저물면 마루로 돌아와 문득 돌이켜 생각하다 씩 웃음을 짓게 되는데, 그러면 그제야 마음 맞는 일 하기가 쉽지 않음을 깨닫게 된다.

한평생 자신의 마음에 맞는 일을 하며 살기란 매우 힘들다. 좋은 말이 끄는 수레를 타고 끼니마다 진수성찬을 먹는 사람들이라도 때때로 근심 걱정이 있게 마련이다.

일 년, 아니 한 달에 마음 편한 날이 얼마나 되랴. 더욱이 하루 내내 마음이 편하기는 이렇게나 어려운 법이다.

부럽구나! 세상 이치를 깨쳤다는 사람은 재앙도 근심도 없이 하늘 밖에서 구름처럼 노닐며 제 마음 내키는 대로 살다가 일생을 마치겠지.

임오년(1762) 6월 21일, 우재寓齋의 첫째 복숭아나무 아래에서 쓰다.

붓 가는 대로 쓰는 글을 만필漫筆이라고 하는데, 이 글은 만필의 성격을 띠고 있다. 복숭아나무와 관련하여 작자가 마음 가는 대로,

붓 가는 대로 기록한 전형적 수필인 것이다. 잠깐 짬이 나자 뜰 앞 복숭아나무 아래에서 쉬고 돌아와서 느낀 감회를 허심탄회하게 기록했다.

'한평생 자신의 마음에 맞는 일을 하며 사는 사람이 얼마나 될까? 세상 이치를 깨친 이는 과연 근심 없이 마음 맞는 일만 하고 살까? 그렇다면 나도 그런 사람이고 싶다. 그러나 그럴 수 없겠지. 하지만 나무 그늘 아래 앉아 시원한 바람 맞으며, 나뭇잎 따다가 마음 내키는 대로 끄적이다 돌아올 수 있다면, 그것이 바로 행복이겠지.' 아마도 이덕무는 이런 생각에 잠기지 않았을까? 평생을 멍에처럼 따라다니던 서얼의 그림자, 운명처럼 받아들인 가난한 생활, 이런 현실적인 고뇌 속에서 잠시의 여유가 그를 기쁘게 했음 직하다.

「만제정도謾題庭桃」, 1762년, 22세

묵은해를 보내는 마음

이해도 벌써 저물었구나. 북두칠성이 회전하는 모양을 여러 번 지켜보았네. 밤은 얼마나 깊었나. 느닷없이 들리는 남쪽 성의 딱따기 소리에 놀랐네.

고기[魚]는 갈기를 떨쳐 얼음 위로 솟구치려 하고, 뱀[蛇]은 이미 구렁으로 들어가 비늘을 감추었구나.[27] 오직 양생법에 밝았던 손사막孫思邈의 비법을 살펴 그 처방대로 만든 도소주屠蘇酒로 진부한 옛것을 제거하고,[28] 종늠宗懍이 지은 『형초세시기荊楚歲時記』를 읽어 교아당으로 사악한 기운을 물리쳐 볼 따름이다.[29]

집집마다 섣달 그믐날 밤을 보내는 즐거움은 마찬가지겠지만, 저마다 흐르는 세월에 대한 감회도 있겠지. 이래서 제석除夕의 모임에서 지은 두보杜甫의 글귀[30]에 못내 아쉬워하고, 새해를 맞아 지은 소

27 여기서 고기는 용마龍馬를 뜻한다. 말은 '오午', 즉 새해인 임오년壬午年을 뜻하고, 뱀은 '사巳', 즉 묵은해인 신사년辛巳年을 말한다.

28 도소주는 설날에 마시는 약주의 하나다. 후한의 화타華陀 또는 당나라 태종 때 음양과 의약, 섭생에 뛰어났던 손사막이 만들었다고 하는데, 요사스러운 귀신을 물리치는 약인 '도소'가 들어 있다고 해서 '도소주'라고 불렀다. 도소는 도라지, 방풍, 산초, 육계 등을 넣어 빚는다. 손사막이 도소주를 만든 이후 사람들은 정월 초하루에 이것을 마시면 한 해의 전염병을 예방할 수 있다고 믿었고, 그것이 지금의 세주歲酒의 시초가 되었다(『정자통正字通』의 「형초세시기」).

29 종늠은 중국 양梁나라 사람으로 중국 남방 형초 지방의 세시풍물과 고사를 적은 『형초세시기』를 지었다. 이 책에 교아당이라는 엿을 붙여 두면 악귀를 물리칠 수 있다고 적혀 있다(『사고전서·지리류』의 「형초세시기」).

30 제석은 섣달 그믐날 저녁을 뜻한다. 두보는 아함阿咸의 집에서 제석을 보내면서 많은 명사가 모여 연회하는 것을 보고 「두위댁수세시杜位宅守歲詩」를 읊었다. 이 시는 "아함의 집에서 해를 보내니, 초주醮酒를 담은 상에 이미 꽃을

식蘇軾의 "쓸쓸한 동풍 불어오니"라는 글귀[31]에 슬퍼하는 것인가.

묻노라, 오늘 밤은 어떤 밤인가? 어린아이들은 기쁨이 크겠지만, 어른들은 나이를 먹어 가는 만큼 살아갈 시간이 줄어드니 그 회포가 적지 않다. 그래서인지 불편한 마음이 마치 천리 길을 떠나는 친구와 작별하는 듯하구나. 푸른 촛불의 그림자는 아직 길기만 한데, 새로 밝을 날에 손수 새봄을 맞으려니 슬프도다.

한가로이 길게 울리는 종소리가 멀리서 아득하게 들려오네. 온 천하가 즐거운 것은 한 해의 공적이 12월에 마무리되었음을 즐거워하기 때문이고, 온 누리가 떠들썩한 것은 새로운 한 해가 시작됨을 축하하기 때문이라네.

또 다행히 국가가 태평한 시대를 만났으니, 어찌 형제들끼리 술자리를 베풀고 기뻐하지 않을 수 있겠는가. 순서에 따라 초연初宴을 베풀고 홍아紅牙 악기 소리를 울려 퍼지게 한 다음, 많은 형제를 어서 불러 모은 뒤 고당高堂에 올라 늙으신 어른들께 절을 올리며 오래오

읊었도다. 잠영簪纓이 모이니 매인 말이 울고, 횃불이 늘어서니 숲의 까마귀가 흩어진다. 내일 아침이면 마흔이 지나니 저녁 해가 기운다.〔守歲阿戎家, 椒盤已頌花. 盍簪喧櫪馬, 列炬散林鴉. 四十明朝過, 飛騰暮景斜〕"로 시작된다(『두소릉집상주杜少陵集詳注』). 초주는 초제에 쓰이는 술, 잠영은 관원이 쓰던 갓끈을 의미한다.

31 소식이 지은 「차증중석원일견기시次曾仲錫元日見寄詩」를 보면, "쓸쓸한 동풍에 너풀거리는 흰 살쩍, 해마다 이날이면 전채剪綵를 하는구나. 새곡塞曲의 피리 소리 시름겹고, 소반에 담긴 해쑥 반갑도다.〔蕭索東風兩鬢華, 年年幡勝剪宮花, 愁聞塞曲吹蘆管, 喜見春盤得蓼芽〕"라는 구절이 있다(『소동파집 후집蘇東坡集 後集』). 살쩍은 귀밑에 난 수염을 말하고, 전채는 비단을 오린다는 뜻인데 중국에서는 새해를 맞이하면 비단을 오려 사람 모양을 만들거나 금박에 사람 모양을 새겨 병풍에 붙여 두고 수염을 붙이는 풍습이 있었다. 새곡은 변방을 뜻하는데, 새塞는 만리장성 북쪽을 말한다.

래 8천 살까지 장수하시기를 빈다.

색동옷을 입고 기뻐 춤추며 어머니의 바느질 솜씨를 못내 자랑하던 것이 엊그제 같은데, 이제는 거울을 잡고 슬퍼하니 장부 귀밑에 생기는 흰 머리카락에 대해선 묻지를 마시오.

신령스러운 꽃이 상서로운 기운을 모아 주니, 어리석은 미련은 오늘 밤에 팔아 없애고자 하네. 여러 귀신들께서 나쁜 기운을 물리쳐 주시니 새해에는 가난을 제거할 수 있겠지.

다만 슬퍼하는 바는 아버지께서 먼 지방에 계시니 새해를 읊조리며 우러러 사모하고, 숙부가 멀리 떨어져 계시니 남주南州를 생각하며 그리움만 내달릴 뿐. 좋은 명절이 되어도 모시기 어려우니 새 봄에도 아버지께서 오래 사시기를 축원하며, 먼 지방에 있는 숙부와 정을 나누기가 어려움을 한탄할 따름이다. 이에 낭선浪仙 가도賈島가 그해 지은 자신의 시로 제사 지내던 제야의 밤에 겨우 소식蘇軾의 묵은해를 전송하는 시구를 이어 짓노라.[32]

게다가 가난한 집에 거처하면서도 천하를 비호할 큰 뜻을 생각하며, 대궐을 바라보면서 보잘것없는 정성이나마 바친다. 원컨대 온 나라에 큰 풍년이 들도록 맑을 때 맑고, 비 올 때 비 내리며, 추울 때 춥고, 따뜻할 때 따뜻하기를, 대궐에 계신 임금님의 무궁하신 수명이 큰 언덕 같고 산봉우리 같고 구릉 같고 산과 같기를 빌어 본다.

아, 해가 오고 가는 것은 기약이 있는 것인데, 어찌 한창나이에 세

32 당나라 시인 가도는 한 해를 보내는 제야에 그해 지은 자작시를 제사 지내며 스스로의 노고를 위로했다고 한다(『신당서新唐書』 176 「가도전」).

월이 오가는 것을 탄식하겠는가. 만물은 시작과 끝이 서로 맞물려 있으니, 오직 새로운 덕으로 이 몸을 윤택하게 할 수 있기를 기다릴 따름이다.

이덕무는 해마다 섣달 그믐날이면 한 해를 보내는 감회를 기록해 두곤 하였다. 이 글은 1761년(21세) 신사년을 보내며 쓴 것으로, 서발문序跋文 형식을 취하여 자신의 감회를 적고 있다.

서발문은 시문집의 앞이나 뒤에 붙이는 글로, 저작물의 내용을 소개하거나 사람 간의 정리를 표하는 것이 일반적이다. 그러나 이 글은 그러한 일반적 서발문과는 달리, 한 해가 지나가는 자연 현상을 친구를 떠나보내는 것에 빗대어 표현하였다. 이런 예는 찾아보기 드물다.

특히 이 글은 다른 사물에 비유하여 감상을 표현한 점이 매우 참신하다. 첫 구에 등장하는 '고기[魚]는 갈기를 떨쳐 얼음 위로 솟구쳐 오르려 하고, 뱀[蛇]은 이미 깊은 구렁으로 들어가 비늘을 감추었구나.'라는 표현은 신사巳년이 지고 새로운 임오午년이 밝아 오는 것을 가리키는 표현이다. 푸른 촛불 그림자가 아직 길다는 것은 뜬눈으로 지새우는 겨울의 긴긴밤을 암시하고, 멀리서 들려오는 종소리는 밝아 오는 새해를 나타낸다. 또 제야除夜를 보내는 어린아이들의 기쁜 모습과 나이 들어가는 것을 처연하게 여기는 자신의 모습, 한 해를 무사히 보내고 이제 다가오는 새해를 맞이하는 사람들의 즐거운 모습과 저무는 한 해가 그저 슬프기만 한 자신의 모습, 색동옷 입고 좋아하는 어린아이들의 모습과 거울을 보며 늘어가는 흰 머리카락에 탄식하는 어른들의 모습을 대비하고 있다. 이러한 대비적 서술을 통해 한 해를 보내는 아쉬운 감정이 더욱 도드라지게 드러난다.

이날 이덕무는 같은 뜻으로 「신사년 섣달 그믐날」이라는 시를 한 편 남겼다. 이 시에는 아쉬운 마음보다는 새해에는 진귀한 서적을 많이 보고 학문에 진취가 있기를 소망하는 소박한 바람이 담겨 있다.

새벽이 밝아 오니 부엌 불빛 하나둘 켜지고	向曉竈燈影欲疎
이른 아침부터 이웃 사람들이 와서 축하 인사를 하네.	隣人來賀五更初
한결같이 말하기를 올해에 이李 거사는	齊言今歲李居士
평생에 못 본 글을 볼 수 있을 것이라 하네.	得見平生未見書

「전신사서餞辛巳序」, 1761년, 21세

사랑하는 누이를 보내며

우리 형제는 4남매로, 내가 너보다 여섯 살 위이니 나는 신유년(1741)에 태어났고, 너와 네 동생은 정묘년(1747)과 무진년(1748)에 태어났다. 공무는 정축생(1757)으로 가장 늦게 태어났기에 어릴 때부터 유순하던 너의 모습을 볼 수 없었지만, 나는 수더분하게 놀던 네 모습이 눈앞에 선하다. 동생을 업어 줄 때면 반드시 두 어깨로 메었고, 이끌어 줄 때면 반드시 두 손으로 잡아 주었지. 한 개의 떡이라도 있으면 절반으로 나누어 먹었고, 한 알의 과일이라도 똑같이 갈라 먹었다.

문방구와 화장품은 각각 좌우에 정리해 두었으며, 꽃과 꽃잎은 남북에 골고루 배열해 두었다. 내가 경전이나 역사책을 읽을 때면 옆에 앉아 소곤소곤 따라 읽었고, 삼강오륜을 익힐 때면 같이 이해하고 함께 이야기 나누곤 했었다.

을해년(1755)과 병자년(1756)에는 흉년이 들어 끼니 챙기기도 어려운 데다 어머니께서 병까지 많으셔서 우리 모두 강가를 유랑하며 지냈었지. 그 시절 쑥으로 빚은 보리떡과 나물을 버무린 죽 등을 넘길 때면 마치 가시나무가 입과 목구멍을 찌르는 듯했다. 서책 끝에는 된장이 말라비틀어져 있었고, 죽 그릇에는 등잔불 그림자가 어려 있었다. 먹다 남은 반찬에서는 비릿한 냄새가 났지만, 그나마도 하인이 배에서 주워 온 젓갈이라 머리를 맞대고 먹는 일이 잦았다.

그때마다 어머니의 눈시울은 뜨거워지곤 했지. 우리는 아버지께서 멀리 계시다 오랜만에 집에 돌아오시면 언짢아하실까 염려되어 굶주리던 일을 말하지 못했고, 한없이 기뻐하면서도 다시 떠나실까 두려워 옷깃을 잡고 주위를 맴돌 뿐이었지.

너는 열여덟에 훌륭한 인격에 풍채도 준수한 서씨徐氏 남자에게 시집을 갔다. 딸은 영리하고 사위는 훌륭하니 부모님께서는 몹시도 기뻐하셨다. 이듬해 여름 어머니가 세상을 떠나셨을 때, 우리 형제는 통곡하고 울부짖으며 그 애통함을 마음속 깊이 새겼고, 평소보다 더욱더 서로를 돕고 지켜 주었다.

네 동생은 어머니 상喪을 마치고 원씨元氏의 아내가 되었지. 너희 둘은 각각 아들 하나씩을 낳아 안고 옛날을 생각하며 슬퍼했다. 그래도 그리울 때면 가서 보고, 때마다 달마다 왕래하였다. 그런데 가엾게도 요즘은 네가 굶주리고 헐벗어, 화로에는 불을 피우지 못하고 소반에는 밥그릇이 오르지 못했다. 너는 비록 태연한 척했으나 얼굴에는 부황이 떠올랐고, 기침 소리는 폐와 목구멍에서 요란했으며, 어깨와 등에는 담痰이 걸려 있었다. 작년 여름에는 너를 데리고 와 약을 먹였는데, 네 시아버지께서 돌아가시는 바람에 너는 곡을 하며 돌아가야만 했었지.

겨울에 다시 병세가 위급해졌기에 내가 직접 가서 약을 달여 먹이고 집으로 데리고 왔지만, 너는 이미 병상에 누워 피를 토하는 지경에 이르렀다. 그렇게 겨울을 보내고 봄이 될 때까지, 거의 한 달이 지나도록 병은 낫지 않았다.

그러나 오래 머물러 있을 형편이 아니었기에 시댁으로 돌아갔고, 뼈만 앙상히 남은 너의 병세는 약으로도 부지하기 어려웠다. 그러다

늦봄에 다시 돌아왔을 땐 이미 회복을 기대하기 어려운 상태였다. 아버지는 늙고 쇠약한 몸이셨지만 온 힘을 다해 널 간호하셨다.

부엌에는 밥 짓는 불이 끊긴 지 오래였으나, 아버지는 고기와 생선을 어떻게든 구하여 네게 먹이고자 하셨다. 주변의 여러 사람도 곁에서 세심히 돌보아 주었다. 내 처는 죽을 쑤었고, 서모庶母는 머리를 짚어 주거나 등을 긁어 주었으며, 몸종은 네 곁에서 말동무가 되어 주었다.

너는 이미 피할 수 없게 된 죽음을 담담하게 받아들이고 있었다. 네 동생이 와서 마지막 이별을 하며 네 뺨에 눈물을 떨어뜨리니 너는 말없이 그저 눈물만 글썽였다. 내 어찌 차마 이를 볼 수 있었으랴. 하늘에서도 흙비가 오더구나. 네 남편이 와서 보고는 내게 무슨 할 말이 있느냐고 묻기에 없다 하고 그에게 저녁밥만 권했다.

6월 3일, 폭우가 쏟아지며 캄캄해졌다. 전날 저녁부터 다음 날 아침까지 집안 식구들은 모두 밥을 굶었다. 너는 이를 알고 얼굴을 찡그렸다. 그 근심으로 병이 더욱 심해졌다. 그러다 아이를 집에 돌려보내자 너는 갑자기 숨을 거두었다. 늙은 부모님은 흐느껴 울었고, 남편과 아이와 형제들은 세 번 곡을 했는데, 이는 하늘 아래 더할 수 없는 애통한 소리였다. 너는 이제 영원히 잠들었으니, 이를 들으려 해도 듣지 못할 것이다.

아버지는 예문禮文을 바치셨고, 유모는 너를 목욕시켜 수의를 입혔으며, 나와 네 남편은 엄숙하면서도 재빠르게 염을 하였다. 그러나 손은 벌벌 떨렸고, 이마에는 땀이 줄줄 흘렀다. 네 시댁과 우리 집안사람들이 부의금을 내고 조상의 덕을 이어받아 구일장을 치른 뒤 네 시댁 선영에 안치했다.

우리 4남매는 돌아가신 어머니를 각기 한 가지씩 닮았다. 너는 어머니의 훤칠한 키를, 나는 어머니의 이마를, 네 동생은 말씨를, 막내는 머리털을 닮았다. 각자 서로 비교하면서 어머니를 잃은 그 슬픈 마음을 위로할 수 있었는데, 이제는 네 훤칠한 키를 볼 수 없으니 그 슬픔이 두 배가 되는구나.

내 가끔 너희 집에 갈 때면 언제나 반갑게 맞아 준 너는 바느질품을 팔아 모아 두었던 돈으로 종에게 술을 사 오게 해서 웃으며 내 앞에 내었다. 내가 그 술을 다른 그릇에 조금 따라 네게 권하면 사양하지 않고 그 술을 받곤 했는데, 안주는 조금씩 나누어 아들 아증阿曾에게 먹이곤 했지. 이제는 너희 집에 백 번을 가더라도 네가 눈에 밟혀 슬픔만 더하겠구나.

네 동생이 올가을에 협현峽縣으로 이사하려다가 네 병이 극심해져서 더욱 시름에 잠겼었다. 매년 돌아가신 어머니 기일이면 둘이 와서 제사에 참석했는데, 올해는 내가 더욱 비통하겠구나. 네가 일어나지 못할 줄 알면서도 네 동생을 멀리 떠나보냈으니, 내년에는 둘 다 오지 못하겠구나.

막내 공무는 5월 기해畿海에서 장가를 들었는데, 사모관대를 하고 절하는 예를 익숙하게 잘 마쳤다. 그러나 네가 병중에 있었기에 슬픔을 머금고 있었으니 신부를 대하기도 어려웠다. 일마다 모두가 서글플 뿐이니, 내가 죽어야 이 모든 것을 잊을런가.

내 동생으로 산 지난 28년간 언제 하루라도 정의情誼를 잃은 적이 있었으랴. 네 남편도 이렇게 말하더구나.

"그러하오. 내 아내가 된 11년 동안 말이 적고 천성이 담박하며 번잡하지 않고 단아하여 내 편협한 마음과 성급한 행동을 참고 진정할 수 있었으며, 동서끼리 서로 화목하여 조금도 틈이 없었습니다."

이와 같은 품행을 지녔으니 당연히 그 후손이 영원히 끊이지 않아야 하는데, 네 아들 아증은 다섯 살에 너와 함께 앓아눕더니 누렇게 부황이 뜨고 파리하여 기침까지 해 대는 모습이 마치 네 얼굴을 보는 듯하다. 하지만 잘 돌봐 주고 길러 네 아픔을 위로하려 한다.

지금까지는 남들이 형제가 모두 몇이냐고 물으면 누구와 누구 해서 모두 넷이라고 했는데, 이제부터는 그럴 수 없겠구나. 네 몸이 굳어서 나무토막처럼 뻣뻣하게 되었으니, 이는 내 살을 벗겨 내는 것 같은 고통이다. 형이 아우의 죽음을 불쌍히 여기고, 아우가 형의 죽음을 가슴 아파하는 이치는 당연한 것이니, 그 순리를 어길 수는 없지만, 네가 태어나고 죽는 것을 다 보았으니 나는 원통하고 괴로울 뿐이다. 너는 비록 편하겠지만, 내가 죽으면 누가 울어 주겠느냐. 컴컴한 흙구덩이에 차마 옥 같은 너를 묻고 나니, 아아, 슬프다!

죽은 누이를 위해 지은 제문이다.

이덕무는 2남 2녀의 장남으로, 어머니를 모시고 아우 이공무李功懋(1757~1825)와 후일 서찬수徐瓚修와 원유진元有鎭의 아내가 된 두 여동생을 위해 어려운 살림살이를 도맡아 했다. 아버지는 생계를 위해 남해에 머물면서 가끔 집에 돌아오는 상황이었다. 그러니 오라비로서 손아래 누이를 영양실조로 떠나보낸 마음이 어떠했을까.

제문祭文은 제사를 거행하는 의식적인 기능과 죽은 이에 대한 애도 및 글쓴이의 상실감과 슬픔을 표출하는 정서적인 기능을 두루 가진다. 그러나 이 글에서는 의식적인 기능은 찾아볼 수 없다. 단지 함께 나고 자라며 동생과 함께했던 기억들을 마치 슬라이드를 펼쳐 보이듯 회상하며 추억을 서술하고 있을 뿐이다.

어릴 적 수더분하던 모습과 어린 동생을 보살피며 떡 하나, 과일 한 쪽이라도 나눠 먹던 모습, 오빠가 공부할 때면 옆에 다소곳이 앉아 따라 익히던 기특한 동생. 흉년이 들면 끼니도 제대로 챙겨 먹지 못하고, 그나마 먹어야 했던 형편없는 음식에도 불평은커녕 서로를 위로해 주던 착한 동생. 열여덟에 시집보내며 좋은 남편 만나 잘 살아 주길 바랐건만 헐벗고 굶주려 폐병까지 앓게 되었으니, 그 안타까움을 어찌 다 헤아릴 수 있으랴! 집으로 데려와 간병하려고 해도 형편이 여의치 않으니 제대로 보살펴 주지도 못하고 그렇게 떠나보냈으니, 그 오라비의 괴로운 마음을 어찌 다 말할 수 있으랴! 그래도 살아 있을 땐 가서 얼굴도 보고 집에 오면 따뜻한 밥 한 그릇이라도 먹여 보낼 수도 있었건만, 이제는 불러도 대답 없는 이가 되어 더욱 허전할 수밖에 없다.

가난한 집에 태어나서 평생 책 읽는 일밖에 몰랐던 이덕무이기에, 그에게 닥친 여동생의 죽음은 이루 다 헤아릴 수 없을 만큼 슬프고 안타까운 일이었다. 이 글은 동생의 죽음 앞에 피눈물을 흘리는 오라비의 심정을 고스란히 담고 있기에 읽는 이의 마음이 더욱 애잔해진다.

「제매서처문祭妹徐妻文」, 1774년, 34세

벗, 서사화를 애도하며 – 친구, 어찌 대답이 없는가

경진년(1760) 모월 모일에, 친구인 나는 서사화徐士華의 죽음을 듣고서 눈물을 머금고 글을 지어 애도하노라.

아아! 슬프다. 태어나고 자라고 늙고 죽는 것은 사람의 일생에서 겪는 네 가지 변화이므로 생명을 가진 자는 피할 수 없는 것이니, 이 또한 슬픈 것이다. 지금 그대는 몸도 안 늙고 기운 또한 팔팔할 때 떠났으니, 늙은이가 죽는 것도 오히려 슬퍼할 만한데 하물며 그대와 같은 젊은이랴! 벗 여좌백呂佐伯이 전하기를 "사화가 죽었다네."라고 하길래, 그때 나는 한창 누군가와 이야기를 하고 있다가 그 소리를 겨우 듣고는 황급한 목소리로 "사화가 누군가? 사화가 누구야?"라고 말하였다. 이같이 세 번 반복하고서 그제야 탄식하며 말하였다. "서사화가 죽었단 말인가? 내가 평소에 사화를 보니 먹는 것도 줄지 않았고 걸음걸이도 이상이 없었는데, 어찌하여 죽었단 말인가? 그의 나이를 헤아려 보니 스물일곱이고, 그의 모습을 떠올려 보니 그 모습도 그 나이처럼 보이는데, 어찌하여 그렇게 되었단 말인가?"

아아! 그대는 집이 몹시 가난해서 사방으로 이사를 다니며 세상에 드나들었으나, 그런 중에도 늙은 어머니를 굶주리게 하지는 않았지. 내 일찍이 그대의 사람됨을 칭찬하며 말하기를, "사화는 집이 가난한데도 그 어버이를 편안히 모시니, 그의 효성과 공경한 행실은 남들이 다 알기 어려울 정도라네."라고 하였다. 그런데 어찌하여 그 정성을 다하지 못하고 죽음에 이르렀단 말인가?

파뿌리처럼 하얗게 머리가 센 어머니는 관을 어루만지며, "내 아들아, 내 아들아! 나를 버리고 어디를 갔느냐?"라며 통곡하고, 아리땁고 여린 아내는 어린아이를 안고, "여보, 여보! 어머니와 어린아이를 버려두고 어디로 가셨나요?"라며 흐느껴 우는데, 어린 딸은 응애응애 울면서도 슬픈 줄을 모르니, 장성한 뒤에라도 어찌 그 아비의 얼굴을 알겠는가. 그대도 응당 황천에서 눈물을 흘릴 것이네.

아아! 올봄에 호숫가에서 그대를 만나 하루 종일 담소할 적에 그대는 이렇게 말했었지. "내 이제야 비로소 고양高陽 땅에 거처를 정하여, 위로는 늙은 어버이를 봉양하고, 아래로는 처자식을 거느리며, 좌우에는 서책을 쌓아 두고 「범저전范雎傳」을 천 번이나 읽을 수 있게 되었으니, 이만하면 내 남은 생을 보내기에 충분하다 하겠네." 내가 웃으며 말하길, "그대는 계획을 실현했구려. 내 마땅히 찾아가 보리다."라고 했었는데, 누가 알았겠는가! 그날이 바로 그대와 영원히 이별한 날이 될 줄을.

아아! 무인년(1758) 여름, 그대와 나, 여좌백과 운경雲卿[33]은 함께 앉고 함께 누우면서 웃고 얘기하고 우스갯말을 하며 형제처럼 친하게 지내었다. 그러나 좋은 일이란 늘 있는 것이 아니어서, 운경은 이미 죽었고, 좌백은 이사를 가 버렸고, 그대 역시 타향으로 떠돌아다녔었다. 나는 그때 이미 사람의 일이란 변하기 쉽다는 것을 깨달았었는데, 이제 그대마저 세상을 떠나니, 또한 사람 사는 세상이 꿈결과도 같음을 깨닫겠구나.

33 운경은 이덕무의 벗인 듯한데, 누구인지 알 수 없다.

세월은 나는 새처럼 빠르게 지나가 버린다는데, 27년 그대의 삶이 꼭 그러했네. 그대의 죽음은 다른 사람으로 하여금 병 없이도 아파 죽을 것같이 만드는구나. 그대의 늙으신 어머니와 여린 아내는 외로이 의지할 곳이 없으니 무엇으로 먹고살고 무엇으로 옷을 지어 입겠는가. 포대기 속에서 응애응애 울어 대는 아이도 반드시 잘 자라리라고 어찌 확신할 수 있겠는가.

그만이로구나! 예전엔 한나라의 서책과 진晉나라의 서첩이 책상 위에 있더니, 오늘은 붉은 명정銘旌과 흰 관만이 방 안에 놓여 있구나. 예전엔 편지를 부쳐 안부를 물었는데, 오늘은 글로 넋을 조문하는구나. 길이 멀고 막혀서 몸소 가서 제사하고 곡하지도 못하고, 또 보낼 사람이 없어서 대신 제사를 지내게도 못 하기에, 다만 애도하는 글을 지어 서쪽을 향해 크게 읽고 불살라 버리노라.

아아! 사화여, 아는가 모르는가. 아아! 슬프도다.

벗 서사화徐士華의 죽음을 애도하며 쓴 글이다. 서사화에 대해서는 남은 기록이 없기에 어떤 인물이었는지는 알 수 없다. 다만 '경진년(1760)에 스물일곱의 나이로 죽었다.'는 사실을 통해 이덕무보다 일곱 살 연상의 벗이었다는 사실만 알 뿐이다.

애도문哀悼文은 죽은 이를 애도하는 글이다. 따라서 죽은 이의 명복을 빌고 글쓴이의 슬픔을 표출한다. 이 글은 서사화의 부음을 들었을 때의 정황을 그리고 나서, 효성이 지극하던 모습, 첫 집을 장만하고 좋아하던 모습, 벗들과 함께 우스개 이야기하며 놀던 모습

등 살아생전 서사화의 일상을 담담히 서술하였다. 그리고 덩그러니 놓인 관을 부여잡고 울부짖는 어머니와 아내, 아무것도 모르고 엄마 품에 안겨 있는 어린아이의 모습을 묘사함으로써, 벗을 잃은 슬픔을 더욱 애잔하게 느끼게 한다.

이덕무는 이 글 외에도 「서사화徐士華의 만사輓詞」를 썼는데, 다음과 같다.

꿈에 서로 보고 눈물 줄줄 흘렸는데	夢中相見涕漣漣
고양高陽에 살던 옛 친구 일은 이미 그만이로다.	舊伴高陽事已焉
아내는 깨진 벼루 거두면서 살길을 슬퍼하고	破硯妻收悲活計
여종은 서사화가 입던 상복 걸고 생전을 형상한다.	衰衣婢設象生年

종요鍾繇와 왕희지王羲之의 법첩 반쯤 꾸미다 두고서	鍾王法帖裝猶半
당송의 기이한 시는 아직 다 베끼지 못했구나.	唐宋奇詩寫未全
친구가 있긴 하나 늘 병석에 누워 있어	縱有故人常臥病
빈소 앞에 구운 닭 한 마리 올리기도 어려워라.	炙鷄難奠殯棺前

강가 정자의 봄 방문을 잊을 수 없는데	江亭春訪記難忘
어느덧 영원한 이별을 그 누가 알았으랴.	誰識居然訣別長
차마 이 사람을 저 흙 속에 묻지 못하니	叵耐斯人埋厚壤
흩어지는 고양의 옛 벗들이 처량하기만 하구나.	悲涼舊伴散高陽

마루 장막엔 글 소리가 들리는 듯하고	堂帷彷彿聞書響
벼룻갑에는 여전히 먹 향내가 덮여 있어라.	硯匣氤氳襲墨香
혼백이 돌아오자 어진 어머니는 통곡하는데	魂魄歸來慈母哭
백 년을 축수하던 그 효심, 이것이 웬일인가.	百年孤負祝山岡

「도서사화문悼徐士華文」, 1760년, 20세

"말라 버린 수숫대가

밭 가운데에 늘어서 있는데,

눈발이 바람을 끼고 사냥하듯 몰아치니

쏴아쏴아 하며 휘파람 소리를 내었다.

수숫대의 빨간 껍질이

거꾸로 쓰러져 이리저리 끌리자

눈 위에 저절로

초서로 글씨가 쓰였다."

눈 덮인 칠십 리 길을 지나며

계미년(1763) 12월 22일, 나는 누런 말을 타고 충주로 가기 위해 아침에 이부 고개를 넘었다.

찬 구름이 하늘에 가득 차 있더니 눈이 내리기 시작했다. 처음에는 가늘게 내리다가 곧 비끼어 날렸는데, 눈송이 날리는 모양이 마치 베틀 위의 씨줄과 같았다. 어여쁜 눈송이가 살에 닿자 은근한 마음이 들었다. 나는 이런 느낌이 좋아 하늘을 우러러 입을 쫙 벌리고 눈을 받아먹었다.

눈이 오자 산속 샛길이 가장 먼저 하얘졌다. 먼 곳에 있는 소나무는 검푸른빛인데, 그중 푸릇푸릇한 빛깔이 흰빛으로 물들었으니 가까운 곳에 있는 소나무임을 알 수 있었다.

말라 버린 수숫대가 밭 가운데에 늘어서 있는데, 눈발이 바람을 끼고 사냥하듯 몰아치니 쏴아쏴아 하며 휘파람 소리를 내었다. 수숫대의 빨간 껍질이 거꾸로 쓰러져 이리저리 끌리자 눈 위에 저절로 초서로 글씨가 쓰였다.

나무들이 떼를 지어 죽 늘어서 있는 곳에는 짝지은 암수 까치 대여섯 혹은 일고여덟 마리가 한가로이 앉아 있었다. 그중 어떤 놈은 부리를 가슴에 파묻은 채 눈을 반쯤 감고 자는 듯 마는 듯 했고, 어떤 놈은 조금 떨어져서 부리를 갈고 있었으며, 어떤 놈은 목을 돌리고 발톱을 들어 눈 주위를 긁고 있었다. 또 어떤 놈은 다리를 들어 옆에 있는 까치의 날개를 쓸어내리기도 했고, 어떤 놈은 머리에 쌓인 눈을 몸을 흔들어 털어 내더니 눈동자를 고정하고 떨어져 나간 눈이 날리는 모습을 가만히 지켜보기도 했다.

깎아지른 듯한 낭떠러지에 말이 닿자 (일부 원문 누락) 독 속으로 들어가는 것 같았다. 비스듬히 기울어진 소나무가 어깨를 스치기에 손을 들어 다섯 잎 …… 씹어 보니 맑은 향기가 났으며, 눈 위에 침을 뱉어 보니 흰 눈이 푸른 옥같이 변했다.

두 손 가득 눈을 퍼 담아 두었는데 차마 그냥 털어 버릴 수가 없었다. 말 머리 쪽에서 내게로 다가오는 사람은 볼이 불그스름하고 주름도 없었지만, 왼쪽 수염은 그을음 같았고 오른쪽 수염은 …… 눈썹 또한 이와 같았다. 이를 본 나는 껄껄 웃다가 갓끈이 끊어질 뻔했다.

두 손에 쥐고 있던 눈을 말갈기에 뿌리고는 나는 또 한 번 웃었다. …… 눈이 서쪽으로 날려서 오른쪽 눈썹에만 눈이 쌓여 갔다. 수염도 눈썹처럼 하얗게 변했지만, 사람이 늙어서 그런 것은 아니었다. 다행히 나는 수염이 없었다. 하지만 눈을 깜빡거리다 내 눈썹을 올려다보니 왼쪽 눈썹에 눈이 쌓여 하얗게 되어 있었다. 그래서 또 한 번 크게 웃다가 이번에는 말에서 거의 떨어질 뻔했다. 눈이 앞에서 불어오는데 내가 앞으로 나아가니 눈썹이 금방 하얗게 된 것이다.

초목이 우거진 깊은 숲속에 울퉁불퉁 솟은 바위가 마치 곱사등이 같았다. 윗부분에는 눈이 쌓여 있고 가운데는 오목하게 패어 있어 눈이 묻지 않았는데, 살짝 거뭇거뭇한 것이 찡그리고 있는 듯 보이기도 하지만, 이는 귀신의 모습도 부처의 모습도 아니었다. 어떤 때에는 호랑이를 닮은 것 같아 겁먹은 말이 끙끙거리며 나아가지 않으려 했다. 마부가 소리를 질러 꾸짖으니 그제야 억지로 발걸음을 떼었다.

빙그레 웃으며 말이 가는 대로 몸을 맡기고 간 것이 대략 70리인데, 모두 두메 아니면 들판이었다. 나무 찍는 소리가 허공에서 울려 퍼지는데 사방을 돌아봐도 사람은 자취를 감춘 듯 보이지 않았다. 하늘과 땅이 맞붙은 듯 어슴푸레한 것이 수묵화를 그려 놓은 듯했는데, 그 모습이 마치 넓고 출렁거리는 강물 같았다. 누가 이런 진한 물방울을 만들었는가!

시야가 탁 트인 데로 가서 바라보니, 두메와 들 사이에 황혼이 내려앉은 강과 안개 낀 물가가 갑자기 나타나 사람들을 의아하게 만들었다. 돛대가 아득하게 떠가다 가끔 연기 끝에 나타나기도 하고, 도롱이를 입고 삿갓을 쓴 노인이 물고기를 둘러메고 낚싯대를 끌고 가기도 하며, 마을 어귀에는 청둥오리가 꿱꿱 울면서 여기저기 날아다니다 숲에 모여들기도 하고, 저 멀리 능수버들 숲에는 햇볕에 말리는 어망이 흔들거리고 있었다.

내가 그 이상한 광경에 대한 궁금증을 견디지 못해 마부에게 물었더니 그도 나와 같다 했다. 지나가는 나그네에게 물었더니 나그네도 마부와 같다며 빙긋이 웃고는 말을 몰아 동쪽으로 가 버렸다.

잠시 시간이 지나자 멀리 보였던 것이 점점 눈앞에 다가왔는데, 앞서 보이던 황혼이 내려앉은 강과 안개 낀 물가는 황혼이 점점 어둠으로 변하는 모습이고, 돛대가 아득히 떠다니던 것은 허물어진 집이 장마에 기둥만 남아 빽빽이 서 있는 모습이었다. 백성들이 너무 가난해서 지붕을 이지 못하고 있었던 것이다. 도롱이 입고 삿갓 쓴 늙은이가 낚싯대를 끌던 모습은 산에서 나오는 사냥꾼으로 물고기는 꿩, 낚싯대는 지팡이였으며, 마을 어귀의 청둥오리는 검은 갈까마귀였다. 어망으로 보였던 것은 들에 사는 백성이 짜 놓은 울타리가 가로세로 엮여 있는 모습이 그리 보인 것이었다.

길 가던 나그네가 빙그레 웃었던 까닭은 내 미혹함을 비웃었기 때문이리라. 곤주昆珠의 객사 등불 아래에서 이 글을 쓴다.

이 글은 1763년, 이덕무가 스물세 살 때 한양을 출발해서 충주로 가는 길에 기록한 것이다. 그러므로 여행기의 일종임에도 불구하고 흔한 여행기는 아니다. 이 글에는 여정도 감회도 없으며, 아무런 교훈도 없다. 그저 온통 새하얗게 눈 덮인 세상을 섬세한 필치로 묘사하고 있을 뿐이다.

처음 눈이 내릴 때의 눈의 모습, 눈송이가 살에 닿을 때의 감촉, 눈에 덮여 가는 산속 소나무의 모습과 눈을 맞고 앉아 있는 까치 떼의 모습, 그리고 눈 내린 바위 위의 모습과 멀리 보이는 마을 등을 묘사한 대목은 오싹할 만큼 세밀하게 그려져 있다. 이렇듯 이덕무가 그려 낸 풍경은 너무도 치밀해서 마치 한 컷 한 컷 슬라이드가 넘어가는 듯한 느낌마저 들게 한다.

이덕무는 미세하고 개별적인 사물에도 지극한 이치가 담겨 있다고 하였다. 그래서 만물을 관찰할 때에는 특별한 안목을 갖출 것을 당부하기도 했다. 물론 소옹邵雍의 '관물론觀物論' 이후 송학宋學 학자들도 사물의 관찰을 중시했으나, 이는 만물의 이치를 궁구하기 위한 추상적 관찰에 불과했다. 하지만 이덕무는 이와 달랐다. 그는 개개의 사물 그 자체에 초점을 맞추고, 사소하고 자질구레한 현상들을 관찰의 대상으로 삼았다. 그리고 그것들을 구체적이고 생생하게 드러내 보였다. 이러한 세밀한 관찰을 바탕으로 한 섬세하고 감각적인 묘사와 사소한 대상에 대한 몰가치적인 재현, 이것은 이덕무 산문만의 묘미라 할 수 있는데, 이 글에서는 그러한 면모를 여실히 볼 수 있다.

「칠십리설기七十里雪記」, 1763년, 23세

황해도를 여행하며

10월 4일, 집에서 출발하여 벽제점에서 자다.

이불 한 채와 행낭 하나에 붓과 벼루, 먹을 각각 하나씩 챙기고, 거기에 종이 다섯 장과 돈 5백 냥을 챙겼다. 목에 휘감은 쥐털 목도리는 경지景止가 빌려주었고, 속에 입은 양털 내의는 영숙永叔이 빌려주었다. 붉은색 말은 애꾸눈이었고, 몸집이 큰 마부는 다소 어수룩했다.

점심때 새로 만든 문을 나가는데, 말이 모래 찧듯 달리는 바람에 넓적다리가 안장에 붙지 않았다. 층층이 생긴 논두렁은 스님들의 법복 같고, 옹기종기 모여 있는 무덤은 음식을 죽 늘어놓은 것 같았으며, 솔방울은 녹청색 물총새 같고, 구름 표면은 수시로 빛깔이 변하는 바다거북 같았다. 도포 속으로 스미는 싸늘한 햇살은 은빛으로 도금한 듯하고, 말 그림자는 낙타 같으며, 마부의 그림자는 키 큰 사람이 살았다는 전설 속의 용백국龍伯國 사람처럼 보였다.

벽제점碧蹄店[34]은 명나라 제독 이여송李如松이 계사년(1593) 봄에 전투를 해서 패했던 곳이다. 그때는 얼음이 녹아 땅이 질퍽거렸기 때문에 말의 다리가 빠지면 잘 뽑히지 않았다. 그 때문에 왜놈들이 논두렁을 따라가며 멋대로 농간을 부리고, 제독이 아끼던 장수들을 찢어 죽이는데도 제독은 통곡만 할 뿐 어쩔 도리가 없었다.

34 벽제점은 지금의 경기도 고양시에 있었던 역사驛舍이다.

벽제에는 집집마다 우물이 있다. 옛날에 벽사甓寺가 있었는데, 이것이 와전되어 벽제가 되었다고 한다. 나는 이 말을 김천에서 배〔梨〕를 파는 장사꾼에게 들었는데, 이날 밤에는 비가 내려 그와 함께 잤다.

10월 5일, 새벽에 출발해서 임진강을 건너 동파역에서 아침밥을 먹고 개성부에서 자다.

새벽에 말을 먹이고는 배 장수와 함께 혜음령惠陰嶺[35]을 넘었다. 깜깜한 길을 20리쯤 걸어가는데, 별빛은 나무 끝에 아롱거리고 노루 울음소리는 아기 울음소리 같았다. 마부가 부싯돌을 치자 불꽃이 튀어서 말 다섯 걸음 거리까지 번쩍였다.

배 장수가 이곳저곳을 가리키며 설명해 주는데, "집 지붕의 마루가 길게 줄지어 있는 곳은 세류점細柳店이고, 산언덕에 우뚝 솟아 있는 곳은 윤 정승尹政丞의 묘다."라고 했다. 그는 입담이 좋아서 마치 잘 아는 글을 외듯 줄줄 읊었고, 나는 처음 배우러 온 어리숙한 학생 같아서 눈으로는 글자를 분간하지 못하고 귀로만 배울 뿐이었다.

땅이 갑자기 솟아 있어서 마루턱에 올라가 주위를 둘러보았다. 숲 속에 맑은 강물이 흐르는데 북쪽으로는 동파역東坡驛을 감싸 안고 흘러가고, 남쪽으로는 무지개문이 입을 쫙 벌린 듯 서 있으며, 좌우에는 수십 길 높이의 성이 우뚝 서 있었다. 성문 북쪽에는 '진서문鎭西門', 남쪽에는 '임벽루臨碧樓'라 적힌 현판이 걸려 있었다. 성안에

35 혜음령은 경기도 고양시 덕양구 고양동과 파주시 광탄면 사이에 위치한 고개로, 중국 사신이나 연행사들이 혜음령과 고양 읍내를 거쳐 서울로 갔다고 한다.

는 허름한 민가 30~40가구가 남아 있는데, 군대를 관할하던 진영鎭營의 관리들이 살던 곳이다. 성 좌우에는 석봉石峯이 우뚝 서 있었는데, 을해년에 쌓은 것이었다.

임진강의 근원은 함경도 안변부安邊府 경계에서 시작해서, 강물은 서쪽으로 흘러 바다로 들어간다. 고려 공민왕 10년(1361)에 홍건적이 침입해 왔을 때, 왕이 복주福州(지금의 안동)로 도망가다가 임진강에 이르러 목은牧隱 이색李穡에게 말하였다. "풍경이 이와 같이 좋으니 그대들은 연구聯句를 짓는 것이 좋겠소." 왕은 비록 풍류를 즐긴 것이었다고 하더라도, 이색은 아마도 눈썹을 한 번쯤 찌푸렸을 것이다. 신우辛禑(우왕)가 병진년(1376)에 자신의 생모인 반야般若를 이곳 임진강에 던져 죽였다. 그래서인지 강 빛이 쓸쓸하고 적막해서 지금까지도 원기冤氣가 서려 있는 듯했다.

취적교吹笛橋 몇 리 떨어진 곳 밭이랑 사이에 주춧돌이 겹겹이 쌓여 있는데, 이곳은 옛 창고터였다. 어떤 사람이 말하기를 "취적교는 신선이 피리를 불던 곳이었다."고 한다. 탁타교槖駝橋는 옛 이름이 만부교萬夫橋였다. 고려 태조 임인년(942)에 요나라 태종 덕광德光이 낙타를 보냈는데, 태조가 요나라를 무도한 나라라고 생각해서 낙타를 이 다리에 매어 두고 굶어 죽게 했기에 이런 이름이 붙여진 것이다. 언덕 위에는 연꽃 모양 석대石臺가 있고, 석대 위에는 세 개의 기둥으로 만든 돌집이 있다. 지나가던 행인들이 장명등長明燈이라 불렀다. 들에는 벽지탑辟支塔이 있다.

말을 몰아서 마을로 들어가니 시은선생市隱先生 한순계韓舜繼와 한섬韓暹의 비석이 있었다. 내가 일찍이 성사집成士執(성대중)의 『시은선생전』을 읽은 적이 있었기에, 그의 지극한 효성과 훌륭한 행실을 익히 알고 있었다. 그러다가 뜻밖에 그의 비석을 보니 반가워서 그와 함께 말이라도 하고 싶을 정도였다. 마을의 집들은 모두 약한 기둥에 작은 처마가 담장에 붙어 있고, 담장은 대들보에 맞닿아 있었다. 큰 주춧돌과 긴 섬돌이 놓여 있고, 대문에는 돌다리가 놓여 있었다. 돌다리 옆에는 띄엄띄엄 사모석紗帽石이 있다. 모두 옛날 고위 관료의 집이었던 곳이다. 나와는 아무 상관 없는 곳이지만 정신이 멍해지고 마음이 서글퍼졌다. 말도 또한 주저하는 듯했으나, 나그네인 마부는 망국의 옛 도읍지를 지나며 느끼는 슬픔 따윈 이해하지 못하고, 다만 송도松都의 산적散炙을 몇 꼬챙이쯤 먹을 수 있을까만 한껏 이야기하였다. 봄도 여름도 가을도 아니고, 새벽도 아침도 낮도 아닌 꼭 어두컴컴한 겨울날 저녁놀이 가득 비칠 때, 이곳을 이리저리 돌아다니며 고려가 34대 왕 475년 동안 흥망성쇠를 누린 여운을 돌이켜 보았다. 왕성하던 기운은 싸늘한 냉기로 변했고, 천하를 통일했던 왕업은 시든 풀로 남았다. 이를 보고 있노라면 비록 철석鐵石같은 심장을 가진 자라도 자기도 모르게 심장이 절로 녹아 없어질 것인데, 어진 군자의 마음이야 어떻겠는가.

말 등에 꼿꼿이 앉아 동북쪽에서 펄럭이는 깃발을 쳐다보고 있으니, 잎 떨어진 앙상한 나무는 바람에 흔들리고 주위는 노을빛에 붉게 물들고 있었다. 기와지붕의 누각과 띠풀로 지은 행랑에는 격자창과 사립문이 몇 개 나 있는데 안을 살펴보자 휑하니 텅 비어 있어서, 모두 다 황폐해진 절과 냉기 어린 사당처럼 보였다.

잘록한 허리에 말이 빠른 시골 아낙네는 흰 수건을 머리에 쓰고

옥색 저고리를 입었다. 다리에는 행전을 둘렀는데 명주 조각으로 복사뼈부터 정강이 전체를 싸맨 것이 마치 닭의 긴 꼬리 같고, 삐쭉삐쭉 걷는 모습은 꼭 박수무당 같았다. 남자들은 예쁘고 곱상하게 얼굴을 단장하고, 깨끗한 신발과 버선을 신었다. 하늘을 향해 배를 내밀고 어깨를 들썩이며, 그림자를 돌아보면서 스스로 뽐내기도 하였다. 이들은 대개 망한 고려를 그리워하며 새로운 왕조인 조선에 저항하던 백성들로, 사방으로 통하는 도회지에 살면서 많은 사람들을 접촉하며 재물을 위해서는 목숨도 아까워하지 않는 사람들이기에, 남을 속일 정도로 잘 꾸미지 않을 수 없었을 것이다. 남문 안팎의 여염집과 저잣거리는 한양 도성의 서문과 맞먹을 정도였다. 시장 아낙네의 죽 사라는 소리는 마치 개를 부르는 듯하고, 어린아이들의 담배 파는 소리는 마치 우는 듯 궁상맞았다. 사람들은 모두 말하기를 "여염집이나 저잣거리의 풍경은 모두 다 한양을 본떴다."고 하였다. 하지만 지난날 한양이 개성을 본떠 만들어졌다는 것은 알지 못하고 있다. 이것이 옛말에 이른바 '청출어람靑出於藍'이라는 것이고, 속담에 이른바 '을축갑자乙丑甲子'라는 것이다.

개성에는 고려 5백 년의 고적古蹟이 아직도 남아 있다. 예컨대 송동래宋東萊와 유원수劉元帥와 남충경南忠景 같은 여러 훌륭한 신하들은 모두 고려 사람이다. 지금 남은 터에는 그들의 비석만 서 있으니, 이것이야말로 꿈속의 꿈인 것이다.

해 질 무렵 말을 객점에다 매어 두고 걸어서 남문으로 들어가 만월대滿月臺를 찾았다. 언덕이 주변을 두르고 있고 흰색 다리가 있는데, 사방을 둘러보아도 사람이 없어 마치 산도깨비의 울음소리와 창

귀의 휘파람 소리만 바스락바스락 들리는 듯했다. 만월대 서쪽에 우뚝한 언덕이 있기에 그 꼭대기에 올라갔다. 바위 같은 주춧돌이 있는데, 갈거나 다듬지 않아 울퉁불퉁했다. 그 위를 이리저리 서성대니 신발 소리만 달그락거렸다. 지나간 일들을 곰곰이 생각하며 깊은 감회에 젖어 있는데, 어떤 여자가 겁도 없이 갑자기 내 앞에 나타났다. 내가 "이게 무슨 주춧돌이오?"라고 물으니, "대궐의 바깥문입니다."라고 대답하고는 그대로 유유히 다리를 지나가 버렸다. 나는 앞으로 가서 전체 모습을 죽 둘러보고 싶었으나, 어둠이 땅에 깔려 보고 싶어도 볼 수가 없고 물을 사람도 없었다. 그래서 신발로 주춧돌을 두드리며 말하기를 "여기는 옛날 고구려의 부소갑군扶蘇岬郡이었다. 군이 되었을 당시에는 훗날 고려 태조 왕건이 이 언덕에 이 주춧돌을 세우고 대궐을 지을 줄 어찌 알았겠는가? 또 주춧돌을 세울 당시에는 5백 년 뒤에 나라가 망해서 주춧돌 위의 기둥이 싸늘한 잿더미로 변할 줄 어찌 알았겠는가? 또 그 뒤 3백여 년이 지난 겨울철 해 질 녘에 내가 홀로 이 주춧돌 위에 서서 그 옛날을 애도할 줄 어찌 알았겠는가? 또 이후 어느 해에 내가 다시 이 주춧돌 위에 서게 될지 어찌 알겠는가? 또 이후 3백여 년이 지난 겨울철 해 질 녘에 나와 같은 사람이 있어서 홀로 이 주춧돌 위에 서 있을지 어찌 알겠는가? 또 이후 몇백 몇천 년이 지나 이 주춧돌이 누구 집의 섬돌이 될지 어찌 알겠는가?"라고 하였다.

처음에는 마음이 울적해서 열이 났다가 다시 암담해서 한기가 들기도 했다가, 끝에 가서는 완전히 사라져서 걸릴 것이 없었다. 무슨 소리가 퍼드덕하더니 황새가 힘차게 날아오르는데, 그 날개가 처마

모양 같았다. 깜깜한 하늘을 유유히 박차고 날아가 흔적도 없이 사라져 버렸다. 내가 말한 것을 황새가 들었을 것인데 황새마저 가 버린 것이다. 그래서 천천히 큰길을 걸어 돌아오는데 고기 굽는 냄새가 집집마다 나고, 등불 깜박이는 시장에서는 백정들이 소를 잡고 있었다.

선죽교善竹橋를 방문해서 돌 위를 이리저리 돌아봤다. 그러나 충신忠臣이 피 뿌린 흔적은 보이지 않아 혼자 석표石標만 어루만지다가 돌아왔다.

10월 6일, 새벽에 출발해서 벽란진에서 아침밥을 먹고 연안성에서 자다.

말이 갑자기 멈추기에 보니 큰 강물이 말발굽 아래 굽이쳐 흘렀다. 마부가 뱃사공을 불렀다. 사공이 인사를 하며 말하길, "시간이 오전 10시가 다 되어서 조수潮水가 한창 밀려드는 중입니다. 그러니 여기서 아침밥을 먹고 나면 물 건너기가 편리할 겁니다."라고 했다. 그래서 언덕 위 객점에 들어가서 아침밥을 먹었다.

벽란진碧瀾津은 나라 안에서 매우 험한 곳 중 하나이다. 북쪽의 전탄錢灘에서 시작해 남쪽 방향으로 바다로 흘러 들어간다. 물길이 확 트이고 굽이쳐 흐르고, 포구에는 개펄이 있는데 바닷물처럼 푸르다. 흰 바위는 치열처럼 가지런히 늘어서 있는데, 징검다리를 건너야 배를 탈 수 있었다. 사천槎川 이병연李秉淵의 시에서, "해 질 녘 고려국에 말을 세우니, 흐르는 물소리 속에 5백 년 세월이 흘렀구나.〔斜陽立馬高麗國, 流水聲中五百年〕"라고 읊었던 곳이 바로 이곳이다. 배가 언덕에 닿으니 이곳은 배천군白川郡인데, 여기서부터 황해도黃海道이다.

멀리 연안성延安城을 바라보니 10리 거리라 아득하게 보였다. 찬 연기가 자욱하고 해묵은 나무들은 줄지어 서로 어우러져 있었다. 성곽 북쪽 흙산에 세 개의 기둥 사이사이 나무로 가로질러 길게 쌓아 놓은 것이 왜구들의 보루이다.

신각申恪 공이 부사府使로 있을 때 중봉重峯 조헌趙憲 선생이 신각 공에게 편지를 보내서 "성을 쌓고 전쟁에 대비하라."고 했다. 임진년(1592) 8월에는 월천 군수 이정암李廷馣 공이 5백 명을 거느리고 와서 이 성을 지켰다. 왜적 구로다 나가마사黑田長政가 신천信川과 재령載寧 두 군을 짓밟고 3천 명을 거느리고 와서 이 성을 공격했다. 성안 곳곳에서 불이 치솟으니 병사들은 전의를 잃고 성을 버리고 도망가려 했다. 그때 공이 땔나무를 쌓고 그 위에 앉아 목숨 바쳐 싸울 뜻을 보이니, 병사들이 모두 감격해서 전투력이 상승하였다. 힘을 다해 싸운 끝에 왜적의 수급首級 18개를 베고 소와 말도 빼앗았다. 왜적들은 밤에 도망쳐 버렸다. 성곽은 탄환만큼 작고 병사도 하루살이 같은 존재였기에 승승장구했던 3천 명의 왜적을 대적하는 것은 불가능한 일이었다. 그러니 이정암 공이 죽음으로써 지키지 않았다면 어떤 일도 할 수 없었을 것이다.

내가 저녁에 백사白沙 이항복李恒福이 쓴 「연성대첩비延城大捷碑」를 읽어 보았다. 전쟁의 공에 대해 낱낱이 기록되어 있었는데, 조헌 선생이 신각 공에게 편지를 보내 "성을 쌓으라."고 한 일은 언급되어 있지 않았다. 그 까닭이 무엇인지 모르겠다.

연안의 명물 가운데 학鶴이 있다. 밭두렁과 들녘 웅덩이에 총총히 무리 지어 다니며 맑고 길게 울기도 하고 훨훨 날기도 한다. 옛 고사에 홍문관의 학은 배천白川 지방에서 올리는 공물이라고 했다. 예전에 여러 학사들이 배천에 급히 격문을 보내서 학 한 쌍을 요구했는데, 배천 군수 아무개 씨가 이 요청을 거절해서 바로 파직당했다. 당시 전라 병사全羅兵使 이 아무개 씨는 월출산을 유람했다는 이유로 관직에서 쫓겨났다. 한성 주부漢城主簿 이 아무개 씨는 숙직실에서 손님과 바둑을 두었다는 이유로 파면당했다. 이 모든 일은 고상한 취미 때문에 일어난 일이었다.

10월 7일, 새벽에 출발해서 청단역점에서 아침밥을 먹고 해주에서 자다.

청단교靑丹橋는 개펄 가 포구에 걸쳐 있는데 길이가 1백 50보이다. 가운데 부분이 우뚝 솟아 높이가 4장丈쯤 된다. 부서진 배를 가지고 얽어 만든 것으로, 간혹 삼탄교三歎橋라고 부르기도 한다. 나는 말에서 내려 걸어가면서 감히 곁눈질도 하지 못하고 신발 끝만 보고 건넜다. 말이 건너면서 내는 말발굽 소리를 들을 때는 더욱 가슴이 졸아 좁쌀만 해졌다.

해주海州 북쪽에 산이 있는데, 그 형상이 마치 사발을 엎어 놓은 것 같다. 높이는 20장丈쯤 되고 그 정상에는 돈대墩臺가 있다. 옛날 큰 도적 임꺽정이 이 산을 거점으로 삼고 자기 무리들을 풀어서 지나가는 나그네들을 겁박하였다. 그런데 나그네들 중에서 붉은 팥 20말을 짊어지고 곧장 돈대까지 오르는 사람은 자기 무리로 삼고, 그렇게 하지 못하는 사람은 재물만 빼앗았다고 한다. 길옆에는 띄엄띄엄 왜구들의 무덤이 있었다.

수양산首陽山은 사람으로 하여금 깊은 수심에 잠기게 한다. 원래 수양산은 백이伯夷·숙제叔齊의 사당이 있는 곳으로, 그들이 고사리를 캐던 수양산은 바로 뇌수산雷首山이다. 그런데 백이·숙제의 신령이 어떻게 이곳 해주의 사당에 있게 되었는가. 주자의 사당이 신안新安에 있고, 공자의 사당이 구산邱山에 있는 것과 적벽赤壁의 내소정來蘇亭, 산음山陰의 환아정喚鵝亭 등이 모두 이와 같이 이름만 빌린 경우이다. 어떤 사람은 단군조선의 중신重臣이었던 대련大連과 소련小連이 해주 사람이라고도 한다.

10월 8일, 새벽에 출발하여 오목천에서 아침밥을 먹고 광탄을 건너 애정촌에서 자다.

오목천梧木川 여관 주인에게 길을 물었더니, 주인이 말하길, "오늘 밤 애정촌艾井村에서 하룻밤을 묵으면 내일은 조니포진助泥浦鎭에 도착할 수 있을 겁니다." 하였다. 내가 "애정촌은 무슨 군郡인가요?" 하고 물었는데, 촌사람이라 알지 못했다. 기다리던 손님이 "애정촌은 장연군長淵郡입니다. 장연군은 불교를 숭상하는 곳이어서 손님을 잘 접대하는 풍속이 있습니다."라고 말해 주었다. 내가 웃으면서, "만약 불교를 숭상해서 손님을 잘 접대한다면서 지난번 순지蓴池 고을 백성들이 둔전屯田의 별장別將을 생매장했던 것은 어째서입니까?"라고 말하니, 대답하기를, "순지 고을만 유독 풍속이 사나워서 장연 사람들이 매우 부끄러워합니다. 절대 의심하지 마십시오."라고 하였다.

군마령郡馬嶺을 넘어가는데 구불구불 이어진 길은 사람 하나 보이지 않고, 낭떠러지마다 호랑이가 뛰어나올 듯하고 모퉁이마다 도적들이 있을 듯했다. 군마령 아래는 상군마上郡馬 마을이다. 허름한 백성의 집들이 띄엄띄엄 보이는데 집마다 땔나무가 수북이 쌓였다. 사내와 아낙네는 눈이 부리부리한 것이 얼굴이 마치 원숭이 같았다. 가을보리 씨를 뿌리고 있는데, 밭 군데군데 돌무더기가 뇌磊 자처럼 쌓여 있었다. 중군마中郡馬 마을과 하군마下郡馬 마을을 지나가는데, 거의 20리쯤 되었다. 둥글고 높다란 흙산은 가운데가 군데군데 패어 있는데, 그 사이에 자갈 무더기가 쌓여 있는 모양이 마치 터진 자루에서 콩알이 쏟아진 듯하고 갈라진 물고기 배 사이로 알들이 튀어나온 듯하였다. 서쪽으로 협곡 입구를 빠져나오니 주변의 돌들이 밤송이같이 울퉁불퉁하고 쭈글쭈글해서 보기가 몹시 흉했다. 가는 길은 말 한 마리가 겨우 지나갈 정도로 협소하고, 길 아래에는 긴 냇물이 넘실넘실 협곡을 따라 흘러가고 있었다.

광탄廣灘 남쪽에 주막이 있었다. 거기서 묵으려고 했는데 아직 해가 저물기까지 시간이 많이 남아 20리 정도는 더 갈 만했다. 게다가 다음 날 새벽에 물을 건너면 마부의 다리가 시릴까 걱정되었고 물이 너무 차가워 내 말이 빼라도 다치면 그 또한 불쌍하니, 차라리 애정촌까지 가서 자는 것이 낫겠다 싶었다. 마부도 "그것이 좋겠습니다."라고 말했다. 그래서 바로 옷자락을 걷고 버선을 벗은 다음 말을 뒤에서 모니, 말은 귀를 간들거리고 코를 흔들며 뚜벅뚜벅 계단을 건너듯이 걸어갔다. 나는 팔뚝에다 말고삐를 감고 옷자락은 앞으로 거머잡고 안장을 꼭 잡은 채 책상다리를 하고 앉아 발 받침대에는 차마 발을 붙이지 못했다.

광탄 이북부터 장연 땅이다. 기천起川이 흘러 들어가고 밭은 길고 마을은 평평해서 낚시하거나 유람할 만하였다. 저녁 날씨가 서늘한데 띄엄띄엄 연기가 자욱한 것이 뚜렷한 한 폭의 그림이었다. 당나라 시인이 "한평생 와 보지 못한 곳, 해 질 녘 홀로 거니네.[平生不到處, 落日獨行時]"라고 읊었던 시는 마치 지금의 나를 위해서 미리 지어 놓은 듯하였다. 마부가 "애정촌은 어디 있습니까? 날씨는 춥고 해가 저무니, 어디서 묵을 겁니까?"라고 물었다. 홀로 가던 선비가 마부를 불러 가르쳐 주기를, "그대는 내가 가리키는 곳을 보시게. 저 서쪽에 느릅나무 두 그루가 서 있고, 푸른 연기가 자욱한 아래에 집이 있지. 그 집에 정씨鄭氏가 살고 있는데, 손님 접대를 아주 잘한다네."라고 하였다. 그래서 그 느릅나무가 있는 곳까지 가서 말에서 내렸다.

밭두렁에는 콩깍지가 쌓여 있고 어린아이 두 명이 빗자루로 마당을 쓸고 있었다. 한 선비가 창가에 기대어 있다가 전관氈冠(털실로 짠 갓) 차림으로 마루에 올라와서 정중하게 인사하였다. 두 아들은 곁에 서 있었다. 등불을 밝혀 얼굴을 보고는 계집종에게 빨리 밥을 짓고 말에게는 꼴과 콩을 가져다주라고 명하였다. 마부에게도 따뜻한 방을 내어주었다. 이 모든 것이 분에 넘치는 환대였다. 내가 돈으로 보답하겠다고 세 번이나 청했으나 세 번 다 사양하면서 말하기를, "순지 고을의 사나운 백성들이 둔전의 별장別將을 생매장한 것 때문에 나라 사람들이 장연의 백성들을 모조리 매장시켜야 한다고 말합니다. 이러한 일은 여전히 농서隴西 지방의 수치입니다. 내가 비록 어리석고 둔하지만 어찌 차마 돈을 받겠습니까?"라고 하였다.

주인은 포은圃隱 정몽주鄭夢周 선생의 후손이었다. 내가 장난삼아 말하기를 "나는 정종定宗의 후손입니다. 하지만 지나간 일은 뜬구름 같은 것이니, 말해 뭐 하겠습니까?"라고 했다. 주인도 웃으면서 말하기를, "포은의 아들도 조선에서 벼슬하여 이조참의를 지냈는데, 그대와 나야 무엇을 의심하겠습니까? 고려가 망할 때 포은이 임금을 알현하기 위해 궁궐로 들어가는 길에 선죽교를 지나갔습니다. 이때 조영규趙英珪는 포은을 죽이기 위해 말을 달려오고, 포은의 행차를 알리는 하인은 큰 소리로 외쳐 사람들의 통행을 제한하였습니다. 포은은 좋지 않은 일이 생길 것을 알고 하인이 큰 소리로 외치는 것을 멈추게 했습니다. 조영규가 포은을 내리쳐서 왼쪽 귀가 잘려서 떨어졌고, 포은의 목은 3일간 효수되었습니다. 문서기록원인 녹사錄事도 이 사건 때문에 죽었으나, 역사에는 그 이름이 기록되지 않았습니다."라고 했다. 그는 말을 마치고는 조용히 눈물을 흘렸다. 또 말하기를 "장단長湍에 장례 지내려 했는데 널이 멈추고선 움직이지 않아 종이돈을 불태우며 빌었더니, 그 재가 남쪽으로 날아가 용인龍仁 고을 어느 언덕에 떨어졌습니다. 그 언덕에다 장례를 모시겠노라 고했더니 그제야 널이 움직였다 합니다. 임진왜란 때 포은의 후손[36]이 선생의 초상화를 품에 안고 연일延日로 피난 가다가 바

36 문맥상 포은의 후손 이름을 밝히고자 한 듯하나, 현재로서는 □로 처리되어 있어서 누구인지 알 수 없다.

위틈에다 숨겨 두고는 모든 가족이 칼을 맞아 죽었습니다. 그 뒤에 한 선비가 꿈을 꾸었는데, 포은이 나타나 그 바위틈을 가리키는 것이었습니다. 꿈에서 깬 뒤 그곳을 찾아갔더니 과연 초상화가 있어서 바로 서원書院을 세워 봉안했다고 합니다."라고 하였다.

나는 성년이 된 이후 하루도 책을 보지 않은 날이 없었다. 간혹 읽을 책이 없을 때는 달력이나 장부라도 뒤적여 보았다. 그런데 지금은 집을 떠난 지 닷새가 되도록 글자 한 자도 보지 못했으므로 마음이 편치 못하였다. 그러던 중 집주인의 책상 위에 전 장연 부사長淵府使 신경준申景濬이 쓴 『동문고同文考』가 있기에 선뜻 집어 들고 등불 앞으로 가서 한눈에 다 보았다. 그 내용 중에, "범증范增(초한 때 항우의 책사)의 선조는 마니산摩尼山에서 났고, 손권孫權(삼국 시대 오나라 왕)의 선조는 묘향산妙香山에서 났으며, 고환高歡(북제北齊 헌무제)의 선조는 청천菁川에서 났고, 동두란佟豆蘭은 악비岳飛(남송의 무장)의 7세손이다."라는 것이 있었다. 내가 덧붙이기를, "규염객虯髥客은 연개소문淵蓋蘇文이었고, 창해역사滄海力士는 검천黔川 사람이며, 한汗(청 태종)의 어머니는 청회 간씨淸淮簡氏였고, 명 태조明太祖의 선조는 삼척三陟에서 났다."고 하였다.

10월 9일, 아침에 출발하여 한천점에서 아침밥을 먹고 차유현을 넘어 저녁에 조니진에 도착하다.

새벽에 주인이 흰죽을 대접해 주었다. 손님과 주인이 모두 훈훈했고, 등불 아래서 작별을 고했다. 말이 서리 내린 땅을 밟고는 놀라서 이히힝 소리를 내었다. 동쪽 하늘에서 먼동이 터 오고 있었다. 여기서 조니진까지는 1백 리가 남았다.

한천점寒泉店에서 아침을 먹었다. 그곳엔 바위 구멍에서 솟은 샘물이 흘러 들어와 만들어진 우물이 있었다. 우물물이 너무 차서 이름을 '한천'이라 했다고 한다. 또 고정庫井이라고도 하는데, 바위가 마치 창고처럼 생겼기 때문이다.

왼쪽으로 큰 바다를 끼고 가다가 저녁때 차유현車踰峴에 도착했다. 산골짜기로 10여 리를 가는데, 어린 소나무와 키 작은 상수리나무가 청색과 황색으로 조화를 이뤄 맹수들이 살기에 적당했다. 말이 배가 고픈지 걸음걸이가 시원찮기에 콩 주머니를 풀어서 말 주둥이에다 씌우고 끈을 뒤통수에다 매 놓았다. 언젠가 들으니, 호랑이가 사람을 잡아먹으려 할 때는 머리를 땅에다 붙였다가 하늘을 향해 두 발을 들고 일어서는데, 하얀 배가 완전히 드러났을 때 몽둥이로 가슴을 푹 찌르면 쓰러질 듯 버티다가 두 번 다시 위세를 부리지 못하고 슬금슬금 멀리 도망간다고 한다. 이것이 호랑이를 물리치는 비결이다. 수레 말뚝이 길 가운데 버려져 있는데 길이가 한 자쯤 되었다. 칼끝을 뾰족하게 해서 마치 호랑이를 대한 듯 가만히 손을 놀려 연습해 보았다. 그러다가 뜻밖에 인가人家가 보여서 길을 물어 남쪽으로 숲을 나갔다. 긴 산은 동쪽으로 뻗어 있고 큰 바다는 서쪽으로 흐르는데, 가운데 넓은 평야가 있어서 아득하였다. 거센 바람이 불고 저녁 비는 쏟아지는데, 멀리 인가에서 밥 짓는 연기가 보여 말을 달려 남쪽으로 갔다. 거기가 바로 조니진助泥鎭이었다.

아버지 상을 당해 상례를 치르고 있던 유군兪君을 관청에서 조문하였다. 해가 지자 비는 차갑고 성난 파도는 언덕을 치는데, 곡소리마저 서글퍼 세상에 이보다 더 마음 아픈 일이 없었다. 10월 6일에 부고를 듣고는 와서 이미 성복成服[37]을 했다고 한다. 내가 묻기를, "부고를 들은 즉시 분상奔喪[38]하지 않고 여기에서 성복하는 것이 예禮에 맞는가?"라고 했더니, 어떤 객이 옆에 있다가 말하길, "무릇 이 조니진은 국경을 지키는 진鎭인 데다 수영水營의 관할이어서 하루도 관청을 비워 둘 수가 없는 곳입니다. 옛 고사에 절도사節度使가 비장裨將 중에서 골라 임시로 가장假將[39]을 삼을 수 있게 했는데, 그래도 가장이 오기 전에는 떠날 수가 없습니다. 『예기』에도 '국경 밖을 나간 신하가 아직 사신 간 일을 마치지 못했으면 거기서 성복을 한다.'고 했습니다. 낯선 배들이 출몰하고 아침저녁으로 수비해야 하는 곳이니, 군대의 규율이 사신 간 일과 무엇이 다르겠습니까? 이문혁李文赫이 장연 부사長淵府使로 있을 때도 이런 예법이 있었습니다. 게다가 분상하는 의식이 '새벽별을 보고 출발해서 밤별이 나오면 멈추고 하루에 1백 리를 간다.'고 규정한 것도 비록 황급한 때이지만 해害를 멀리하기 위해서였습니다. 지금은 관청이 가난해서 한양으로 가려 해도 노자가 없습니다. 가다가 도중에 쓰러져서 관 앞까지 가지 못하는 것보다는 차라리 가장이 오기를 기다려 노자를 빌리기라도 하는 것이 낫지 않겠습니까?"라고 하였다. 그래도 나는 안타까

37 성복은 상례에서 부모님이 죽은 지 4일 만에 상주가 상복을 입는 것을 말한다.

38 분상은 타향에서 어버이 별세 소식을 듣고 달려가는 것인데, 여기서는 조니진에서 부모님 별세 소식을 듣고 한양으로 즉시 돌아가서 상례를 치르는 것을 말한다.

39 가장은 전쟁터에서 장수 자리가 비게 되었을 때, 정식 임명으로 보충하기 전까지 주장主將의 명령으로 그 직무를 맡아보게 한 임시 장수이다.

운 생각이 들어 오래 있다가 말하길, "초상을 들으면 즉시 출발해야지 왜 도중에 쓰러질 것을 생각하는가? 지금은 전쟁 중이 아니니 어찌 군대의 규율을 무서워하는가? 그러나 사정이 궁하고 형편 또한 절박하니, 앞으로 어떻게 하면 좋다는 말인가?"라고 하였다.

그 객은 노인이었는데 성은 박朴이고 이름은 신방信邦이었다. 원래는 한양 사람인데, 장산長山에 유배 온 지가 거의 40년이나 된다고 하였다. 멋진 수염에 키는 7척인데, 옛이야기를 잘하고 마음이 너그러워 덕망 있는 자의 기풍이 있었다.

10월 10일, 큰바람이 불어 조니진에 머물다.

조니助泥는 옛날에는 별군別軍의 장수가 다스리던 곳으로 숙종 신묘년(1711)에 처음 만호萬戶[40]를 두었다. 장산 70리가 곧장 바닷속으로 들어간 모양이 마치 다리미 손잡이 같아서 '장산곶'이라 하였다. 육지가 바닷속으로 들어간 것을 '곶'이라고 한다. 장산곶에서 10리쯤 떨어진 곳에는 또 오차포吾叉浦라는 진鎭이 있었다.

장산에는 시체를 넣는 관이 사방으로 막혀 있지 않고, 다만 판자 두 쪽을 넓은 돌로 지탱하게 하거나, 아니면 황토를 담처럼 쌓고는 새끼줄로 묶는 풍습이 있다. 또 어떤 이는 자기 부친이 돌아가셨을 때 부친이 생전에 도끼를 좋아했다고 해서 도끼를 베개로 하고는 장례를 치른 적도 있다. 그 무식함이 모두 이와 같았다. 남의 부인을 부를 땐 '아무개의 보살'이라 하고, 남의 남편을 부를 땐 '아무개의

40 만호는 조선 시대 각 도의 진에서 군사를 통솔하는 종4품의 무관직을 말한다.

원교元絞'라 부르며, 부러진 바퀴 축을 '회룡목回龍木'이라 하고, 땔나무를 싣는 수레를 '달고적'이라 한다.

광탄 북쪽 지방에는 소 수레를 사용하는 풍습이 있는데, 소 수레가 지나가면 길 양쪽에 생기는 바퀴 자국이 마치 대나무 홈통 같았다. 사람이 소에 거꾸로 앉아 수레 앞 양쪽의 두 끌채를 딛고는 고삐를 잡고 모는데, 그렇게 하지 않으면 끌채가 뜨고 짐 상자가 떨어져 싣고 가던 짐이 다 쏟아지기 때문이다. 그러나 소는 힘들 것이다. 게다가 가끔은 수레 위에 짚으로 앉을 자리를 만들고는 그 안에 아낙네가 아기를 안고 가기도 하는데, 아낙은 치마로 머리를 덮어쓰고 등에 이불을 두른 상태로 덜커덩거리며 간다.

연안 서쪽 지방의 여자들은 모두 푸른 보자기로 머리를 둘러매고 새파란 치마를 입었다. 개성 서쪽 지방은 밭 가운데에서 곡식 타작을 했고, 연안 서쪽 지방에서는 두 마리의 소를 타고서 밭을 갈았다.

장연長淵에서는 밭에 거름을 주지 않는데도 벼 줄기가 갈대 같고, 콩밭 사이에는 무를 심어 기르는데 잎은 둥글게 감기면서 자라고 뿌리는 단단했다. 이것을 호미 끝으로 우묵하게 파내어 김치를 만들어 먹으면 잇병을 막을 수 있다. 국을 끓여 먹어도 입에서 와삭와삭하는 소리가 난다.

10월 11일, 바람이 불어 조니진에 머물다.

임시 가장假將 신申 아무개가 수영水營에서 왔다. 내가 이곳에 올 때는 조금도 지체하지 않고 즉시 돌아갈 생각이었는데, 와서 보니 진중鎭中에는 말도 없고 노자도 없는데 나는 관청의 공금과 쌀까지

축내는 신세가 되었다.

옛날 진영장鎭營將 김동빈金東賓이 어떤 사건에 연좌되어 파직을 당했다. 그러나 관청이 가난해 여장을 꾸릴 수가 없어서, 일반 백성이 살던 민가를 빌려서 아내와 자식을 3년 동안이나 지내게 했다. 수군절도사 아무개가 그들을 불쌍하게 여겨 돈을 돌려주고 돌아가게 하였다.

임시 가장인 신 아무개는 평소 나라 곳곳을 돌아다녀서 견문이 많은 사람이었다. 노인 박씨와 날마다 끊임없이 수많은 말을 주고받았다.

4월에 바람이 잠잠할 때면 황당선荒唐船이 와서 육지에서는 방풍防風이라는 한약재를 캐고 바다에서는 해삼을 잡았다. 8월에 바람이 거세지면 그제야 돌아간다. 여덟아홉 척에서 10여 척의 배들이 몰려오는데, 배 한 척에는 보통 70~80명이 타고 있고, 큰 배에는 1백여 명까지 타고 있다. 초도椒島와 조니진과 오차포와 백령도 사이 해역에서 출몰한다.

'황당'이란 무슨 말인가? 의심스럽다는 뜻이다. 혹 의선疑船이라고도 한다. 모두 중국의 등주登州와 내주萊州에 속하는 섬 백성들로 사납고 포학하며 날쌔고 재빠르다. 물고기를 식량으로 삼고 배를 집으로 삼는 자들이다. 중국에서는 이른바 '어만자魚蠻子'라 하고, 『서경書經』「우공禹貢」에서 '우이嵎夷'라고 이른 것이다.

황당선은 모두 매우 견고했다. 배가 정박하면 반드시 네 군데에 닻을 내리고 석회로 배의 갈라진 틈을 발랐다. 그리고 밀랍 덩어리 같은 소금에 절인 돼지고기를 안주 삼아 독한 술을 마시고 머리를 흔들고 노래하면 지나치게 용맹스러워 감당하기가 어려울 정도였다. 4월에 오는 놈들은 '망인網人'이라 불리는데, 그렇게까지 날쌔거나 사납지 않다. 그러나 5월에 오는 놈들은 '수인泗人'이라 불리는 자들인데, 뺨은 깎은 쇠붙이 같고 살결은 옻칠을 한 듯하며, 발을 위로 하고 이마를 거꾸로 한 채 펄떡펄떡 물고기마냥 파도를 가르기도 한다. 도끼를 들고 육지로 나와서는 소나무를 진흙 쪼개듯 하고서 어깨에다 도끼를 메고 우쭐거리며 걸어 다니기도 한다. 호박과 참외를 제멋대로 따 먹고는 꼭 뿌리까지 망쳐 버리고, 가끔은 북을 치는 누각에 올라가서 장수將帥 뵙기를 청하기도 한다. 그들도 장교將校 윤성리尹聖理만은 무서워해서 머리를 조아리고 도망치면서 '윤 장수'라고 불렀다 한다.

윤성리의 얼굴은 호랑이처럼 뺨이 넓적한데 이가 빠져 훤했다. 하지만 일 처리를 잘했고 자기 어머니를 잘 봉양하였다. 예전에 보았던 중국 소설에 "만약 바다를 떠돌던 배가 오면 무사를 보내어 해안을 지키게 하라. 활도 쏘고 칼도 써 가며 남은 종자가 하나도 없도록 죽이라."는 구절이 있었다. 그 소설 구절을 적어 밖에 내걸고 환히 보이게 두면 지나는 놈들이 반드시 피해 가면서, "황상 노야皇上老爺는 무섭구나."라고 했다. 그런데 지금은 지나는 놈들이 반드시 그 소설 구절 밑에다 오줌까지 눈다. 그놈들을 추격해서 잡는 무사들도 화만 내지 감히 처치도 못 한다. 빈 활시위만 퉁기면서 겁먹고 슬금슬금 뒤만 쫓아다니는 것이 되레 호위하는 것 같다.

그러다가 8월쯤 되어 동풍이 슬슬 거세지면 찾아가서 달래면서 말하길, "너희들 언제쯤 돌아갈 것이냐?" 하면, "아무 날 아무 시에는 꼭 돌아갈 것이다."라 한다. 그때 가서야 공문을 만들어 수군영水軍營에 보고하기를, "아무 날 아무 때에 황당선을 잡으러 갔더니, 모두 돛을 달고 도망쳐 버렸습니다."라고 한다. 수군절도사도 그것이 거짓 보고인 것을 알지만 따지지 않는다고 한다.

내가 일찍이 "등주와 내주 사이의 대죽大竹·소죽小竹·타기鼉磯·사문沙門·해우海牛와 각화覺化 등 여러 섬의 백성들은 모두가 날쌔고 사나워서 제어하기가 어렵다."는 말을 들은 적이 있다. 가령 전번에 몰려왔던 놈들이 다시 이들 여러 섬의 백성들을 유인해서 무기를 싣고 고기잡이를 구실 삼아 몰려온다면, 배가 10척이 넘을 것이고 놈들이 1천여 명이 될 것이다. 그러고는 먼저 풍천豐川·장연長淵·옹진甕津을 약탈하고, 다시 단숨에 교동喬桐·강화江華까지도 갈 수 있을 것이다. 그러니 어찌 훗날의 걱정거리가 끝날 때가 있겠는가? 만약 중국의 기강이 점점 해이해지고 흉년이 자주 든다면, 그렇게 될 것은 필연의 형세인 것이다.

10월 12일, 조니진에 머물며 사봉에 오르다.

조생과 박생, 두 소년이 나를 따라 바닷가에 있는 사봉沙峯을 유람했다.

사봉의 봉우리는 바닷속에서 나와서 바람에 밀려 산을 이뤘는데, 이는 세상에서 가장 곱고 깨끗한 봉우리다. 80척쯤 되는 높이에 깎아 세운 듯 가파르기 때문에 잡고 올라갈 틈도 없다. 봉우리는 성 같기도 하고 언덕 같기도 하며, 계단 같기도 하고 밭두둑 같기도 하다. 어느 곳은 움푹 패어 있고, 어느 곳은 넘쳐 올라온 것이 군데군데 묶음을 지어 놓은 듯도 하고, 허공에 둥둥 떠 있는 것 같기도 하다. 바람에 날리고 햇빛에 반사되며 옷자락에 스치고 신발에 끌리며 물결에 씻기고 풀잎에 긁힐 때마다 반짝반짝 빛나고 바스락바스락 소리를 내는 것이 달리 견줄 만한 게 없다.

시험 삼아 다섯 손가락으로 밑을 긁어 보았다. 그러자 아래부터 위에 있는 모래가 손가락 놀림에 따라 느리지도 않고 빠르지도 않게 적당한 속도로 흘러내리더니 멀리 둥긋한 둔덕의 모래까지 흘러내렸다. 그 흐름을 타고 떨어지는 모양은 마치 향을 피워 나는 연기가 허공에 서려 있을 때 가늘게 흔들리듯, 준마가 머리 내두를 때 갈기가 간들거리듯, 얇은 종이에 빗방울이 떨어질 때 차츰차츰 젖어 들듯, 많은 누에가 뽕잎을 먹을 때 야금야금 없어지듯 했다.

박생과 조생이 옷깃을 휘날리며 앞장서서 산에 올라가기에 나도 그 뒤를 따라갔다. 발을 움직일 때마다 발목이 꽂히는 것이 마치 그 속으로 빨려드는 듯했고, 온 산의 모래가 마구 흘러내려 발자국도 금세 없어져 버렸다.

사봉 꼭대기에 우뚝 서서 서쪽으로 큰 바다를 바라보니, 바다 뒤편은 아득하여 그 끝이 보이지 않았다. 용과 악어가 뿜어내는 것 같은 파도는 하늘과 맞닿아 경계를 알 수 없었다.

한 뜰 가운데 울타리로 경계를 짓고, 울타리 가에서 서로 바라보이는 것을 이웃이라 부른다. 지금 나와 두 소년은 이쪽 언덕에 서 있고, 중국의 등주와 내주 사람들은 저쪽 언덕에 서 있으니, 서로 바라보면서 말을 할 수도 있을 것이다.

그러나 바다 하나가 넘실거려 보지도 듣지도 못하니, 이웃이지만 서로의 얼굴은 알지 못한다. 귀로 듣지 못하고 눈으로 보지 못하며 발길이 닿지 못하는 곳이지만, 오직 마음이 내달리기로는 아무리 멀어도 다다르지 못하는 곳이 없다. 이쪽에서 이미 저쪽 언덕이 있는 줄 알고, 저쪽에서도 이쪽 언덕이 있는 줄 알고 있으니, 그저 바다는 하나의 울타리일 뿐 보고 듣는다고 말해도 괜찮으리라. 하지만 만약 회오리바람을 타고 구만리 상공에 올라가 이쪽 언덕과 저쪽 언덕을 한꺼번에 다 내려다본다면 모두 한집안 사람이니 이 또한 어찌 울타리로 막혀 있는 이웃이라 말하겠는가.

높은 곳에 올라 먼 곳을 바라보니, 내가 보잘것없는 존재임을 더욱 깊이 깨닫게 되어 아득히 근심이 생겼다. 그러나 한탄할 겨를도 없이 저 섬에 사는 사람들을 생각하니 슬퍼졌다.

가령 탄환만 한 작은 땅에 해마다 흉년이 들고, 바람과 파도가 하늘에 닿을 만큼 치솟아 백성들에게 빌려줄 곡식마저 변통하지 못하게 되면 어떻게 할까? 해적들이 몰래 쳐들어와도 달아나 숨을 땅이 없으니, 모두 죽음을 당하게 되면 어떻게 할까? 용과 고래, 악어와 이무기가 뭍에다 알을 낳고 모진 이빨과 독한 꼬리로 사탕수수를 먹듯 씹는다면 어떻게 할까? 해신이 크게 성을 내어 파도가 넘쳐 와 마을의 집들을 덮쳐 하나도 남김없이 쓸어 가 버린다면 어떻게 할까? 바닷물이 멀리까지 밀려가 하루아침에 물길이 끊겨서 외로운 뿌리가 높다랗게 치솟아 앙상하게 바닥을 드러내면 어떻게 할까? 파도가 섬 밑동을 갉아먹어 오래도록 물에 잠겨 흙과 돌이 끝내 지탱하지 못하고 물결을 따라 무너져 버린다면 어떻게 할까?

이런저런 고민에 빠진 내게 어떤 이가 말했다.

"섬사람들은 전혀 걱정하지 않는데, 그대가 먼저 위험을 걱정하는구려."

바람이 심하게 불어오니 마치 산이 움직이는 것처럼 느껴졌다. 나는 곧 내려와서 평지에 서 있다가 이리저리 거닐고는 되돌아왔다. 동쪽으로 불태산과 장산 등 바다에 둘러싸인 여러 산들을 바라보다가 내가 탄식하며 "이것은 바닷속의 흙이군."이라고 말하니, 객이 무슨 뜻인지 물어 내가 대답했다.

"그대가 시험 삼아 도랑을 파 보게. 그 흙이 언덕처럼 쌓이겠지. 하늘이 큰 물길을 열면서 찌꺼기를 모아 놓은 것이 산이 된 것이라네."

그러고는 두 사람과 함께 도적을 잡기 위해 세워 둔 막사에 들어가 커다란 잔에 담긴 한잔 술로 바다에서 노닐던 가슴을 축였다.

10월 13일, 조니진에 머물며 금사사를 유람하다.

내가 날마다 가기를 재촉하니, 대장代將이 장교와 군관과 집사들에게 돈을 각출하였다. 대장이란 자는 장교의 우두머리이다. 또 풍헌風憲과 약장約長과 좌수座首[41] 등 여러 관리들도 다투어 돈과 쌀을 내어 경비 마련하는 것을 도왔다. 임시로 온 가장假將은 자신의 식량을 떼어 내가 관청 물품을 축낸 것을 갚아 주었다. 그러나 조니진에는 말을 빌릴 곳이 없어서 심부름꾼을 장연부長淵府로 보내 빌려 오게 했다.

41 풍헌은 지방의 말단 행정을 맡아보는 관리이고, 약장은 향약 단체의 장이며, 좌수는 지방 향청의 우두머리이다.

금사사金沙寺를 유람했는데, 나그네 시름을 달래기 위해서였다. 조니진에서 서북쪽으로 20리 거리였다. 숲속으로 구불구불하게 난 길에는 아름드리 큰 잣나무와 소나무가 있는데 가지가 길게 뻗어 말 머리를 스쳤고, 부러진 갈대와 흐트러진 담쟁이덩굴은 밟을 때면 바스락바스락 소리가 났다.

금사사는 낙가산洛迦山에 있으며, 진지왕眞智王 때 창건되었다. 불전佛殿이 넷이고 승방僧房이 여덟이다. 전각의 지붕 모서리는 금빛과 푸른빛으로 단청을 해서 휘황찬란하고, 앉아 있는 금빛 불상은 높이가 1장丈이 넘었으며, 문에는 전부 모란과 연꽃이 새겨져 있었다. 사대천왕은 눈을 부릅뜨고 눈썹을 치켜세우고 입을 딱 벌린 채 무릎을 벌리고 높이 걸터앉아 손에는 큰 뱀과 비파와 긴 칼을 쥐고 있었다. 높은 곳에서 내려다보면서 남의 속을 환히 들여다보는 듯하였다. 뇌공雷公과 한발旱魃과 괴룡乖龍과 모귀耗鬼[42]와 산도깨비·나무도깨비들이 고개를 들어 눈을 부릅뜨고 쳐다보는데, 이들의 목이 사대천왕의 신발 아래 깔려 있어서 애걸복걸하는 모습이었다. 석가모니는 가부좌로 앉아서 금색 팔을 펴고 있는데, 제자인 가섭迦葉과 아난阿難은 앞에 서 있고, 18명의 아라한阿羅漢이 뒤이어 죽 늘어서 있다. 나한상은 잔물결 같은 주름이 진 괴색 가사를 입고 한 팔만 내놓았는데, 하얗게 센 눈썹이 뺨을 덮고, 입꼬리가 양쪽으로 처져 찌푸리고 시름하는 것 같았으며, 턱을 무릎에 댄 채로 열 손가락 깍지

42 뇌공은 악행을 저지른 인간의 생명을 빼앗는 집행관이고, 한발은 가뭄을 맡은 귀신이다. 괴룡은 사람의 몸 속이나 오래된 기둥 같은 데 붙어 있는 괴물이고, 모귀는 사람을 가난하게 만드는 귀신이다.

를 끼었고, 팔은 야위어 힘줄이 드러났으며, 목의 울대뼈는 톡 튀어 나왔고, 체금강諦金剛[43]을 높이 들고 있었다. 판관判官과 나찰羅刹[44]은 염라대왕을 호위하는 듯 질서정연하였다.

절에는 명나라 행인行人이 앉았던 의자가 있다. 칠漆을 바른 색깔은 희미해졌고, 금가루를 입힌 화초 그림은 거칠고 갈라져서 모양을 겨우 알아볼 정도였다. 그래도 오래 문질러 닦으니 1백 년 전 중국 사신이 수레 타고 가던 모습을 상상할 수 있었다.

율곡栗谷 이이李珥와 봉래蓬萊 양사언楊士彦을 비롯한 여러 명현名賢들이 이곳에 들러 모두 시를 남겼다. 진암晉菴 이천보李天輔가 지은 시에, "음과 양이 번갈아 나타나는 것이 왜 그리도 급한지, 하늘과 땅은 텅 비어 나와 함께 떠 있네.〔陰陽迭運緣何急, 天地俱空與我浮〕"라고 하였다. 상량문上樑文과 중수기重修記는 승려 혜심譓諶이 지은 것인데, 비록 소략한 감은 있지만 역시 승려로서는 걸출한 편이었다. 혜심이 출가한 지 80년인데, 지금은 다른 절에 있다고 한다.

4, 5월 즈음에 바다에서 나는 나물로 갯완두 같은 것이 있는데, 반찬을 만들어 먹으면 맛이 담백하고 콩 맛이 난다. 금사金沙 속에서 캐낸다.

금사사는 바닷가 요충지에 자리하고 있어서 승장僧將이 승병 2백 명을 거느리고 번갈아 파수하면서 해안 방어를 하는 곳이다. 예전에 듣기로는 "금사가 잠깐 사이에 변하여 평지가 산이 된다."고 하더

43 체금강은 진陳나라의 진체眞諦가 번역한 『금강경』을 말한다.

44 판관은 전설 속에서 염라대왕 수하의 '생사부生死簿'를 관장하는 명관冥官이고, 나찰은 사천왕에 딸린 여덟 귀신 중 하나이다.

니 이 말은 모두 틀린 말이었다. 바닷바람이 머리를 스쳐 가면 비록 몽롱해지기는 하지만 산과 언덕을 평지로 바꾸려면 몇 해가 더 걸릴 것이다. 그러나 점점 절 근처로 갈수록 소나무가 모래에 몇 자씩 묻혔고, 조니진의 모래가 좋은 전답을 덮어서 모래 전답으로 바꿔 버린 일도 많았으니, 훗날 절과 진이 모두 모래 무더기 속에 파묻혀 버릴까 걱정이다.

모래는 모두 얕은 언덕에 낮게 쌓여서 조니진까지는 미치지 않았지만, 마치 흰 장막을 친 듯, 석회를 바른 성벽을 쌓아 놓은 것 같았다. 그러나 금사金沙라는 이름은 온 나라 안에 자자한데, 조니진 사봉沙峯에 대해서는 아는 사람이 별로 없으니, 이것은 이광李廣과 옹치雍齒의 행운과 불행[幸不幸][45]과 같은 것이라 하겠다.

승려가 나에게 밥을 주기에 나는 명목 없이 받아먹었다는 혐의가 싫어서 대쪽 세 개를 주고, 긴 사닥다리를 놓아 극락전 문 왼편에다 이름을 썼다.

10월 14일, 비가 내려 조니진에 머물다.

노인 박씨가 다음과 같은 말을 해 주었다.

풍천豐川에 나이가 17, 18세쯤 된 아들을 가진 과부가 있었다. 좌수座首인 윤소호尹素豪가 중매쟁이를 억지로 보내서 과부를 꾀게 하였다. 과부가 이익과 손해를 따져 보고는 재가할 것을 승낙하였다.

45 이광은 한문제漢文帝 때의 장수로 흉노와 70여 차례를 싸워 공을 세웠지만 봉후封侯가 되지 못했다. 옹치는 한고조漢高祖 때의 장수로 고조가 호감을 갖지 않았으나 전공이 있어 봉후가 되었다.

그의 아들이 나무하러 갔다가 돌아오니, 과부가 울며 말하기를, "좌수 윤이 나를 첩으로 맞이하기로 해서 아무 날 윤에게 시집가기로 약속하였다. 그러니 너를 어찌하랴?" 하니, 아들이 "어머니는 잠시 피해 계십시오. 제가 알아서 하겠습니다."라고 하였다. 그래서 어머니는 아들 말대로 하였다.

아들이 어머니 옷을 입고 머리를 땋아 틀어 올린 뒤 눈썹을 내리깔고 입을 꾹 다문 채 자세를 취하고 기다리고 있었다. 좌수가 과부를 맞이하기 위해 가마를 보내니, 하인과 계집종이 가마를 에워싸서 가 버렸다. 그때는 저녁 무렵이었다. 좌수는 너무 기뻐서 급히 자기 딸을 불러서 말하길 "네 어머니가 오셨다. 새로 시집온 사람이라 부끄럼을 많이 탈 것이니, 네가 모시고 자도록 해라. 나는 내일 아침에 만나 보겠다."고 하였다. 새사람은 촛불을 등지고 우는 체하며 턱을 괴고 흐느끼는 척했다. 딸이 마음이 안되었던지 무릎을 바짝 대고 그녀를 달래며 말하기를 "궤짝에는 무명베가 있고 창고에는 오곡이 가득 차 있는데 모두 어머니가 쓸 것들이고, 노복이 늘어서서 각기 제 일을 하는데 모두 어머니가 부릴 사람들입니다. 좌수의 첩이 된 영화도 지극할 겁니다. 바라건대 어머니께서는 마음 놓으시고 눈물을 거두십시오."라고 했다. 하지만 새사람은 더욱 눈물을 흘렸다.

딸이 이부자리를 펴고 팔을 끌어다 눕게 하고는 "너무 슬퍼하지 마시고 편안히 함께 주무시지요."라고 하니, 새사람은 짐짓 사양하다가 더욱 간청하자 마침내 옷을 벗고 잠자리에 들었다. 일이 이미 그렇게 된 이상 어떻게 할 도리가 없었다.

다음 날 아침 과부 아들이 땋은 머리를 벗어 버리고 남장男裝으로 바꾸고는 의연하게 앉아 있었다. 그 딸은 이불 속에 숨어 일어나지도 못하고 있었다. 좌수가 문밖에서 목소리를 높여 말하길 "딸아, 일어났느냐? 새사람도 편안하느냐?"고 하니, 마침내 아들이 성난 목소리로 말하길 "장인어르신께서는 왜 이리 늦게 오십니까? 새사람이란 무슨 말입니까?"라고 하였다. 좌수는 이미 어찌할 도리가 없음을 알고, 무릎으로 기어가서 머리 숙여 사과하고 말하길 "내가 내 죄를 알겠네. 하자는 대로 다 할 것이니 제발 큰소리만은 지르지 말게."라고 하고는 깊은 밤에 집으로 돌아가게 하였다. 그리고 다음 날 중매쟁이를 보내 청혼하고, 떡과 막걸리를 준비하고, 많은 손님을 초대해서 과부의 아들을 맞이하여 자기 딸과 재배하고 초례를 갖추게 하였다.

바다 가운데 거리가 2백 리쯤 떨어진 두 개의 섬이 있는데, 소청도小青島와 대청도大青島이다. 대청도에는 옛 궁전터가 있는데, 옛 주춧돌엔 아직도 꽃이 피어 있고, 조각도 선명히 남아 있다. 봄철에는 좋은 꽃과 기이한 풀들이 향기를 뿜으며 피고 자란다. 원나라 순제順帝가 지은 궁전으로, 그의 태자가 살았다고 한다. 옛 전설에 전하기를 "장산에 중국 사람들이 와서 살았다."고 하는데, 옛터가 뚜렷하게 남아 있다. 가끔 그림이 그려진 도자기 조각이 나오기도 하고, 장마가 끝나면 가끔 은항아리가 드러나기도 한다. 또 장산 밑에는 호족현狐足縣의 옛터가 있는데, 아마도 고구려 때 설치한 것인 듯하다.

10월 15일, 큰비가 오고 밤에는 큰 우레가 쳐서 조니진에 머물다.

소생蘇生은 질그릇 병에 막걸리를 담고, 이생李生은 바구니에 홍시紅柹를 담아 가지고 와서 나에게 주었다. 어떤 감은 떫었는데, 이생이 말하길, "두보가 '세 치 크기의 황감도 아직 푸르구나.〔三寸黃柑猶自靑〕'라고 읊었던 걸 보면 두보도 떫은 감이 민망했던 모양이네." 라고 하였다. 내가 "두보가 읊은 것은 밀감이지 감이 아니네."라고 했더니, 이생이 "나는 감〔柹〕이 감柑인 줄 알았다네."라고 하였다. 아마도 이생은 서쪽 지방 사람이라서 밀감을 직접 보지는 못했고, 감柑의 음이 시柹의 방언으로 된 이름과 서로 같기에 혼동을 일으킨 듯하다. 팽烹 (원문 6자 누락) 책簀을 순筍으로 알고 독서櫝鼠를 박璞으로 아는 것과 비슷한 경우이다.

소생이 스스로 한 잔 마시고는 나에게도 한 잔을 권하였다. 촌사람의 잔이라 큰 사발 크기여서, 나는 겨우 반 잔 정도만 마셨다. 잘 마시는 사람은 10여 사발까지도 마신다고 한다.

지난해 오늘, 나는 여덟아홉 명의 벗들과 함께 서상수徐常修의 집 관헌觀軒에서 모임을 가졌었다. 당시에 가을밤 달빛은 빛나고 만개한 국화는 향기 가득하고, 촛불을 켜고 회포를 얘기하며 붓을 들어 책을 만들기도 했다. 뺨은 술기운이 올라 놀처럼 붉었고 코에는 국화 향기 그윽하여 해마다 길이길이 이러하리라 생각했었다. 그런데 오늘 나는 장산의 나그네가 되었다. 성난 파도는 공중에 치솟고 소나기는 밤새 내리며, 산도 울고 바다도 울고 있다. 기린과 고라니와 고래가 놀라 이리저리 도망치고, 번잡하게 드나들던 동굴도 무너지려 한다. 큰 우레는 귀에 우르르 쾅, 길게 내리치는 번개는 눈에 번

적하네. 낙수받이는 있는 대로 어근버근하고 창문마다 섬광이 번뜩이는 것을 보고 있게 될 줄이야 어떻게 알았으랴.

소생蘇生과 최생崔生 두 사람은 겁먹은 듯 숨죽여 움츠려 있었다. 내가 그제야 고개를 돌려 말하였다. "작년에 놀던 것이 어제 같으니 천운天運의 무상함과 인사人事의 변천을 깨닫게 되었노라."

6백 리 떨어진 한양에 있는 나의 벗들이 오늘 밤 각기 자기 집에 누워 이 빗소리를 들으면서, 그들도 작년에 놀던 것을 생각하며 서해西海의 나그네가 된 나를 생각하지 않을런가?

10월 16일, 비가 내려 조니진에 머물다.

장산 풍속 중에 이런 것이 있다. 임산부가 산열이 심하면 마을 부인들이 모두 나와서 불을 끄듯이 물을 길어 나르고, 큰 바가지에 구멍을 뚫어 아픈 산모의 정수리와 가슴에 얹어 두고 온종일 쉬지 않고 차가운 물을 붓는데, 그러면 병이 낫는다고 한다. 또 아이를 분만한 뒤에 즉시 냉수를 큰 그릇으로 한 사발 들이켜면 산병이 아예 없어진다고 한다. 평안도와 함경도 등지에도 이러한 풍속이 있는데, 갓난애가 태어나면 즉시 다리를 거꾸로 잡고 물동이에다 담그면 어른이 되고 늙을 때까지 병이 없다고 한다.

황벽나무[46]의 열매는 둥글고 검은 것이 꼭 산포도 같고 맛이 매우 쓰다. 그래서 꿀을 발라야 삼킬 수 있는데, 그러면 기침과 가래가 생

46 황벽나무는 운향과에 속하는 낙엽 교목이다. 깊은 산속 기름진 땅에서 나는데, 높이는 약 10미터로 황색 꽃이 피고 가을에 열매가 익는다.

기는 병이 없어진다. 수수로 엿을 만들어 산초가루 한 숟가락과 섞어서 매일 몇 번씩 먹으면 역시 기침과 가래가 낫는다. 수수는 일반적으로 말하는 당미唐米라는 것이고, 엿은 바로 흑탕黑湯이다. 곽란霍亂에는 새우젓국을 먹고 습종濕腫에는 술지게미가 좋다고 한다.[47]

과천 고을에 장마가 와 산이 무너지면서 인가를 덮쳤다. 그런데 갓난아이가 혼자 기어 나오기에 중이 데려다 길렀다. 아이가 자라서 글을 잘 알게 되어 남을 가르치는 것을 생업으로 삼았다. 한번은 말하기를 "나는 태어나면서부터 부모를 알지 못하고 글을 운명으로 여기고 살아왔으니, 글이 곧 내 부모다."라고 했다. 그러고는 성을 서書라고 하였다.

영유 고을에서도 부모가 다 죽고 성도 모르는 갓난아이를 마을 사람이 데려다 기른 일이 있었다. 성격이 온화하고 양순하였기에 순順이라는 성을 주었다. 지금의 순씨는 모두 그 사람의 후손이다.

장산에 사는 장님이 벙어리와 친구로 지냈다. 장님이 밥을 먹으려는데, 벙어리가 밥에다 국을 쏟아붓고 간장에 젓갈을 뒤섞었으며 나물과 김치와 구운 고기 등 반찬의 위치를 바꿔 버렸다. 그걸 모르는 장님이 밥 한 숟가락을 먹고는 코를 막고 눈썹을 실룩거리며 매우 놀라 젓가락을 던져 버리고는 자리에서 일어나 토하려고 했다. 벙어리는 그 상황이 어떠한지 말하고 싶었지만 그럴 수 없었다. 몸을 돌려서 목이 멜 정도로 웃어서 자신의 옷까지 들썩들썩할 정도였지만 소리만은 들리지 않았다. 손님 가운데 눈과 혀를 온전히 가지고 있

47 곽란은 체하여 토하고 설사하는 급성 위장병을, 습종은 부종 및 각기병을 말한다.

는 자가 있어서 장님과 벙어리의 기이한 일을 모두 보았다. 하지만 장님이 벙어리에게 속임을 당했으니 세상에서 가장 불쌍한 것은 장님이라 하겠다.

호중湖中에 사는 어떤 부인이 중풍으로 전신을 움직일 수 없게 되어, 손으로 잡지도 못하고 발로 걷지도 못하고 입으로 소리도 내지 못하고 단지 눈만 멀뚱멀뚱 움직일 뿐이었다. 마시고 먹는 것과 용변 보는 일까지 20년 동안 다른 사람에게 의지했다. 더운 어느 날, 여러 젊은 아낙네가 목욕을 시켜 주는데, 물통을 앞에 끌어다 놓고 찬물을 등에다 끼얹었다. 그러자 차가움이 느껴져 갑자기 막말로 "왜 이리 차가워!"라고 했는데, 혀뿌리가 편해지면서 그전처럼 말을 할 수 있게 되었다. 그제야 털어놓기를 "사람이 와서 내게 밥을 주면 먹다가 남긴 것을 덮어 두곤 했는데, 가끔 고양이가 와서 훔쳐 먹는 일이 있었다오. 그런데도 그들은 아이들이 훔쳐 먹은 것으로 생각하고 심한 매질을 하곤 했소. 나는 고양이가 먹었다는 것을 분명히 알고 있었지만 해명해 줄 수 없었다오. 가끔은 고양이가 먹다 남은 음식을 내게 주기도 했는데 차마 물리지 못했다네."라고 했다. 이렇게 보면 눈으로 볼 수 있다고 해도 말을 못 하는 것은 도리어 장님만도 못한 것이다.

정재定齋 박태보朴泰輔가 파주를 다스릴 때 토지 문제로 재판을 해야 할 일이 있었다. 문서에 찍힌 인장의 모양을 보니 상주 지방의 인장이어서 위조한 것이라 생각하고 그 사건을 마무리했다. 그의 아버지인 서계西溪 박세당朴世堂이 이 말을 듣고 탄식하며 말했다.

"너는 어찌 그리 무식할꼬. 주현州縣의 인장이 닳아서 못 쓰게 되면 예조에다 반납하고 새 인장을 만든다. 어느 해인가 파주에 화재가 나서 인장을 분실하였는데, 예조에서 미처 다시 만들 겨를이 없어서 그리 낡지 않은 상주 지방의 인장을 임시로 빌려 사용했던 적이 있다."

10월 17일, 정오에 조니진을 출발하여 청석리에서 자다.

말이 흙탕길에 막혀서 17일 아침에야 도착하였다. 그래서 서둘러 행장을 꾸려서 출발했는데도 시간이 이미 정오가 되었다. 사람은 14명이고 말은 다섯 필이었다. 박씨 노인은 눈물을 줄줄 흘려 수염까지 적시며 작별 인사를 하는데, 슬픔을 가누지 못하였다. 20리쯤 가서 청석리靑石里에서 잤다. 이곳은 남창원南倉院이라고 불리기도 한다.

10월 18일, 새벽에 출발하여 법수포法首浦에서 아침밥을 먹고 광탄점에서 자다.

비가 개자 마차가 지나가면 돌이 튀어 오르고 진흙길이 더욱 움푹 패었다. 그래서 마부와 말 끄는 자가 서로 경계하며 연거푸 말하기를, "팔에 힘 줬는가?" 하면 "팔에 힘 주었다." 하고, "똑같이 맞췄는가?" 하면 "똑같이 맞추었다." 하고, "호호호 돌이다." 하면 "호호호 돌이다." 하였다. 골짜기에 울리는 두 사람의 소리가 광탄廣灘에 흐르는 물소리와 섞여서 말은 나는 듯하고 사람들은 더욱 건장한 듯하였다. 손무孫武는 "저녁에는 기운이 게을러진다."고 말했지만, 그것은 일반적인 경우만을 알았지, 비상시의 경우는 알지 못한 것이다. 여관 주인이 밤에 밥을 짓는데 별빛이 밥에 뚝뚝 떨어진다.

10월 19일, 해 뜰 무렵 출발하여 군마리郡馬里에서 아침밥을 먹고 금광천金光川에서 자다.

마을 간의 거리를 표시하기 위해 흙과 돌을 쌓아 놓은 후자堠子는 옛날에 장정長亭, 단정短亭이라 했는데, 오늘날 이 말이 와전되어 장승長丞 혹은 장생長栍, 장성長性이 되었다. 점店은 주막酒幕인데, 술〔酒〕과 숯〔炭〕의 방언이 비슷해서 와전되어 탄막炭幕이 되었다. 심지어 관청에서 쓰는 문장에서도 탄막을 쓰기도 한다. 길가에 돌무더기가 쌓여 있고 빽빽이 들어선 나무들 사이에 깃발이 나풀거리는 곳을 세상에서는 선왕당船王堂이라 한다. 이것은 성황사城隍祠가 와전된 말이다.

어떤 사람이 말하길 "당나라 장수 소정방蘇定方이 백마강白馬江에서 용龍을 낚았다고 하는데, 이때 용은 진짜 용이 아니다. 무늬 있는 비단으로 용을 만들어 관절이 움직일 수 있게 하고, 그 속을 비우고 헤엄 잘 치는 사람 수십 명을 넣어서 이리저리 꿈틀꿈틀하게 했던 것이다. 백제 사람들이 멀리서 이것을 바라보고는 진짜 용인 줄 알았던 것이다."라고 했다. 이 말이 진실에 가까울 것이다.

신라 시대 이사부異斯夫가 우산국于山國을 정벌할 때 나무로 사자獅子를 만들어서 (일부 원문 누락) 속이며 말하길, "너희들이 만약 항복하지 않으면 즉시 이 짐승을 풀어서 너희들을 밟아 죽이게 하겠다."고 했다. 그 나라 사람들이 무서워서 바로 항복했다. 이것도 그런 유의 것이다.

10월 20일, 새벽에 출발하여 해주에서 아침밥을 먹고 청단역점에서 자다.

아침 해 뜰 무렵에 해주 서문점西門店에 도착하였다. 여관의 주인 여자가 쌀을 씻을 때 나는 밥 짓는 틈을 타서 홀로 서문으로 들어갔다. 큰 길거리를 거닐다가 남문 밖으로 나가서 진암晉菴 이천보李天輔가 지은 축성비築城碑를 읽었다. 그리고 곧바로 남루南樓에 올라 사방을 휙 둘러보았다. 성을 둘러싼 담과 성문 위의 누각은 질서정연하여 한 치의 오차도 없었다. 선명한 아침 해에 연기마저 붉게 빛나고, 나무 끝은 바람에 흔들렸다. 관청의 행랑과 객사는 보일락 말락 어른거리는데, 들보는 진홍색이고 서까래는 옅은 녹색이었다. 몸으로 느껴지는 모든 것이 맑고 아름다워 혼자 노래 부르며 돌아오는데 노랫소리마저 청랑하였다.

남쪽 성곽 오른쪽에 옛날 해주 사람 우명장禹命長이 남긴 고각古閣과 큰 비석이 있었다. 그 비석에 "계사년癸巳年(1593)에 선조대왕이 의주로부터 한양으로 돌아오다가 해주에서 잠시 행차를 멈추고 머물렀다. 그때 원종대왕元宗大王[48]이 우명장의 집에 머무시다가 인조대왕仁祖大王을 낳으셨다."고 적혀 있었다.

홀로 부용당芙蓉堂에 올라가니, 쓸쓸한 별 해맑은 달에, 서리는 뿌옇고 하늘은 맑다. 못은 옛 칼같이 서늘하고 시든 연잎은 바스락 소리를 내고 있었다. 작은 섬에는 오래된 고목이 있고 거룻배에는 사람이 없다. 물에 비친 난간 그림자는 마구 흔들려 마치 꼬불꼬불

48 원종대왕은 선조의 다섯째 아들로 인조의 아버지이다.

수염을 그려 놓은 듯했다. 그윽하고 선명하며 안온하고 깨끗한데 창연히 읊조리며 조용조용 걷노라니, 현판이 다닥다닥 붙어 있는데, 그중 한가운데에 녹색 바탕에 하얀 가루로 적은 정현鄭礥의 시가 보였다.

연꽃 향기 밝은 달빛 이만하면 청량한데	荷香月色可淸霄
또다시 그 뉘라서 옥퉁소를 불어 주나.	更有何人弄玉簫
십이구곡 난간 위에 잠 못 들고 있노라니	十二曲欄無夢寐
벽성의 가을 시름 왜 이리도 아득한가.	碧城秋思正迢迢

부용당 서쪽 물가를 마주하고 있는 한 채에는 선반을 가로질러 놓았고 구들이 놓여 있었다. 현판에는 '천림각天臨閣' 또는 '조일헌照日軒'이라 되어 있었는데, 선조께서 주무셨던 곳이다.

10월 21일, 청단역점에서 아침밥을 먹고 연안에서 자다.

내가 이번 여행에 대해 자랑하듯 말했다.

"여행하는 동안 나는 아침에는 술을 실컷 마셨고, 낮에는 고기를 실컷 먹었으며, 밤에는 물고기를 실컷 먹었다." 다른 사람들 눈이 모두 휘둥그레져서 무슨 말인가 하고 묻기에 내가 대답했다. "아침에 해가 뜨면 마부들이 배가 부르도록 막걸리를 마시고는 나른해져서 느릿느릿 말을 모는데, 그때 내뱉는 술 냄새가 바로 내 코를 찔렀네. 정오가 되면 언 날씨가 그제야 풀리기 시작하여 말 등에 난 상처에서 썩은 고름 냄새가 훅훅 올라오고, 안장 밑은 기와를 굽는 토굴

마냥 먼지가 일어나 코를 찔러 재채기가 날 지경이었네. 저녁이면 주점에 앉아 억지로 저녁밥을 먹는데, 푸른빛이 나는 진흙을 바른 벽에 물고기 기름으로 등잔불을 붙여 두면 엄지손가락같이 큰 심지에서 나는 비린내가 머리와 코에 진동했다네. 온갖 썩은 냄새를 코로만 맡고 흘려보냈으니, 자네들처럼 술과 고기와 물고기를 먹으며 입을 오물거리고 어금니를 고생시켜 오장육부에 찌꺼기를 쌓아 두는 것과 같았겠는가."

10월 22일, 새벽에 연안을 출발하여 벽란에서 아침밥을 먹고 개성부에서 자다. 큰비가 오다.

꼬끼오 닭이 우는 새벽에, 별은 깜박이고 달은 달아나듯 희미해졌다. 하얀 안개가 자욱하게 서려 있으니 너른 벌판이 물처럼 보였다. 사람의 말소리는 몽롱하게 들려서 꿈속에서 기서奇書를 읽는 듯 잘 알아들을 수 없었지만, 영환靈幻만은 평소와 달랐다.

아침에 큰비가 내려 진흙길을 수십 리나 가야 했다. 벽란碧瀾 나루터에 도착하니, 그제야 하늘이 맑게 개서 바다가 탁 트여 보였다. 평야는 아득하고 산은 높았다. 길게 이어진 번개가 한번 번쩍하더니 큰 천둥소리가 우르르 쾅쾅 두 번 울렸다. 가슴에 품은 포부가 벅차도록 장쾌해서 전혀 겁나지 않고 단정히 앉아 있었다.

10월 23일, 새벽에 개성부를 출발하여 장단長湍에서 아침밥을 먹고 파주에서 자다. 비가 조금 내리다.

멀리 보이는 삼각산三角山은 곱고 아름다운 풍광에 초목은 한들 한들 나부낀다. 여러 산들을 제치고 홀로 우뚝 솟아 있는 그 모습이 마치 내가 돌아오는 것을 환영하는 것만 같다. 나도 손을 들어 멀리서 인사하니, 벌써부터 사랑스럽고도 경건하게 느껴졌다. 해 질 무렵 임진臨津에 도착했다. 강가의 나무는 무성하게 우거졌고 저녁놀에 하늘은 자줏빛으로 물들었다. 강물은 짙푸르러 염색하고 싶을 정도였고 나룻배는 짚신짝 같았다. 여기서부터는 산도 아름답고 나무도 아름다워 모두가 다 별조別調요 변체變體인 듯했다.

10월 24일, 새벽에 파주를 출발하여 해 질 무렵 집에 돌아오다.

새벽하늘에는 달빛이 하얗고 별들은 모두 짙다. 허공 가득 서리가 번득여 휘황하고 반짝이며 흩어져서 억만 개의 조각별이 된다. 산과 강, 숲과 나무, 옷과 두건, 뺨과 수염은 영롱하게 비쳐서 반들거린다. 온 세상 모든 것이 황금으로 변할까 두렵기도 하고, 강남의 도금하는 집에서 가래를 들고 삼태기를 짊어지고 달려올까 두렵기도 하다.

사람들은 "서울은 흰 모래땅인데, 그것은 삼각산이 씻겨 내려 땅을 덮어서 그렇게 된 것이다."라고들 말한다. 아마도 조물주가 천지를 만들 때 차근차근 차례대로 주무르다 솜씨가 익숙해지자, 좋은 재료를 별도로 골라내고 수비법水飛法[49]을 써서 손으로 삼각 모양을 다듬은 다음 몹시도 가파르게 깎고 짙은 청색을 칠하여 만세토록 성왕가聖王家의 주산主山이 되라고 미리 정해 둔 모양이다. 이에 나는 조물주의 사사로운 생각도 매우 깊음을 짐작하고, 언젠가 백운대에

49 수비법은 물체를 물에 넣고 휘저어 잡것을 골라내는 법을 말한다.

올라 조물주의 손바닥 무늬가 가로인지 세로인지 탑본이라도 떠 보고 싶어졌다.

모화현慕華峴에 오르니 신선이 사는 세상이 펼쳐져 있었다. 순수하게 아름다운 모습 그 자체였는데, 마치 계속 내리던 비가 이제 막 갠 듯, 오랜 병에서 비로소 완치된 듯, 불길한 꿈에서 퍼뜩 깨어난 듯, 이해하기 어려웠던 글을 환히 꿰뚫은 듯한 느낌이었다.

집으로 돌아와 편안히 누워서 겪었던 일들을 하나씩 생각해 보니, 아득한 것이 마치 이 세상에 태어나기 전의 일 같기도 하고, 또렷한 것이 조금 전의 일 같기도 하였다.

이덕무가 1768년 시아버지 상을 당한 사촌 누이를 서울로 데려오기 위해 황해도 장연의 조니진을 다녀오면서 그 여정을 기록한 글이다. 그러나 단순한 여행 기록이 아니라 황해도 지방의 풍속과 역사와 문화를 기록한 일종의 풍속사이기도 하다. 이때 이덕무의 나이는 스물여덟이었는데, 서울에서 5, 6백 리나 떨어진 먼 길을 떠나는 건 처음이었다고 한다.

이덕무는 10월 4일에 집을 출발하여 같은 달 24일에 돌아오는 20여 일간의 여정으로 길을 떠났다. 그 기간 동안 오가며 보았던 주변 경관과 각 고장의 풍속, 그리고 민간의 전설과 역사 등을 생생하게 서술했다. 자신이 방문한 장소에서 옛날 문인들이 남긴 시문을 발견하기도 했고, 역사서에서 보았던 기록을 더듬으며 사적지를 돌아보기도 했다.

특히 섬세한 묘사와 고증적인 태도가 돋보이는데, 이는 이덕무의 기행문이 지니는 특징이다. 또한 지방색 짙은 사실을 서술할 때 그 지방 장사꾼이나 마을 노인 등의 말을 빌려 서술한 점도 눈여겨볼 만하다.

20일간의 여정 중 12일에는 황해도 장연 금사산金沙山에 올라 서해를 바라보면서 느낀 감회를 서술했다. 이 대목은 주변 경관의 묘사보다는 주관적인 흥취를 위주로 한 감상을 토로했는데, 훗날 박지원이 그의 처남 이재성李在誠에게 보낸 편지에 인용되기도 했다. 이렇듯 이 글은 날짜와 여정에 따라 서술된 기행문이기는 하지만, 기록문학보다는 서정적 문예문의 성격이 더 짙게 배어 있는 명문이다. 글 솜씨가 기이한 까닭에 명나라 말기의 소품문 작가인 왕사임王思任의 「천일天日」·「유환游喚」에 비할 만하다는 평가를 받기도 했다.

「서해여언西海旅言」, 1768년, 28세

3

나를 경계하며

"마음에 조바심과 망령됨을 갖지 말자.

오래 지나면 꽃이 피리라.

입에 거칠고 속된 말을 담지 말자.

오래 지나면 향기가 나리라."

서쪽 문 위에 써 둔 글

종일토록 망령된 말을 하지 말고,
종신토록 망령된 생각을 하지 말자.
남들은 대장부라 하지 않더라도,
나는 대장부라고 말하리라.
마음에 조바심과 망령됨을 갖지 말자.
오래 지나면 꽃이 피리라.
입에 거칠고 속된 말을 담지 말자.
오래 지나면 향기가 나리라.

나의 벗 백양숙白良叔이 말하기를, "'꽃이 피리라', '향기가 나리라'는 말은 부처의 말에 너무 가까우니, 조금 경계하는 것이 어떻겠는가?"라고 하였다.

이덕무가 자기 집 서쪽 문미門楣에 써 놓은 글이다. 잠언箴言 형식의 글로, 문 위에 붙여 두고 스스로를 경계하였던 것이다.
온종일, 한평생 망령된 말이나 생각을 하지 말자고 다짐한다. 더 나아가 마음에 조바심 내지 말고 입에 속된 말을 담지 말자고 다짐한다. 이런 다짐을 오래도록 실천하면 마음에서 꽃이 피고 입에서 향기가 날 것이라 하였다. 문장은 짧지만 그 속에 담긴 뜻은 참으로 맑고 단아하다.

젊은 시절 이덕무는 벼슬이나 돈, 명예 따위를 목표로 삼지 않았다. 망령된 말과 생각을 하지 않고 하루를 보내고 평생을 보낼 수 있다면 그런 사람이야말로 진정한 대장부라 하였다. 글 읽는 선비로서 세속적인 성공보다 도덕적 수양을 지향했던 이덕무의 심성을 느낄 수 있다.

「서서미書西楣」

어둠 속에서 갈고닦아야

말을 황금처럼 아끼고
자취를 옥과 같이 감추라.
깊이 침묵하고 잠잠하여
꾸미거나 속여서는 안 된다.
빛을 속에 감춰 두라,
오래되면 빛나리라.

한문 문체 가운데 잠명류가 있다. 잠箴은 자신이나 타인을 경계하는 내용을 적은 것이고, 명銘은 금석이나 그릇 등에 경계의 뜻을 새기고자 지은 것이다. 따라서 잠명류는 교훈적인 성격이 강하다. 「회잠晦箴」과 「자수잠自修箴」도 그러하다.

「회잠」은 '회晦'의 뜻을 새겨 스스로를 경계하고자 한다는 뜻이다. 그렇다면 회晦는 무슨 뜻인가? '어둡다·감추다'라는 뜻이다. 하지만 단순히 '어둡다'라는 뜻 외의 이면적 뜻이 있다.

『주역』에 '지화명이地火明夷' 괘가 있다. 밝은 태양이 땅속에 들어갔다는 암울한 시기를 당해 공자는 '용회이명用晦而明', 즉 "어둠을 써서 밝게 하라."는 충고를 잊지 않았다. 어려운 때를 당해 안으로는 내명內明하고 유순하게 처신하고, 자신의 장점을 드러내지 않아야 외부의 해를 피할 수 있다는 조언이다. 그리고 주자朱子

의 스승 유병산劉屛山도 이 '회잠'을 취해 그에게 원회元晦라는 자를 내리면서 이같이 덧붙였다. "나무는 그 뿌리를 어둡게 해 봄의 광채를 갈무리하며, 사람은 그 몸을 어둡게 해 신명神明을 살찌운다." 주자는 스승의 말씀을 새기며 호를 회암晦庵이라고 지었다. 또 나관중의 『삼국지연의』에 '도광양회韜光養晦'라는 말이 나온다. 유비가 스스로를 낮추어 조조의 식객으로 머물면서 그의 경계심을 약화시키고, 때를 기다렸던 것에서 유래되었다. 즉 '자신의 재능이나 이름을 드러내지 않고 때가 올 때까지 참고 기다린다.'는 뜻이다.

그러므로 「회잠」은 '말을 아끼고 자신의 능력을 함부로 드러내지 않으면 언젠가는 그 재능을 환하게 빛낼 때가 올 것'임을 경계시킨 것이다.

「회잠晦箴」

스스로를 경계하며

분한 마음이 생길까 경계하고 욕심이 생기는 것을 막으라.
허물을 고쳐서 착한 행동으로 실천하라.
이미 잘못을 뉘우쳤으면 함부로 행동하지 말고,
이미 욕심을 막았으면 그 마음 변치 말며,
이미 나쁜 버릇을 고쳤으면 다시는 하지 말고,
이미 착한 행동으로 옮겼다면 변하지 말라.
이것으로 스스로 수양할 수 있을 것이니
죽도록 변치 말고 노력하라.

이덕무는 삶의 목적을 참된 인간으로 살아가는 데 두었다. 그가 바라는 참된 인간은 하늘로부터 부여받은 본성 그대로의 순수한 성품을 온전히 보유하고 있는 인간이다. 그러기 위해서는 끊임없이 인격을 수양하고 그 수양된 인격을 다른 사람들과 관계에서 실천할 것을 강조하였다. 이를 위해 자신을 수양하는 기준을 정해 스스로를 경계했다. 이덕무가 수양의 기준으로 삼은 것이 이 여덟 가지이다.

1. 징분질욕懲忿窒慾, 2. 개과천선改過遷善, 3. 기징무동旣懲毋動, 4. 기질물련旣窒勿戀, 5. 기개부재旣改不再, 6. 기천막변旣遷莫變, 7. 족이자수足以自修, 8. 몰치욱면沒齒勖勉.

자기 수양을 통해 참된 삶을 추구하고자 했던 이덕무의 고결한 인품을 느낄 수 있는 글이다.

「자수잠自修箴」

선귤헌의 가르침

나는 일찍부터 송나라 문인 구양수歐陽脩와 초나라 문인 굴원屈原의 사람됨을 좋아했다. 그래서 그들의 글을 즐겨 읽었는데, 특히 구양수의 「명선부鳴蟬賦」와 굴원의 「귤송橘頌」에서 감명받은 바가 있어서 그 뜻을 취하였다. 구양수는 "매미는 바람을 타고 높이 날아오르지만 멈춰야 할 곳을 안다."고 했고, 굴원은 "귤은 껍질로 속살을 감싸서 내면의 아름다움을 지켜 추하지 않게 한다."고 했다. 나는 그들의 사람됨을 사랑하여 그들의 글을 읽었고, 그들의 글을 읽어서 그들이 일찍이 말한 뜻을 취하였다. 그리고 그 뜻으로 나 스스로를 비유하였다. 만일 어떤 사람이 구양수와 굴원으로 말미암아 매미〔蟬〕와 귤橘을 알고, 매미와 귤로 말미암아 나를 안다면 거의 나와 같은 사람일 것이니, 또한 취할 것이 있을 것이다. 나의 벗 김석여金錫汝가 이미 나를 위하여 「선귤헌명蟬橘軒銘」을 썼기에, 나는 다시 이야기하지 않겠다. 그 명銘은 다음과 같다.

네 외모는 볼품없으나
네 마음은 마땅히 깨끗하리라.
옛사람이 많고 많건만
어째서 구양수와 굴원을 취했는가.
사물의 종류가 많고 많건만
어째서 매미와 귤을 취했는가.

이미 너의 좋은 점이 이와 같이 많은데
더러운 먼지 속에 내버려 둔들 또한 무엇을 근심하랴.
너의 마음이 맑고 깨끗하며 편안하고 즐거우나
그 누가 너의 자질을 알아주랴.

이덕무는 20세 때 자신의 집을 '선귤헌蟬橘軒'이라 이름했다. 그리고 그 이름에 벗 김홍운金洪運이 명銘을 써 주었는데, 「선귤헌명」이 그것이다.

김홍운은 자가 석여錫汝이고 호가 동방자東方子, 능계菱溪로, 어릴 때 신동神童이라 불렸으며, 이덕무와는 일찍부터 친분이 있던 사이이다. 「동방자 김석여에게 화답함」, 「석여에게 주는 절구」 등의 시가 1760년 10월에서 12월 사이에 지어진 것으로 보아, 이덕무와 김홍운은 10대 소년 시절부터 교유가 있었다고 하겠다. 『영처시고』에 그에게 보내는 시가 일곱 편이나 수록되어 있는데, 내용도 매우 애틋하여 서로의 친분이 매우 두터웠음을 알 수 있다. 이렇듯 절친한 벗이었던 두 사람은 훗날 사돈지간이 된다. 이덕무는 슬하에 1남 2녀를 두었는데, 둘째 딸이 김홍운의 아들 김사황金思黃에게 시집갔다.

병서幷序는 '서序를 함께 쓰다'라는 뜻이다. 짧고 간결한 시구로 써 놓은 명銘이 본문인데, 그 앞부분에 명을 쓰게 된 계기나 명에 붙인 이름의 뜻 등을 서술하고 뒤에 명을 붙이는 것이 일반적이다.

이 글은 김홍운이 쓴 「선귤헌명」에 이덕무가 자신의 호를 '선귤헌'

이라 붙인 뜻을 함께 써서 밝혀 둔 것이다.

「선귤헌명 병서蟬橘軒銘并序」, 1760~1761년, 20~21세

"마음이란

서쪽으로 몰아가면 서쪽으로 쏠리고,

동쪽으로 몰아가면 동쪽으로 쏠린다.

그래서

이익을 좇으면 이익을 따르게 되고,

의리를 좇으면 의리를 따르게 된다.

그러므로

쏠리고 따르는 것 모두

그 처음을 조심해야 한다."

나를 경계하며 1

「무인편戊寅篇」은 한 해를 기록한 것이다. 그해 겨울에 내가 삼호三湖의 수명정水明亭에 살면서 글을 지어 스스로 경계로 삼은 것이 수십 조목이었다. 중간에 그 글들을 보지 못한 지가 5년쯤 되었기에, 흩어져 없어지고 유실되었을까 생각했었다. 아까워서 잊을 수 없었지만 또한 그 글들을 기억할 수도 없었다. 그러다 우연히 책 상자를 살펴보다가 이제야 다시 이 글들을 얻었다. 기쁜 마음으로 뒤적여 살펴보니 마치 옛 친구를 다시 만난 것만 같았다. 비록 이 글이 남을 가르치거나 세상에 남을 만하지는 않지만 스스로 경계로 삼기에는 뜻이 깊다. 내가 어려서부터 배움에 뜻을 둔 본심을 여기에서 또한 볼 수 있을 것이다. 지금 그때의 나이를 헤아려 보니 겨우 열여덟 살이다. 설령 하·은·주 삼대三代 때 여덟 살에 소학小學에 들어가고 열다섯 살에 대학大學에 들어가던 규정에는 미치지 못하지만, 또한 어린 시절의 말에 도에 가까운 것이 있음을 가상하게 여길 만하다. 나는 가르쳐 주고 이끌어 줄 엄한 스승이나 유익한 벗이 없었음을 개탄하였다. 하지만 대강이나마 선한 사람이 되는 방법을 알게 된 것은 또한 가정의 가르침 때문일 것이다. 이에 다시 이 글을 깨끗이 베껴 쓰고, '무인편'이라 적어 둔다.

임오년(1762) 2월 7일 아침에, 화암和菴에서 쓴다.

1. 선비는 마음 밝히기를 거울같이 해야 하고, 몸 규제하기를 먹줄같이 해야 한다. 거울은 닦지 않으면 먼지가 끼기 쉽고, 먹줄이 똑바르지 않으면 나무가 굽기 쉽다. 이처럼 마음을 밝히지 않으면 쓸데없는 생각이 저절로 가득 차게 되고, 몸을 규제하지 않으면 게으름이 저절로 생겨나게 된다. 그러므로 몸과 마음을 다스리는 일은 거울을 닦고 먹줄을 곧게 하듯이 해야 한다.

2. 마음이란 서쪽으로 몰아가면 서쪽으로 쏠리고, 동쪽으로 몰아가면 동쪽으로 쏠린다. 그래서 이익을 좇으면 이익을 따르게 되고, 의리를 좇으면 의리를 따르게 된다. 그러므로 쏠리고 따르는 것 모두 그 처음을 조심해야 한다.

3. 물건이 적당하면 저울대가 반듯하지만, 물건이 적당하지 못하면 저울대는 기운다. 돛이 순풍을 만나면 배가 순항하지만, 돛이 순풍을 만나지 못하면 배는 전복된다. 저울대가 반듯하고 기우는 것과 배가 순항하고 전복되는 것은 그것을 다루는 사람에게 달려 있지, 저울대나 배에 달려 있지 않다. 마음도 이와 같다.

4. 마음이 차분한 사람은 말도 차분하고, 마음이 조급한 사람은 말도 조급한 법이다. 그 사람의 말이 차분한지 조급한지를 들어 보면 그 사람의 마음이 어떤지 알 수 있다.

5. 공자께서 말씀하셨다. "교묘한 말과 곱게 꾸민 얼굴치고 어진

경우가 드물다." 또 말씀하셨다. "나쁜 옷과 거친 음식을 부끄러워하는 자와는 더불어 말할 만하지 못하다." 뜻이 깊구나, 말이여!

간혹 말을 교묘하게 하고 얼굴빛을 곱게 꾸며서 세상 사람들에게 예쁘게 보이면서 벼슬길에 드나드는 자가 있다. 산뜻한 옷을 입고 고운 버선을 신고 스스로 뽐내고 과시하니 그 겉은 비단같이 번지르르해도 그 속은 옻칠한 듯 검은 자이다. 이들은 남을 속일 뿐 아니라 되려 스스로 자신의 마음까지 속이는 것인 줄 깨닫지 못한다.

6. 말을 교묘하게 하고 얼굴을 곱게 꾸미는 사람이, 순박한 선비의 베옷을 입고 가죽띠를 매고 찌그러진 관을 쓰고 해진 신발을 신은 차림으로 말을 더듬거리고 겁먹은 표정을 짓고 있는 사람을 본다면, 반드시 힐끗 보면서 억지웃음을 지을 것이다. 그리고 그를 마치 측간에서 막 나온 사람마냥 여길 것이다. 하지만 이른바 순박한 선비라는 사람이 그를 도리어 썩은 쥐나 죽은 개로 본다는 것을 어찌 알겠는가? 아아! 나무 궤와 돌 항아리 안에 성城과도 바꾸지 않을 옥과 수레를 비출 만한 야광 구슬이 들어 있을 줄을 어찌 알겠는가?

7. 사람은 일곱 구멍과 오장을 갖추고 태어나면서, 또한 인의예지仁義禮智의 단서도 갖추게 된다. 만약 걸음마를 배우는 어린아이 때부터 잘 인도하지 않으면 장성해서도 점점 무뢰하게 되어, 본래 선했던 성품을 가지고도 점점 갓 쓴 금수나 옷 입은 마소의 세계로 들어가게 될 것이니, 한심하도다. 하늘이 어찌 이 같은 자들을 일곱 구멍과 오장을 갖추고 태어나게 하겠는가?

8. 사람의 성품은 고요하다. 그러므로 고요함으로써 번잡함을 제어하면 저절로 바른 데로 돌아온다. 사람들 중에는 번잡함을 좋아하고 고요함을 싫어하며 게으르고 방탕하며 말에 두서가 없고 가끔 근거 없는 말로 남의 귀를 시끄럽게 하고 웃지 말아야 할 데서 웃으면서 손뼉을 치고 몸을 비틀고 손을 휘젓고 무릎을 흔들며 광대 노릇하기를 좋아해서 스스로 실속 없는 사람이 되는 자가 있다. 그러니 고요함을 간직하는 것이 어찌 귀하지 않겠는가?

9. 만약에 마음이 불이라면 물욕은 땔나무고 염치는 물이다. 마치 땔나무에 불이 붙어 활활 타는 것을 물로 제어할 수 없는 것처럼 물욕을 마음에 두고 있다면 염치로도 제어하기 어렵다.

10. 남의 사납고 오만한 행실을 보게 되면 내 마음을 단속하고, 남의 부지런하고 삼가는 행동을 보게 되면 내 몸을 닦을 수 있어야, 그가 생활하던 고장에서라도 뜻을 행할 수가 있다.

11. 남이 작은 선행을 했다면 반드시 기록해 두고 잊지 말아야 한다. 내 마음을 반성하고 그 행위를 사모할뿐더러 다른 사람에게도 전해 주어야 한다.

남에게 사소한 허물이 있다면 반드시 가려 주고 드러내지 말아야 한다. 다른 사람에게 말하지 않아야 할뿐더러 자신의 마음도 경계해야 한다.

12. 나이 든 사람은 마땅히 공경으로 대우해야 한다. 이는 나이가 나보다 많거나 혹은 덕이 나보다 나을 수 있기 때문이다. 혹 아버지의 연배가 될 수도 있고 혹은 그의 자제와 벗이 될 수도 있으니, 어찌 공경하지 않겠는가? 만약 그를 함부로 대하거나 공경하지 않는다면 어른 아이의 질서가 문란해진다. 그러면 오륜이 여기서부터 무너지게 된다.

13. 벗들과 모여 얘기 나눌 때는 옷깃을 여미고 바르게 앉아야지, 비스듬히 앉아 발을 남에게 걸치거나 팔을 남에게 기대서는 안 된다. 만약 남이 나에게 이렇게 하면 좋은 말로 타일러 그러지 못하게 해야지, 앙갚음하여 똑같이 해서는 안 된다.

14. 벗이란 오륜 가운데 의義로써 맺어진 관계이다. 사귐이 깊을수록 더욱 공경스럽게 상대해야 한다. 정이 깊다고 해서 함부로 상대해서는 안 된다. 공자께서 말씀하시길, "안평중安平仲은 남과 사귀기를 잘해서, 오래되어도 공경하는구나."라 하였다.

15. 나를 칭찬하는 사람이라고 해서 후하게 대하지 말고, 나를 헐뜯는 사람이라고 해서 야박하게 대하지 말아야 한다. 한 가지 칭찬을 들었다고 해서 기뻐하거나 자부하지 말고, 한 가지 헐뜯음을 들었다고 해서 화내거나 자포자기하지 말며 외려 자신의 몸을 반성하고 잘못을 고쳐야 한다.

16. "아무개의 어떤 물건이 몹시 좋으니, 내가 그것을 가져야겠다."고 말해서는 절대로 안 된다. 만약 그 사람을 만나게 되면 온갖 애를 다 써 가며 구차하게 그것을 얻어 낸 뒤에야 마음이 상쾌해질 것이기 때문이다. 이것이 비록 사소한 일이라 해도 그 같은 마음을 더 길러서는 안 된다.

17. 하늘과 땅이 있은 뒤에 사람이 있다. 사람은 하늘과 땅이 부여한 것이니, 또한 하나의 하늘과 땅인 것이다. 하늘과 땅이 법도를 잃으면 오행이 뒤죽박죽되고, 사람이 떳떳함을 잃으면 오륜이 무너진다. 천지가 부여한 몸으로서 천지의 도리를 본받아 떳떳함을 잃지 않으면 거의 사람이 될 수 있을 것이다.

18. 말은 실수라도 잘못 해서는 안 되고, 이치에 맞게 풀이해야 한다. 말은 편리한 대로 해서는 안 되고, 자세히 따져서 해야 한다.

19. 다른 사람을 대할 때 공손하게 하면 욕됨을 면할 수 있고, 일을 처리할 때 욕심 없이 하면 재앙을 면할 수 있다.

20. 충고를 들을 때에는 풍류 소리 듣듯이 하고, 허물을 고칠 때에는 도둑을 다스리듯이 해야 한다.

21. 남을 이기려 하는 것이 가장 큰 병통이다. 구차스러운 이야기로 기세를 올리고 소리를 높여 남을 꺾으려 하는 것은 통쾌한 일이

아니다. 도리어 남보다 아래에 있는 사람이 더 쾌활하여 오히려 남을 이긴 사람보다 더 낫다.

22. 사람은 좋은 사람이든 나쁜 사람이든 봄바람의 화창한 기운처럼 대해서 여유작작해야 한다. 일은 큰 일이든 작은 일이든 푸른 하늘에 뜬 밝은 해와 같이 처리해서 너그러이 포용력이 있어야 한다.

23. 비루하고 난잡한 일은 눈으로 보지 말고, 천하고 이치에 어긋난 말은 입으로 꺼내지 말라.

24. 당나라 이후로 세상의 습속이 말단으로 쏠려서, 글씨를 잘 쓰고 문장을 잘 짓는 것을 으뜸으로 여기고 학문하는 것을 낮게 여긴다. 이른바 글씨를 잘 쓴다는 것은 글자의 획을 바르게 쓰거나 고아하게 쓰는 것을 말하는 것이 아니라, 편지글을 잘 쓰고 당시 유행하는 형식을 잘 쓰는 데 힘쓰는 것을 말하는 것이다. 이른바 문장을 잘 짓는다는 것은 평이하게 글을 배열하고 순수하게 조화로운 것을 말하는 것이 아니라, 실속 없이 겉만 화려한 글을 잘 쓰고 과거 시험의 규칙에 들어맞게 쓰는 데 힘쓰는 것을 말하는 것이다. 만에 하나 학문을 하는 자가 있으면 반드시 비웃고 지목해서 별난 사람인 양 취급하니, 경박하고 신중하지 못한 습속은 언제나 스스로 경계하고 반성해야 한다.

25. 만약 재주와 지혜가 있다면 마땅히 내면에 수렴하여 축적해

두었다가 써야 할 때 써야 한다. 조그만 재주와 얕은 지혜를 가지고 스스로 나서거나 뽐내서는 안 된다. 여러 사람이 빙 둘러앉은 가운데서 "나는 어떤 일을 아주 잘하고 어떤 기술이 있다."고 큰 소리로 말한다면, 이는 단지 남들이 바보로 볼 뿐 아니라, 스스로를 도리어 비루하게 만드는 것이다.

26. 의복은 아무리 얇아도 그것으로 추위를 막을 수 있다. 하지만 행실은 경박하면 마을에서조차 용납될 수 없다. 음식은 아무리 형편없어도 그것으로 굶주림을 면할 수 있다. 하지만 마음이 나쁘면 방 안에서조차 편안할 수 없다.

27. 의복이 해지고 초라한 사람을 보면 먼저 업신여기는 마음부터 눌러서 말을 더욱 공손히 하고 가엽게 여겨야 한다. 의복이 단정하고 훌륭한 사람을 보면 먼저 부러워하는 마음부터 눌러서 뜻을 더욱 가다듬고 경계해야 한다.

28. 마음이 임금이라면 몸은 신하이다. 어찌 신하로서 임금을 속일 수 있겠는가? 만약 임금을 속이는 자가 있다면 반드시 재앙이 있게 될 것이다. 마음을 속이는 것 또한 이와 같다. "혼자일 때를 삼간다."는 것은 『대학』에서 훈계한 것이고, "방 안에서도 부끄럽지 않다."는 것은 『시경』에서 경계한 것이다.

29. 한 가지 일이나 한 가지 사물에 대해서 어떤 사람은 스스로 배

워서 깨닫기도 하고 어떤 사람은 남에게 배워서 깨닫기도 한다. 만일 스스로 터득한 것이 있다면 평생토록 잊지 말아야 하리라. 한 가지 허물이나 한 가지 과실에 대해서 어떤 사람은 스스로 깨닫기도 하고 어떤 사람은 남을 통해 깨닫기도 한다. 만일 스스로 무거운 짐을 벗어 버렸다면 평생토록 스스로 기뻐할 수 있으리라.

30. 옛말에 "비방을 멈추려면 변명하지 않는 것이 가장 낫고, 원망을 멈추려면 다투지 않는 것이 가장 낫다."고 했다. 변명하지 않고 다투지 않는데도 남들이 나를 비방하고 원망하더라도 담담하게 모르는 척하고 절대로 다투지도 변명하지도 않아야 한다.

31. 무릇 남을 대할 때 말이 많으면 상대방이 잘 듣지 않는다. 왜일까? 했던 말을 또 하고 자꾸 하니, 마치 바람이 귓전을 스치는 것처럼 여기기 때문이다. 그러므로 이치를 자세히 살펴 그 골자만을 들어서 간결하게 말하는 것만 못하다. 이렇게 하면 듣는 사람이 싫증 내지 않고 내가 말한 대로 모두 실행하게 된다.

32. 사업을 운영할 때는 구차하게 해서는 안 된다. 비록 굶주림과 추위와 질병이 닥쳐오더라도 담담해야 한다. 진사도陳師道가 갖옷을 물리쳤던 일[1]과 진중자陳仲子가 거위 고기를 토했던 일[2]과 같은 것은 비록 잘한 일이라 해도 이와 같이 비뚤어지고 속 좁은 행동은 본받아서는 안 된다.

33. 말은 갑자기 발끈해서 하면 안 된다. 비록 못난 하인배나 천한 짐승에게라도 혹 작은 분함 때문에 칼이나 몽둥이로 위협하고 욕을 하면서 "내가 이것들을 죽이고야 말겠다." 같은 말을 해서는 안 된다.

34. 인내로 노여움을 제어할 수 있다면 무슨 일인들 실패하랴! 부지런함으로 게으름을 이길 수 있다면 무슨 일인들 이루지 못하랴!

35. 간결함으로 번거로움을 누르고 고요함으로 흔들림을 막을 수 있다. 이 말을 평생 동안 마음에 새겨 잊지 말아야 한다. 이것이 바로 '마음을 바로잡는 공부'기 때문이다. 그러므로 군자는 말이 간결하고 마음이 안정된 사람이다.

36. 옛사람을 배울 때에는 오직 실천하는 것을 최선의 공부로 삼아야 한다.

37. 말은 간결하게 하고, 걸음걸이는 신중하게 하며, 마음은 언제

1 북송北宋의 시인이었던 진사도는 조정지趙挺之와 사이가 좋지 않았다. 두 사람은 동서지간이면서도 신법당과 구법당으로 갈려 서로를 배척하였다. 어느 날 황제를 모시고 교사郊祀에 참여하게 되었는데 추운 날씨에 입은 옷이 얇아 보여 그의 아내가 친정에서 갖옷을 하나 얻어 와서 그에게 입게 했다. 진사도는 그 옷이 조정지에게서 얻어 온 것임을 알고 물리치고 홑옷만 입고 갔다가 한질寒疾에 걸려 죽었다.

2 전국 시대 제齊나라 사람 진중자는 청렴한 사람이었다. 어떤 사람이 그의 형에게 거위를 바치자 의롭지 않다 여겨 못마땅해하였다. 그의 어머니가 그 거위를 잡아 먹게 했다. 나중에 그의 형이 밖에서 들어와서는 "그 거위는 앞서 네가 못마땅하게 여겼던 그 거위다."라고 하자, 중자가 먹던 고기를 그 자리에서 뱉어 버렸다.

나 한 일一 자 위에다 두어야 한다.

38. 소옹邵雍은 매우 추운 날에는 외출하지 않았고, 몹시 더운 날에도 외출하지 않았으며, 큰바람이 부는 날에도 외출하지 않았고, 큰비가 내리는 날에도 외출하지 않았다. 배우는 사람은 몸가짐을 조심하는 것을 우선해야 한다. 이것은 내 몸을 아껴서가 아니라 부모를 사랑하기 때문이다. 이 네 가지 외출하지 않아야 할 때 굳이 하는 것은 부모에게 이보다 심할 수 없는 걱정을 끼치는 일이다. 그래서 공자께서 말씀하시기를, "부모는 오직 자식이 아플까를 걱정한다." 고 하였다.

이 글은 이덕무가 열여덟 살 때 무인년(1758)을 보내며 그때그때 남긴 기록을 모은 것이다. 그해 겨울, 삼호의 수명정에 머물면서 이 글을 지어 스스로를 경계하였다.

이덕무는 박지원, 박제가와 같은 여타 북학파 학자들과는 달리 문명적 측면보다 인간적 측면에서 그 실제 가치를 찾고자 노력하였다. 그것은 이덕무가 철저한 유학 정신의 소유자이자 실천가였기 때문이다. 그러므로 이덕무는 유학에서 제시한 덕목을 삶의 참된 가치로 인식하였고, 자기 수양을 동반한 도덕적 덕목을 끊임없이 실천하면서 삶의 진정한 의미를 찾고자 했다.

「무인편戊寅篇」, 1758년, 18세

"하늘과 땅 사이에서

가장 아까운 것은 세월이며 정신이다.

세월은 끝이 없지만 정신은 한계가 있다.

세월을 헛되이 보내고

정신을 모조리 소모해 버리면,

다시는 수습할 수 없다."

나를 경계하며 2

하늘과 땅 사이에서 가장 아까운 것은 세월이며 정신이다. 세월은 끝이 없지만 정신은 한계가 있다. 세월을 헛되이 보내고 정신을 모조리 소모해 버리면, 다시는 수습할 수 없다.

무릇 사람은 더벅머리 어린 시절의 일은 말할 것 없다고 할지라도, 더벅머리에서 장성하면 관을 쓰게 되고, 관을 쓴 뒤에는 장가를 들게 되고, 장가를 들면 어린 자녀들이 눈앞에 어른어른하는 엄연한 아버지가 되고, 또 어느 사이에 머리털이 희끗희끗해지면서 손자를 안게 된다. 이렇게 늙어 가는 세월은 도저히 막을 수 없다. 그제야 머리를 긁적이며 더벅머리 어린 시절부터 관을 쓰고, 장가를 들고, 아버지가 되고, 또 손자를 안게 된 지금까지를 회상해 보면, 그 정신이 왕성했을 때와 쇠약해졌을 때가 이생과 전생처럼 완전히 다르게 느껴질 것이다. 한평생을 가만히 더듬어 보아도 목표 없이 살다가 아무것도 이뤄 놓은 것이 없으니, 아무리 긴 한숨을 내쉬어도 어쩔 도리가 없을 것이다.

나는 이미 열두서너 살 때부터 이것을 깨닫고, 두렵고 한스러운 마음이 가슴에 새겨졌다. 게다가 지금은 장가든 지도 거의 10년이 다 되어 가고 턱 밑에는 수염만 자못 덥수룩하다. 나 자신의 발자취를 되돌아보면서 조심스레 말해 본다.

"나는 지금 나이가 젊고 정신이 맑으니, 만일 이 시기에 책을 읽고 나를 위한 학문에 힘쓰지 않는다면 머리 긁적이며 후회하는 때가 곧 내게도 돌아올 것이다."

조그마한 뜻을 세워 말과 행실에 힘쓰고자 하였으나 세상일에 빠져 때때로 중도에 끊어지는 순간이 있었으니, 그 애석함을 어찌 한탄하지 않을 수 있겠는가. 이에 다시 책상을 정리하고 부모를 섬기며 독서하는 여가에 스스로 깨달은 바가 있을 때마다 수시로 기록해 두었더니, 이처럼 한 편을 이루게 되었다. 이것은 빈말에 불과할 뿐 남에게 도움을 줄 수 있는 것이 아님을 잘 알지만, 스스로의 지침으로 삼기에는 거의 어긋나지 않으리라 믿는다. 세월과 정신이 가장 아깝다는 사실을 날이 갈수록 더욱 유의하게 되었으니, 이 글이 조금은 도움이 된 듯하다.

계미년(1763) 7월 16일 해 질 무렵에 사이재거사四以齋居士가 적다.

1. 얼굴을 곱게 꾸미고 모양을 아양스럽게 굴면, 제아무리 장부라도 오히려 부인보다 못한 남자가 된다. 기색을 평온하게 하고 마음을 바르게 하면 비록 미천한 하인이라도 군자가 될 수 있다.

글을 읽으면서 속된 말을 하는 것은 닭과 개를 대할 때조차도 부끄러운 일이고, 손님을 보내 놓고 옳고 그른 것을 따지는 것은 귀신조차 가증스럽게 여길 일이다. 말을 경솔하게 한다면 제아무리 재상의 지위에 있다고 할지라도 노예나 다름없고, 걸음걸이가 방정맞으면 비록 나이 많은 어른이라도 아이들만 못할 것이다. 나는 예전에 이 말을 동쪽 벽에 붙여 놓고, 그 끝에 "명숙明叔(이덕무의 자)의 방에 이 글을 썼으니 명숙이 어찌 명숙을 속이리오."라고 덧붙였다. 이는 스스로 깊이 경계하고자 한 말이었다.

2. 풍속이 경박해져서 옛 성현의 이름을 함부로 부른다. 나는 일찍이 이를 경계해서 옛날의 뜻 높은 선비나 학사와 같은 분들을 마땅히 존경하여 자字나 호號로 불렀다. 예컨대 도연명陶淵明은 정절靖節이라 부르고, 한유韓愈는 퇴지退之라고 부르는 것 같은 것이다. 또 세상의 풍속이 두텁지 못하여 남을 이기는 데만 힘써서, 아버지 연배의 여러 어른들 이름을 마치 어린애 부르듯 하니 이 또한 놀랄 만한 일이라 하겠다. 또 재상의 경우는 임금도 또한 존경해서 이름을 부르지 않는데, 사대부나 일반 백성이 어찌 이름을 부를 수 있겠는가?

또 어릴 적 이름은 부모나 조부모, 백부모와 숙부모만이 부를 수 있고 나머지 사람들은 부를 수 없다. 관례를 치를 때 자字를 지어 주는 뜻이 어디에 있겠는가? 친구 사이에 관례를 치르고 나서도 어릴 적 이름을 부르는 것이 괜찮은 일인지 모르겠다.

3. 실속 없이 겉만 화려한 부류들은 경전과 그 밖의 학문에 관한 글을 보기 싫어한다. 그러면서 재미를 알 수 있는 것은 소설만 한 것이 없다고 한다. 비록 경서를 읽는 사람이 있다 해도 경서의 구절을 표절하여 문장에 끌어다 쓰기에만 힘쓰니, 이것은 제대로 읽는 것이 아니다. 간혹 유의해서 경서를 읽는 사람이 있으면 도리어 썩은 선비라고 비웃는다. 나는 이것이 유감이다.

4. 어른을 모시는 일은 종일토록 방심하지 않을 수 있기에, 독서

하면서 단속하는 것보다 낫다. 소년들이 으레 어른을 모시기를 몹시 싫어해서 심지어 6월의 어르신이라는 조롱이 있기까지 하니, 어찌 옳은 일이라 하겠는가? 간혹 아버지와 형의 곁을 싫다 하여 피하는 자도 있다고 하니, 내가 적이 미워한다.

5. 호굉胡宏은 "학문이란 해박해야 하고, 잡스럽지 않아야 하며, 요약적이어야 하고, 비루해서는 안 된다."고 하였다. 여기서 '해박〔博〕'과 '요약〔約〕'이라는 두 글자는 '잡스러움'과 '비루함'에 치우친 폐단을 각각 막을 수 있게 하므로 배우는 사람은 늘 이 말을 외우고 있어야 한다.

6. 예로부터 재능을 가진 사람이 교만하고 뽐내는 데 마음을 쏟으면 결국에는 몸을 망치고 이름을 더럽히게 되는데, 이 모두는 '교驕'라는 한 글자에서 싹튼 것이다. 아무리 남보다 뛰어난 재주와 하늘을 꿰뚫는 학식을 지녔더라도, 남을 대할 때에는 지위의 높고 낮음과 귀하고 천함에 상관없이 얼굴빛과 언어의 교만함을 버려야만 망령된 사람이 되지 않는다.

7. 명나라는 천하를 얻는 것도 매우 정당하게 해서 오랑캐를 중화中華로 바꿔 놓았고, 천하를 잃는 것도 또한 정당하게 해서 사직社稷에서 순절하였다.[3] 다만 천하를 오랑캐에게서 얻은 것은 통쾌하다

3 명나라 마지막 황제인 의종毅宗이 사직에서 순절하였다.

할 만했으나, 다시 오랑캐에게 잃은 것은 유감스럽다 하겠다.

8. 삼봉三峯 정도전鄭道傳이 조선 건국 초기에 죄로 죽었으나, 고려 말 부처에게 아첨하는 세상에 태어나서 글을 잘 지어 불법을 물리쳤는데, 그 변론이 매우 정확하였다. 또 포은圃隱 정몽주鄭夢周에게 편지를 보내어 승려들과 가까이 지내는 것을 나무랐다. 이런 일로 볼 때 정도전은 유가儒家 분야에 공이 있는 사람이 되기에 충분하다.

9. 만일 만 권의 장서를 가지고 있으면서 빌려주지도 않고 읽지도 않으며 햇볕도 쏘이지 않는다면 다음과 같은 이유 때문이다. 빌려주지 않는 것은 인자하지 못하기 때문이고, 읽지 않는 것은 지혜롭지 못하기 때문이며, 햇볕을 쏘이지 않는 것은 부지런하지 못하기 때문이다. 남에게 책을 빌려서라도 읽어야 할 사군자士君子가 책을 꽁꽁 묶어 두고 읽지 않는 것은 부끄러운 일이다.

옛사람들은 "어린 자식을 가르치다 보면 으레 '아이들은 어른의 말에 잘 따르지 않는다.'고 하는데, 이런 말을 자주 듣는 아이는 기질이 강하다."고 하였다. 기질이 강한 아이는 높은 곳을 향해 올라가는 것에만 신경 쓰기 때문에 행동을 함부로 하고, 장성하면 허물에 빠지는 경우가 많다. 아, 이때 부모 형제는 얼마나 부끄러울까! 그러므로 자식에게 한 권의 경서를 가르쳐 주는 것이 천금을 물려주는 것보다 낫다.

10. 옛사람이 말하기를, "가난이란 글자는 입 밖에 내어서도 안

되고, 종이에 써도 안 된다."라 하였다. 부자를 상대하며 자신의 가난을 말하면, 그 부자는 마땅히 "이는 내게 무언가를 요구하는 것이다."라고 할 것이니, 어찌 기분이 상하지 않겠는가? 안연顏淵이 나물밥을 먹으면서 어찌 자공子貢의 무리를 향해 가난을 말했던가? 그렇다면 어찌해야 하는가? 가난을 편하게 여기면 된다. 가난을 편히 여기면 가난을 말하지 않게 된다.

11. 일이 많아지는 것은 말이 많은 데서 시작되고, 말이 많은 것은 마음을 단속하지 못하는 데서 시작된다. 그렇다고 입을 꼭 다물고 아무 말도 하지 말아야 할까? 그렇지 않다. 말을 하고 그 행실을 돌아본다면 그 말을 헛되이 하지 않을 것이고, 행동할 때 말한 대로 실천하고자 한다면 그 행실을 헛되이 하지 않을 것이다. 그러나 어찌 이것이 도교와 불교의 청정清淨과 적멸寂滅을 말하는 것이겠는가.

12. 소설은 사람의 마음을 파괴하는 것 중에 으뜸이니 자제들이 보지 못하게 해야 한다. 소설에 한번 맛 들이면 빠져드는 사람이 많기 때문이다. 명나라 청원清源 홍문과洪文科는 "우리나라의 시인과 묵객들은 『완사계浣沙溪』,[4] 『홍불기紅拂記』, 『절부기竊符記』,[5] 『투필

4 『완사계』는 사패詞牌의 이름이다. 사詞는 운문 문체의 하나로, 본래 악곡의 가사로 불리던 것이 남송 말기에 반주 음악이 사라지고 문예 양식으로 완성되었다. 이때 사 작품의 첫머리에 글의 주요한 뜻을 간추려 적은 것이 사패이다.

5 『홍불기』와 『절부기』는 모두 명나라의 희곡가 장봉익張鳳翼이 지은 극곡劇曲이다. 이 중 『홍불기』는 당나라 두광정의 전기소설傳奇小說 『규염객전虯髥客傳』의 홍불 고사를 극화한 것이다. 홍불 고사의 내용은 이렇다. 수나라 말 장군 이정이 장안에서 양소를 찾아갔는데, 그만 양소의 시비인 홍불과 눈이 맞아 도

집投筆集』[6] 등을 지었는데, 모두 혈기 있는 자들을 분발케 하였다. 이는 진실로 사람의 마음을 감동시키는 데 한 가지 도움은 되니 훌륭하다고 할 것이다."라고 하였다. 아아, 이 어찌 말할 것이 있겠는가!

명나라 말기의 떠돌이 도적들 중에는 『수호전水滸傳』에 나오는 도적의 이름을 도용한 이들이 많았다고 한다. 이것도 사람의 마음을 감동시키는 데 한 가지 도움이 되었다고 할 수 있는가?

예전에 내가 『수호전』을 보니 인정人情과 물태物態를 묘사한 부분에서는 그 문심文心이 교묘하였으니, 소설 중의 으뜸이며 녹림綠林 중의 동호董狐[7]라 이를 만하였다. 그러나 사대부들도 끝내는 거기에 현혹되었으며, 어떤 책에는 명나라 학자 종성鐘惺이 비평한 것도 있다고 하니, 종성이 본말을 혼동한 것이 이와 같을까. 내가 생각하기에는 실없고 경솔한 자들이 종성의 이름을 빌려 간행하고, 그 글을 중시하도록 만든 것이 아닌가 싶다.

또한 김성탄金聖嘆이란 자가 제멋대로 평가하기를 "천하의 문장은 『수호전』보다 나은 것이 없으니, 『수호전』만 잘 읽으면 사람이 여

망을 쳤다. 도중에 중원의 제왕이 되려는 야심을 품은 장규염을 만나 태원에 이르러 이세민(당 태종)을 만나게 되었다. 이세민의 비범함을 알게 된 장규염은 자신의 꿈을 포기하고, 이정으로 하여금 이세민이 성공하도록 돕게 했다.

6 『투필집』은 중국 명나라 말기 시인 전겸익이 지은 것으로 칠언율시만을 모았는데, 모두 13첩 104수에 이른다.

7 녹림은 도둑의 별칭이다. 전한 말기에 왕망이 왕위를 찬탈하여 황제가 되고 국호를 신新이라 고쳤는데, 이에 반하는 세력들이 녹림산에 모여들어 관군과 대치하였다. 이것이 유래가 되어 이후 도둑의 소굴을 녹림이라 부르게 되었다. 동호는 춘추 시대 진나라의 사관史官으로 죽음을 두려워하지 않고 사실을 있는 그대로 기록한 것으로 유명하다. 이 때문에 '동호직필董狐直筆'이란 고사성어가 등장했다.

유작작하게 될 것이다."라고 하였다. 또 방자하게 "맹자는 전국 시대 선비들의 습속을 떨쳐 버리지 못했다."고 비방까지 하였다.

나는 비록 김성탄이라는 자가 어떤 인물인지 자세히는 모르지만, 그가 도리에 어긋난 사람임을 이것만으로도 짐작할 수 있겠다. 그가 하는 말은 억양이 교묘해서 사람의 마음을 잘 현혹시켰으니 재주는 재주다. 과연 시내암施耐庵의 좌구명左丘明이요, 법문法門의 송강宋江이라 이를 만하다.[8]

생각하건대, 시내암은 뛰어난 재주 뒤에 한 덩어리 분노를 가슴 속에 감추고 있어서, 그처럼 실제로는 없는 말로써 한평생 품고 있던 세상에 대한 마음을 드러낸 것이다. 그러나 아무리 그의 마음이 슬프고 괴로웠다 할지라도 그 죄는 머리털을 뽑아 세는 것만큼 많아 속죄하기 힘들 것이다.

13. 소설에는 세 가지 미혹된 것이 있다. 헛것을 내세우고, 빈 것을 억지로 맞추려 하고, 귀신을 말하고 꿈을 말하니, 지은 사람이 첫 번째 미혹된 것이다. 허황된 것을 감싸고 천한 것을 고취시키니, 논평한 사람이 두 번째 미혹된 것이다. 귀중한 시간을 허비하고 경전을 등한시하니, 탐독하는 사람이 세 번째 미혹된 것이다.

소설을 지은 것도 옳지 못한 일인데, 무슨 마음으로 평론까지 붙

8 김성탄이 시내암을 숭배한 것은 마치 좌구명이 공자를 숭배한 것과 같고, 맹자를 비방한 것은 양산박의 괴수 송강이 유교를 비방하는 것과 같다는 의미로 김성탄의 솜씨를 높여서 한 말이다. 시내암은 나관중과 함께 『수호전』의 작가로 알려진 사람이고, 송강은 『수호전』에 등장하는 주인공으로 양산박 108도적 중 한 사람이다.

였단 말인가. 평론한 것도 옳지 못한 일인데 『삼국지』나 『수호전』 따위를 속집까지 만들어 냈으니, 천하고 비루하여 더욱 이야기할 거리가 못 된다. 아아, 시내암과 김성탄 같은 무리들이 그 재주와 총명을 좀 더 옳은 일에 옮겨 썼더라면 존경하지 않을 수 없었을 텐데. 더욱 심한 자는 음란하고 더러운 일을 늘어놓고 말도 안 되는 설을 부연하여 독자들을 기쁘게 하는 데만 힘쓰고도 부끄러워할 줄 모른다. 소설 목록 중에 '연의演義'라고 되어 있는 것이 있는데, 내가 일일이 펼쳐 보지는 않았지만, 그 이름만 보아도 너무 괴상했다.

어렸을 때 나는 10여 종의 소설을 보았는데, 모두 한결같이 남녀의 정을 말한 것이거나 여염집에서 사용되는 국문으로 된 것이었다. 가끔은 눈을 즐겁게도 했지만, 이런 일이 실제로는 있지 않았다는 것을 알게 된 뒤에는 증오하는 마음이 점점 더하다가 문득 재미가 없어졌다. 이때부터는 이러한 글을 보지 않게 되었다.

내가 예전에 듣기론 중국의 구석진 시골이나 여염집의 서생들이 한가히 모여 이야기하다가, 즉석에서 술과 고기를 먹고 싶으면 한 사람은 이야기하고 한 사람은 쓰고 몇 사람은 이를 널판에 새겼다고 한다. 그러다 보면 어느새 소설 두세 편이 절로 씌어 이를 책방에 팔아서 술과 고기를 사 먹으며 놀았다고 한다. 아, 한때의 식욕 때문에 억지로 낭설을 만들어 내니, 기력의 소모함이 심해서 마음도 타락하게 된 것이다.

그럼에도 그와 같은 글은 워낙 많고, 그것을 막을 길은 없으니, 수레와 소에도 다 실을 수 없는 지경이다. 사람마다 지어내고 집집마다 읽어 대니, 이 때문에 대추나무·배나무·닥나무·등나무 등이 종이나 널판으로 사용되는 잘못이 더욱 극심하다.

소설은 원나라 때 시작되어 명나라 때 한창 유행하였는데, 오늘날에 이르러서는 더욱더 유행하고 있다. 대체로 소설은 난잡한 글이고, 원은 어지러운 나라였다. 맨 처음 소설을 지은 사람에게 백성들을 어지럽힌 죄를 물어야 한다. 한나라 때의 당론黨論과 진晉나라 때의 청담淸談과 당나라 때의 시율詩律은 그 기절과 풍류가 볼만한 것이 있었지만,[9] 그래도 끝내 나라를 망치고 도를 해쳤다. 그렇지만 어찌 저 소설에 이 세 가지를 비교하랴.

옛날에는 패관稗官을 두어 야담을 수집하였는데, 비록 번거로운 점이 많았지만 군자에게 필요한 것이 있었고, 전기傳記나 지괴志怪에도 사물에 널리 능통한 이들이 취할 만한 것이 있었다.[10] 그런데 소설이라는 것은 위로는 당론·청담·시율에 미치지 못하고, 가운데로는 패관·야담에 미치지 못하며, 아래로는 전기와 지괴에 미치지 못한다.

그런데 김성탄과 같은 무리는 대체 무슨 심정으로 그 사이에서 소

9 중국 각 시대를 대표하는 문학 장르가 있는데, 한漢나라의 당론, 진晉나라의 청담, 당나라의 시, 송나라의 사詞, 원나라의 곡曲 등이 그것이다. 한나라 때는 의리를 따지는 당론이 유행했고, 진나라 때는 노장사상이 성해서 세속적인 도덕, 명문을 경시하는 청담이 유행했으며, 당나라 때 시가 성행했다.

10 원래 패관은 옛날에 민간에 떠돌아다니던 자질구레한 이야기를 모아 정치가 잘 다스려지는지, 민심은 어떤지를 살피던 관리이다. 그런데 후에 패관이 수집한 민간의 이야기가 패관소설이 되었다. 전기와 지괴는 모두 기이한 이야기인데, 지괴는 육조 시대에, 전기는 당나라 때에 유행하였다. 전기는 도시를 배경으로 인간 사회에 관련된 이야기를 작자가 의도를 가지고 창작한 것으로 지괴보다 발전된 형태이다. 결국, 패관과 지괴와 전기는 모두 소설의 전 단계 형태이다.

매를 걷어 올리고 시내암과 나관중을 표방하며 그 비루함을 조장하면서 소설가의 충신과 세속의 지기 노릇을 즐겨 하고 있는가. 부디 중국에서 어떤 인물이 나와 세상의 운수를 만회하고 하루빨리 새로운 명을 내려 온 천하에 두루 미치게 해야 한다.

그리고 그 옛글은 불태워 없애 버리고 새로운 글은 금지시켜, 만약에 이를 어기는 자가 있다면 그 법률을 엄격히 하여 인간으로 취급하지 말아야 한다. 그리하면 이 폐습은 거의 없어질 것이다.

14. 당나라 『사고전서四庫全書』 중 갑부甲部의 경류經類 속에 『소학小學』이 있다.[11] 『소학』은 하·은·주 삼대三代 때에는 있었는데, 진나라 분서갱유 때 불타 없어져 버리는 바람에 후대의 유자儒者들이 볼 수가 없었다. 다만 소학박사를 두어 여러 유자들이 저술한 문장을 가르쳐서 몽매한 아이들을 깨우칠 수 있었다. 이 때문에 『당서唐書』「예문지藝文志」의 소학류에는 채옹蔡邕이 지은 「권학편勸學篇」이 있게 되었으니, 대개 이런 종류의 글이었다. 주자에 이르러 여러 학자들의 학설을 수집하고 편집해서 비로소 일정한 틀을 갖춘 책이 되었다.

15. 마음속에 털끝만큼의 시기도 없어야만 호남아가 될 수 있다. 나는 일찍부터 이를 위해 힘썼으며 이와 같은 시를 지었다.

11 『사고전서』는 청나라 건륭제의 명으로 편찬된 총서이다. 수록된 책은 3458종, 7만 9582권인데, 갑·을·병·정의 4부로 나누고, 다시 경經·사史·자子·집集으로 분류 편집하였다.

내 마음속 생각은 쾌활하여 서 말의 가시를 제거했고, 胸海快除三斗棘

마음은 통달하여 네거리 길과 같네. 靈臺洞若四通逵

그러나 말은 쉬워도 실천은 어려울 터다. 그러면 어떻게 해야 할까? 먼저 남의 조그마한 장점을 좋아하는 데서 시작해야 하리라.

16. 나는 예전에 "화순和順함이 안에 쌓여서 밖으로 찬란하게 드러난다."는 말을 좋아했다. 또 "몸에 맑고 밝은 마음을 지니고 있으면 뜻과 기운이 신령스럽다."는 말도 좋아했다. 또 장자가 한 "연못처럼 고요하다가 우레처럼 소리치며, 시동尸童처럼 가만있다가[12] 용처럼 나타난다."는 말을 좋아해서, 벽에 써 붙여 놓고 입으로 외지 않은 적이 없었다.

17. 도연명陶淵明의 시는 자연스럽게 이루어진 것이니, 이것이 바로 사대부의 심사心事이다. 도연명의 시를 읽을 때는 그 말과 취향의 우아함과 고결함을 우선적으로 살펴야지, 단지 그를 시인으로만 지칭해서는 안 된다. 한갓 시인으로만 지칭한다면 도연명이 어찌 나를 비웃지 않겠는가?

12 시동은 예전에 제사를 지낼 때 신위神位 대신으로 앉히던 어린아이를 말하는데, 죽은 사람처럼 움직이지 않는다.

18. 우리나라에서 오랫동안 탁월한 것은 선비와 승려의 등급이 매우 엄격하다는 것이다. 일찍이 들은 적이 있는데, 고려 시대에는 불교를 숭상하여 유교와 불교가 뒤섞여 있었다고 한다. 그래서 사대부의 집 벽에 승려들이 쓰는 갓 서너 개쯤 걸려 있지 않으면 명사名士가 될 수 없었다. 선비와 승려가 길에서 서로 만나면 선비가 승려에게 먼저 절을 하고, 승려는 꼿꼿이 선 채 그 절을 받았다. 아마도 그 시절에는 벌열가의 자제 중에 출가한 자가 많았기에 사대부가 그들을 스승이나 벗으로 삼아도 부끄러워하지 않았던 것 같다. 그런데 신돈辛旽이 임금과 함께 걸상에 걸터앉는 지경에 이르자, 정언正言 이존오李存吾가 이를 꾸짖어 걸상에서 내려오게 했다. 그 당시 간관諫官으로서 제대로 간언하기란 매우 어려운 일이었다고 하겠다. 또 승려가 가정집에 초대되어 음식 대접을 받거나 기도하러 절에 온 여성을 겁탈하는 습속은 추하여 차마 들어 줄 수가 없다.

그러다가 조선 시대에 와서 그 폐습을 통렬하게 비판하고 바로잡으니, 벌열가에서 비로소 출가하는 것을 수치로 여기게 되었다. 이제는 승려가 길에서 선비를 만나게 되면 아는 사이든 모르는 사이든 할 것 없이 승려가 먼저 절을 하고 선비는 편안하게 거들떠보지도 않는다. 또 성안에 있는 사찰을 헐어 버리고, 가끔은 승려가 성문 안으로 들어올 수 없도록 금지하기도 한다. 맑은 물과 탁한 물처럼 선비와 승려를 확연히 구분하였으니, 마땅히 바르다 할 만하다.

19. 도道란 일상생활 가운데 지극히 얕고 가까운 것에 있다. 집 안에 물을 뿌리고 깨끗이 쓸며 말을 따라 대답하는 일만큼 얕은 것이 없

고, 부모를 사랑하고 어른을 공경하는 일보다 가까운 것은 없다. 좋은 사람이 되고자 하는 이는 거의 대부분 이것을 무시하고, 높고 큰 것을 엿보며 먼저 하늘의 이치[天理]를 말하고 역의 법칙[易理]을 논하려고 한다. 단계를 뛰어넘고 차례를 따르지 않음이 이와 같다. 사람의 일[人事]도 모르면서 어떻게 하늘의 일[天事]을 알 수 있으며, 인간의 이치[人理]를 모르면서 어찌 역의 법칙[易理]을 알 수 있겠는가.

호적계胡籍溪가 부릉涪陵의 숨은 선비 초천수譙天授에게 『주역』을 배웠는데,[13] 시일이 오래 지나도 그 이치를 깨닫지 못했다. 이에 천수가 말하기를 "이는 당연한 일이다. 온 마음이 물욕에 젖어 있으니 그 이치를 깨닫지 못하는 것이다. 오직 배움으로 닦아야만 환히 깨달을 수 있으리라."고 했다. 그러자 호적계가 한숨을 내쉬면서 대답하기를 "이른바 학문이라는 것은 자기의 사욕을 이기는 공부가 아니겠는가!"라고 했다. 그때부터 호적계는 한결같이 일상생활의 도를 닦는 데 마음을 두었다고 하니, 이것이 바로 그 증거다.

뜻을 세운 자는 먼저 지극한 정성과 마음의 예절로 하나하나 자신을 규제해야 한다. 그런 뒤에 점차 성현의 글을 읽어야 주역의 법칙에 이를 수 있다. 우연히 이 말을 기록하여 나의 자만함과 기이한 것을 좋아하는 마음을 경계하노라.

13 호적계는 주자의 스승으로 주자의 아버지와 동문수학한 호헌胡憲이다. 초천수는 송나라 사람인 초정譙定으로, 130살 때 경서를 들고 역리를 가르쳤다는 기록이 있다. 호적계는 일찍부터 초천수에게 『주역』을 배웠다고 한다.

20. 군자란 비록 말은 잘하지 못하더라도 행실은 마땅히 말을 실천하고도 남음이 있어야 한다. 아무리 좋은 말이라도 말로만 그친다면 입으로야 그럴듯하지만 마음으로서는 그렇지 않다. 마치 모란이 꽃은 좋은데 열매가 없는 것과 같으니, 식견 있는 사람은 이를 유감스럽게 생각한다.

21. 명목名目은 습속에 따라 변한다. 오제五帝 중 고양씨高陽氏 전욱顓頊에게는 재자才子가 여덟 사람이 있었다고 하니, 재자라는 명목이 어찌 쉬운 것이었겠는가? 수나라·당나라 시대에는 시를 잘 짓는 자를 되레 재자라 불렀다. 『장자莊子』 「도척盜跖」 편에는 "공자가 유하계柳下季에게 '선생은 지금의 재사才士이다.'라고 말했다."고 하니, 옛날의 재사는 또한 세속에서 과거 시험장을 들락거리는 재사와는 달랐던 것이다. 진晉나라 왕효백王孝伯은 "술을 실컷 마시고 「이소離騷」를 익숙하게 읽는다면 명사名士라 일컬을 만하다."고 했으니, 이 또한 왕을 가까이에서 모시는 벼슬을 지낸 사람만을 명사라 일컫던 것과는 달랐던 것이다. 장자長者라는 호칭 또한 간단하지 않다. 오늘날 시골에서는 곡식을 많이 축적해 둔 자를 되레 장자라 부른다.

내가 또 아무 고을에 사는 아무개를 만나서 "그대의 고장에는 어떤 선비가 있습니까?"라고 물었다. 그가 "큰 선비가 몇 사람 있습니다."라고 대답했다. 내가 나도 모르게 어깨를 으쓱하며 급하게 "이름은 무엇이고 학업의 조예는 어떠합니까?"라고 물었다. 그가 "아무개와 아무개입니다. 모두 시詩·부賦·표表·책策에 능해서 과문科

文을 짓는 데[14] 아무런 어려움이 없습니다."라고 대답했다. 내가 또 나도 모르게 웃음이 터져 "훌륭하다, 선비여!"라고 했다. 아무개가 가고 난 뒤에 탄식하며 말하기를 "정호鄭顥, 장재張載, 주희朱熹, 여조겸呂祖謙 같은 이가 아니고는 큰 선비라는 명목을 감당하기엔 부족하다. 그런데 오늘날 이런 명목은 되레 명예에 목숨 거는 과거 수험생들에게 돌아갔구나."라고 했다.

22. 세상에서 왕안석王安石에 대해 논평하는 것이 분분해서 아직 적확한 논평을 얻지는 못했다. 주자는 "그 사람됨이 비록 맑고 고결하다 해도 그릇이 본디 작았다. 뜻은 비록 높고 심원하다 해도 학문은 실로 평범했다. 그의 논설은 특히 보고 들은 것을 그럴듯하게 억측한 것일 뿐인데도, 자신을 고상하다 여기고 스스로 성인인 체하였다. 그러면서 다시금 격물치지와 극기복례로 일을 삼아 부족한 점을 힘써 구하고 잘하지 못하는 점을 보강할 줄을 알지 못했다. 이 때문에 천하의 일을 처리할 때 매번 조급하고 경솔하게 제멋대로 하다가 이전에도 실패했고, 또 어지럽고 괴팍하게 사사로이 하다가 이후에도 실패했다."고 말했다. 지금 이 논평을 보니 왕안석의 평생이 환히 보인다. 소순蘇洵의 「변간론辨奸論」 같은 글은 한갓 독기를 품고 사사로운 견해만을 따른 글이어서 공정한 논평이 아니다.

14 과문科文은 과거에서 시험 보던 문체로, 시詩·부賦·표表·책策이 대표적이다. 과거 중 문과文科는 명경과明經科와 제술과製述科로 나뉘는데, 명경과는 경전 이해력을, 제술과는 문장력을 시험한다. 제술과의 세부 과목인 시·부·표·책은 각각 시문詩文, 사부詞賦, 임금에게 올리는 글인 표문表文, 정책에 관한 시무책인 책문策問을 뜻한다.

23. 차라리 공자의 문하에서 시중을 드는 동자가 되어 스승을 모신 자리 아래에서 시중을 들지언정, 불가의 승려가 되어 방석 위에서 부끄럽게 가부좌를 틀 수는 없다. 군자들에게 물으니, 내 생각이 어떠한가?

24. 겸양과 자만의 차이는 하늘과 땅 사이와 같다. 겸양하는 자는 언제나 부족하다고 탄식하면서 여유롭고자 힘쓰지만, 자만하는 자는 항상 넘친다고 기뻐하면서 부족한 데로 퇴보하게 된다. 과도한 겸양이나 과도한 자만은 모두 말류末流의 폐단이다. 겸양에 의한 폐단은 더디고 작지만, 자만에 의한 폐단은 빠르고 크다.

25. 세속에서 벗어난 선비는 일마다 옛것을 따르려고 하고, 세속적인 사람은 일마다 지금 것을 따르려고 한다. 이 둘이 부딪치면 중도中道를 얻기가 어렵다. 그러나 옛것을 따르고 지금 것을 헤아리는 좋은 방법이 얼마든지 있으니, 군자들이 치우침 없이 올바른 학문을 하는 데 무슨 해가 되겠는가? 옛날에 엉금엉금 기어서 상가喪家에 조문하러 간 사람이 있었다. 또 들으니 "요즘에 아무개 선비가 몸을 닦아 옛것을 좋아했는데, 삿갓이 우리나라 풍속이어서 쓸 수 없다고 생각하고는 버드나무 껍질을 꼬아서 관을 만들어 머리에 쓰고는 길에 나갔다가 사람들의 웃음거리가 되었다."고 한다. 옛것을 따르는 폐단도 진실로 괴이하지만, 지금 것을 따르는 폐단도 이루 다 말할 수 있겠는가.

26. 소식蘇軾의 『구지필기仇池筆記』에는 저승의 일이 많이 기록되어 있다. 사람들이 생각보다 훨씬 그 이야기에 현혹되곤 하니, 어찌 사람들의 호기심이 이다지도 심한가? 비록 붓대를 놀려서 보고 들은 것을 기록한 것이라 해도, 마땅히 일을 따라서 하나하나 변론하여 깨뜨리는 것이 옳다.

또 저승의 일은 설령 자신이 직접 죽었다가 다시 살아났다면 그것이 참인지 거짓인지를 정확하게 알 수 있을 것이다. 예전에 죽었다가 살아났다는 사람을 만나 그가 죽었을 때의 일을 물어봤더니, 그곳에 흰 개와 파를 삶는 가마솥이 있더라는 얘기를 해서 매우 황당했다. 그런데도 어리석은 백성들이 몰려들어 동전까지 던져 주며 그 이야기를 듣고 있었다.

내가 곁에서 웃으며 말하기를, "죽었다가 다시 살아난 사람은 천만 명 가운데 한 사람일 뿐이다. 그런데도 감히 제멋대로 정신이 혼미해져서 그가 홀로 겪은 일을 함부로 믿고 대중의 귀를 현혹해서야 되겠는가? 불교에서는 애증愛憎으로 어리석은 남녀를 속이거나 술수로 생사生死를 맡기거나 해서 온 세상을 현혹한다. 죽었다가 다시 살아난 것처럼 보이는 경우라도 이는 또한 아직 붙어 있는 실낱같은 기운 속에서 병 기운에 희롱당해 한차례 악몽을 꾼 것일 뿐이다. 그러니 어찌 진짜로 천당과 지옥이 있겠는가?"라고 했다.

27. 사람의 허물은 항상 스스로 옳다고 생각하는 데서 심해지고, 사람의 재앙은 항상 남을 업신여기는 데서 생겨난다. 스스로가 옳다고 생각하면 남을 업신여기게 되고, 남을 업신여기게 되면 자기만

옳다고 생각하게 된다. 이것은 서로 끝도 되고 처음도 되어 모두 한 쪽으로 치우치게 되는 것이므로, 군자는 언행을 조심하고 삼가서 중도中道를 얻는 것을 귀히 여겨야 한다.

28. 사람 사귀는 도리는 매우 신중해야 한다. 처음 사귈 때는 대뜸 지기知己라고 하더니, 사귐이 조금만 멀어지면 대뜸 절교하자고 한다. 어찌 이다지도 경박하고 조급한가? 나는 이 점을 언제나 두려워한다.

29. 굽히고 펴고 가고 오는 것과 차고 비고 사라지고 자라는 것은 하늘의 도리이니, 순응할 뿐이다. 다스려지고 혼란하고 흥하고 망하는 것과 선악과 길흉은 사람이 하는 일이니, 닦을 뿐이다. 이 말은 일찍이 나의 벗 정부正夫 이형상李亨祥에게서 들은 적이 있다. 옛사람들이 말하기를 "이치에 맞는 행동에 순응해서 가지고 가고, 타고난 분수에 따라서 부쳐 온다."고 했는데, 이 또한 이정부가 한 말과 은연중에 합치된다. 하늘과 땅 사이의 온갖 일들은 이러한 말에 지나지 않는다.

30. 아하! 나는 지금껏 세속에서 이른바 통달한 사람의 '통달했다'는 의미를 이해하지 못했다. 사람이 비록 나이 70세까지 누린다 해도, 허다한 세월을 보내는 것은 바둑판 위거나 술잔 사이에서거나, 또는 여색과 서화, 과거 시험과 영달의 길, 그리고 낮잠과 소설 따위에서이다. 그 사이에 또 질병과 우환 등이 있을 것이니, 어느 겨

를에 내 몸의 본분의 일을 닦았겠는가? 질병과 우환은 타고나는 것이니 어찌할 수가 없으나, 그 밖의 일은 자신의 뜻에 달렸다. "하늘과 땅 사이에 한 마리 좀벌레이다."라는 말이 어찌 부끄럽지 않겠는가? 그런데 이러한 사람을 되레 통달했다고 하는가? 통달! 통달! 나는 아직도 통달했다는 말의 의미를 알지 못하겠다.

31. 『선창야화船窓夜話』에 "배를 시서詩書로 불리지 않으면 굶주리는 것보다 심하다. 눈이 선배들을 접하지 않는 것을 소경이라고 한다. 몸이 명예와 이익을 멀리하지 않으면 함정에 빠진 것보다 심하다. 뼈가 속된 기운을 벗어나지 못하면 고질병보다 심하다."는 말이 있다. 내가 이 말을 이어 말하기를 "입으로 도학을 말하지 않으면 벙어리보다 심하다. 발이 산수山水를 밟지 않으면 절름발이보다 심하다. 마음이 정직함을 좋아하지 않으면 귀신보다 심하다. 뜻이 산림에 있지 않으면 천한 하인보다 심하다."고 했다.

양경중楊敬仲이 "벼슬살이는 외롭고 가난한 것을 몸의 편안함으로 삼는다. 독서는 굶주림을 도에 나아감으로 삼는다. 집에 있을 때는 일 없는 것을 평안함으로 삼는다. 벗은 서로 드물게 만나는 것을 관계를 오래 유지하는 요점으로 삼는다."고 말했다. 내가 이 말을 이어 말하기를 "사람을 대하는 것은 온화하고 후덕함을 요령으로 삼는다. 아내를 이끄는 것은 간결하고 과묵한 것을 공부로 삼는다. 문장을 짓는 것은 상세하고 자세한 것을 기본으로 삼는다. 병을 치료하는 것은 강제적으로 하는 것을 약으로 삼는다."고 했다.

32. 글이란 학문에 비하면 말단이고 바깥의 일이다. 이 때문에 고금의 문인 중에 부박하고 방자한 이가 많았다. 글 중에는 시를 잘 짓는 사람이 더욱 심하고, 시 중에는 과거 시험용 과시科詩를 잘 짓는 사람이 말단 중의 말단이고, 바깥에서도 또 바깥이다. 이러한 일은 비록 애써 억지로 할지라도 또한 적당히 헤아려서 할 만한 좋은 방법이 있어야지, 남아의 평생 사업이 온통 여기에 있다고 착각해서 전도되고 미쳐 날뛰어 마음가짐을 온통 무너뜨려서는 안 된다.

33. 아무리 좋은 말도 너무 많이 하면 듣는 사람을 싫증 나게 해서 망령된 데로 흘러가게 되는데, 하물며 좋지 않은 말을 너무 많이 함이랴? 작게는 업신여김을 받고, 크게는 손해를 보게 된다.

> 계미년(1763), 이덕무가 스물세 살 때의 기록이다. 이덕무는 남을 권계하거나 현실을 개혁하려고 하기보다는 '스스로를 경계'하는 내면 지향적 경향이 두드러졌다. 이 글에서도 그러한 면모를 확인할 수 있다.
> 헛되이 보내고 나면 가장 아까운 것이 세월과 정신이라고 생각한 이덕무는 자신만은 그런 과오를 범하지 않기 위해 노력했다. 그리하여 열서너 살 때부터 지금까지 10여 년 사이에 스스로 깨달은 바가 있어서 지침을 삼을 만한 글을 수시로 기록해 둔 것이 바로 「세정석담」이다. 서두에 「세정석담」을 쓰게 된 동기를 밝혀 놓았는데, 애잔한 감동을 준다.

모두 33개 문장인데, 대부분이 스스로 깨닫거나 서적 속의 명언을 기록한 것으로 자신을 경계시키거나 삶의 지혜를 담았다. 이 중 12, 13번째 글은 이덕무가 소설에 대해 어떤 입장이었는지를 잘 보여 준다.

이덕무는 조선 후기의 대표적인 소설 배척론자다. 하지만 소설의 모든 면을 부정하지는 않았다. 그는 인정人情과 물태物態를 곡진히 묘사하는 소설의 장점은 크게 인정했다. 다만 소설의 허구성과 이를 탐독하느라 시간과 가산을 낭비하는 풍토를 비판했다. 이 글에도 그러한 가치관이 짙게 나타나 있다.

이덕무는 일단 소설의 개념에 대해 나름의 명확한 기준을 가지고 있었다. 이덕무가 비판의 대상으로 삼은 것은 『수호지』나 『삼국지연의』 같은 연의 소설을 비롯해 중국에서 들어와 번역된 일부 소설, 극곡劇曲만이 포함되는 협소한 개념의 소설이었다. 이런 소설은 기존의 소설과는 선명하게 구분된다. 따라서 이덕무의 소설 배척론은 일부 소설에 국한된 것이라 하겠다.

「세정석담歲精惜譚」, 1763년, 23세

"바둑은 두지 않는 것을 고상하게 여기고,
거문고는 타지 않는 것을 신묘하게 여기며,
시는 읊조리지 않는 것을 기이하게 여기고,
술은 마시지 않는 것을 흥취 있게 여긴다.
두지도 않고 타지도 않으며
읊조리지도 않고 마시지도 않는
그 마음이 어떤 것인지를 늘 생각해 본다."

선귤당에서 크게 웃으며

1. 세상사에 초연한 선생이 깊은 산속 눈 덮인 집에서 등불을 밝히고, 붉은색 먹을 갈아 『주역周易』에 점을 찍는다. 오래된 화로에선 향기로운 연기가 모락모락 푸르게 피어올라 허공으로 퍼져 오색 빛 공 모양을 만든다. 가만히 한 시간쯤 바라보다가 오묘한 이치를 깨달아 문득 웃음을 터뜨린다. 오른쪽에는 일제히 꽃망울을 터뜨린 매화가 보이고, 왼쪽에는 차 끓는 소리가 들리는데, 마치 솔바람 소리나 노송나무에 듣는 빗방울 소리 같다.

2. 만일 진작에 주염계周濂溪 선생을 따라 제월광풍霽月光風 가운데서 노닐며 〈태극도太極圖〉를 안고서 고요히 완상하지 못한다면, 어찌 상자평尙子平을 따라 오방모烏方帽에 홍초의紅蕉衣, 흑서대黑犀帶를 차려입고 흰 나귀를 타고 더벅머리 동자로 하여금 육각선六角扇, 수운립垂雲笠, 철여의鐵如意를 등에 지게 하여 오악명산五嶽名山을 유람하지 않겠는가?[15]

3. 말똥구리는 스스로 말똥을 아껴 여룡驪龍의 여의주를 부러워하

15 주염계는 북송 시대의 유교 사상가로, 성리학의 기초를 닦았다. 제월광풍霽月光風은 '갠 날의 달과 맑은 바람'이라는 뜻으로, 마음과 도량이 넓어 자질구레한 것에 거리끼지 않고 쾌활한 주염계의 인품을 비유한 말이다. 상자평은 후한後漢 때의 은사隱士인 방덕공龐德公으로, 벼슬에 나아가지도 않고 집안일에도 일절 관여하지 않으면서 속세의 미련을 버리고 오악五嶽을 두루 유람하였다.

지 않는다. 여룡 또한 여의주를 가지고 스스로 뽐내어 저 말똥을 비웃지 않는다.

4. 화가가 옷을 풀어 헤치고 두 다리를 쭉 뻗고 앉는 것은 처음 시작하는 마음가짐이고, 포정庖丁이 칼을 잘 간수하여 보관하는 것은 마무리하는 이치이다.[16]

5. 능히 마음을 담백히 하고 얽매임을 털어 버려, 성내지 않고 가벼이 동요하지 않으며, 도연명陶淵明의 문집을 잘 읽을 수만 있다면, 이미 명사名士에 가깝다 할 것이다.

6. 늙은 어부가 긴 낚싯대에 가느다란 낚싯줄을 묶어 잔잔한 물에 던져 놓고, 말도 하지 않고 웃지도 않으면서 간들거리는 낚싯대와 낚싯줄에만 마음을 두고 있노라면, 빠른 우레가 산을 부숴도 들리지 않고, 아리땁고 어여쁜 여인이 한들한들 춤을 춰도 보이지 않는다. 이는 달마대사가 면벽하고 있을 때와 같다.

7. 따스한 백사장의 가벼운 오리는 봄날을 즐기며 제 깃을 아껴

16 "옷을 풀어 헤치고 다리를 뻗는다.〔解衣盤礴〕"는 『장자莊子』「전자방田子方」에 나오는 말로, 화가가 그림을 그릴 때 아무 거리낌 없이 자유로운 상태에 있는 것을 가리킨다. "칼을 잘 간수하여 보관한다.〔善刀以藏〕"는 『장자』「양생주養生主」의 '포정해우庖丁解牛' 고사에 나오는 말로, '포정'은 소를 잡는 솜씨가 아주 뛰어났던 이름난 요리사이고, '해우'는 소를 잡아 뼈와 살을 발라내는 것을 말한다. 포정은 소를 잡고 나면 칼을 깨끗이 닦아 칼날이 상했는가를 보고 다음 사용할 때까지 잘 보관했다고 한다.

쓰다듬고, 먼 산의 날랜 매는 만 리의 허공을 내려다보면서 발톱과 부리를 자랑스레 다듬는다.

8. 콩깍지만 한 배에 고기 그물을 싣고, 석양 무렵 맑은 강에 두 폭 돛을 달고서 우거진 갈대 속을 헤치며 들어가니, 배 가운데 탄 사람이 비록 모두 텁석부리에 쑥대머리일지라도 물가를 따라 바라보면 고사高士 육구몽陸龜蒙[17] 선생인가 싶어진다.

9. 얼굴에 은연중 맑은 물과 먼 산의 기색을 띤 사람과는 더불어 고상하고 우아한 운치를 말할 수 있다. 그러한 사람의 가슴속에는 돈을 탐하는 습성이 없다.

10. 단지 밥 먹고 잠자는 것만 좋아해 털구멍이 모두 막히면, 비록 맑은 바람이 시원스레 불어오는 대숲 가운데 있더라도 전혀 상쾌한 줄을 알지 못할 것이니, 이런 사람은 어쩔 수가 없다.

11. 눈 속의 오래된 누각은 단청이 두 배나 밝고, 강 가운데서는 가는 피리 소리의 곡조가 더욱 높아진다. 빛깔이 얼마나 밝은지 소리가 얼마나 높은지에 구애받지 말고 마땅히 하얀 눈과 텅 빈 강물을 우선해야 한다. 대장일을 하던 혜강嵇康과 나막신을 좋아하던 완

17 육구몽은 당나라 때 시인으로, 늘 배를 타고 살았으므로 강호산인江湖散人이라고 하였다.

부阮孚[18]에게 한번 시선을 돌려 호걸들이 마음 붙이던 것을 놀리거나 꾸짖는다면, 조금도 세상일에 밝지 못한 사람이다. 이러한 사람들이 과연 혜강의 대장일과 완부의 나막신에 담긴 뜻을 알겠는가?

12. 내 평생을 가만 돌아보면, 다른 사람이 쓴 잘된 글을 읽을 때면 미친 듯이 소리치고 크게 손뼉 치며 그 글을 내 나름대로 평가했으니, 이 또한 우주 가운데 한 가지 유희이다.

13. 호수濠水 다리 위에서 물고기를 보면서 혜자惠子와 장자莊子가 따지고 비난한 것은 도리어 분별하고 이기려는 마음이 있었던 것이다. 하지만 말하지 않고도 서로의 마음을 알아주는 것만은 못하도다.[19]

18 혜강은 진晋나라 때 죽림칠현의 한 사람으로, 한여름이면 직접 대장일을 했다. 완부는 진나라 때의 현인으로, 자신이 신을 나막신에 밀랍을 손수 칠했다. 그들은 호걸스러운 인물로서, 천한 사람이 하는 일에 마음을 붙여 직접 하였던 것이다.

19 『장자』「추수편秋水篇」에 나오는 이야기로, '지어지락知魚之樂'이라고 한다. 장자가 당대의 변론가 혜자와 함께 호수濠水의 다리를 거닐다가 물속에 노니는 물고기를 보고 말하기를, "잔물고기가 나와 유유히 노닐고 있으니, 이것은 물고기의 즐거움이야."라고 했다. 혜자가 말하기를, "자네가 물고기가 아닌데 어떻게 물고기의 즐거움을 아는가?"라고 했다. 장자가, "그렇다면 자네는 내가 아닌데 내가 물고기의 즐거움을 아는지 모르는지 어찌 아는가?"라고 했다. 혜자는, "본디 나는 그대가 아니니 그대를 모르네. 그대도 본래 물고기가 아니니 그대가 물고기의 즐거움을 알지 못하는 것이 분명하네."라고 했다. 장자가 말하기를, "이야기의 근본으로 되돌아가 보세. 방금 그대가 내게 어찌 물고기의 즐거움을 아는가라고 물은 것은 내가 물고기의 즐거움을 아는 것을 이미 그대가 알았기 때문이네. 나는 호수의 다리 위에서 그 즐거움을 아는 것이지."라고 했다.

14. 4월과 5월 사이에 동산 숲이 울창해지고 과일이 열리기 시작하고 온갖 새들이 정답게 지저귈 때, 부드럽고 푸른 파초 잎사귀를 따다 미원장米元章[20]의 『아집도서첩雅集圖序帖』을 본떠 왕유의 「망천절구輞川絶句」를 그 잎줄기 사이에 써 놓으면, 먹을 갈던 어린아이가 내심 갖고 싶어 할 것이다. 그러면 선뜻 주고는 호랑나비를 잡아 오게 해서 그 머리와 더듬이, 눈과 날개에 금빛 비치는 것을 자세히 살펴본 다음, 한참 있다가 산들바람 부는 꽃밭 사이로 날려 보내리라.

15. 바둑은 두지 않는 것을 고상하게 여기고, 거문고는 타지 않는 것을 신묘하게 여기며, 시는 읊조리지 않는 것을 기이하게 여기고, 술은 마시지 않는 것을 흥취 있게 여긴다. 두지도 않고 타지도 않으며 읊조리지도 않고 마시지도 않는 그 마음이 어떤 것인지를 늘 생각해 본다.

16. 만약 나를 알아주는 한 사람의 벗을 얻는다면, 나는 망설임 없이 10년 동안 뽕나무를 심고 1년 동안 누에를 길러 손수 오색실을 물들일 것이다. 10일에 한 가지 빛깔을 물들인다면 50일이면 다섯 가지 빛깔을 물들일 수 있으리라. 이것을 따뜻한 봄볕에 내놓고 말려서 여린 아내에게 부탁해 백 번 달군 금침 바늘로 내 벗의 얼굴을 수놓게 하리라. 그런 다음, 고운 비단으로 장식하고 예스러운 옥으로 막대를 만들리라. 이것을 가지고 뾰족뾰족하고 험준한 높은 산과

20 미원장은 송나라 때 화가 미불米芾의 자이다.

세차게 흐르는 물이 있는 곳 사이에 펼쳐 놓고 말없이 서로 바라보다 뉘엿뉘엿 해가 저물 때면 품에 안고 돌아오리라.

17. 흰 좀벌레 한 마리가 내 『이소경離騷經』에서 '추국秋菊·목란木蘭·강리江離·게거揭車' 등의 글자를 갉아먹었다. 처음에는 너무 화가 나서 잡아 죽이려 했는데, 조금 지나자 그 벌레가 향기로운 풀만 갉아먹은 것이 기특하게 여겨졌다. 그래서 특이한 향내가 그 벌레의 머리와 수염에서 넘쳐 나는지를 조사하고 싶어졌다. 아이를 사서 반나절 동안 집 안을 대대적으로 수색하게 했다. 갑자기 좀벌레 한 마리가 기어 나오는 것이 보여 손으로 잡으려 했는데, 빠르기가 흐르는 물과 같아 순식간에 달아나 버렸다. 그저 은빛 가루만 번쩍이며 종이에 떨어뜨릴 뿐 좀벌레는 끝내 나를 저버렸다.

18. 때마침 오던 비가 개니, 3월의 푸른 시내에 햇빛은 화사하고 복숭아꽃 물결은 언덕에 넘쳐흐른다. 오색의 작은 붕어들은 그 지느러미를 세차게 움직일 수가 없어서 마름 풀 사이를 헤엄치는데, 거꾸로 서기도 하고 옆으로 뒤집기도 하다가 주둥이를 물결 위로 내놓고 아가미를 벌름거린다. 진기眞機의 지극함이 샘이 날 만큼 상쾌하고 편안하다.

따스한 모래는 깨끗하고, 온갖 물새들이 둘씩 넷씩 짝을 지어 비단 같은 바위 위에 앉기도 하고, 꽃 같은 풀 위에서 지저귀기도 하고, 깃을 씻기도 하고, 모래로 목욕하기도 하고, 물에 자기 모습을 비춰 보기도 한다. 자연 그대로의 평화로운 모습이 절로 사랑스러우니 요순 시대와 다를 바 없다. 이것을 보고 있으면 내 웃음 속에 감춰 둔 날카로운 칼과 마음속에 쌓아 둔 만 개의 화살, 그리고 가슴속에 숨겨둔 서 말의 가시가 일시에 깨끗이 사라져 한 가닥도 남지 않는다. 항상 내 생각을 3월의 복숭아꽃 물결이 되게 하면, 물고기와 새의 활발함이 내 순탄한 마음을 자연스럽게 도와주리라.

19. 서재는 조금 서늘하고 내 뺨엔 술기운이 오를 때, 오른쪽 벽에는 송나라 충신 문천상文天祥의 초상화를 걸어 두고 왼쪽 벽에는 동진의 시인 도연명의 초상화를 걸어 놓고, 높은음으로 문천상의 「정기가正氣歌」를 노래하고 낮은음으로 도연명의 「귀거래사歸去來辭」를 읊는다. 좌우를 번갈아 돌아보면 맹렬한 기세와 서글픈 기운이 교차한다. 그때 촛불 빛이 무지개 모양을 이루면 칼등을 거꾸로 잡고 옥으로 만든 두꺼비 모양 연적을 두드리면 구리 북을 치듯 쟁그랑쟁그랑 소리가 난다.

20. 봄비의 윤택함은 싹을 떨쳐 돋아나게 하고, 가을 서리의 엄숙함은 나무 소리도 주눅 들게 한다.

21. 동방삭은 세상을 조롱했고, 굴원은 세상을 개탄했다. 그러나 그들의 고심은 모두 눈물 흘릴 만하다.

22. 해가 서쪽 하늘로 질 때 겹겹의 구름이 해를 가리면 갑자기 침향색으로 변한다. 햇빛이 구름 밖으로 넘쳐흐르면 반쪽 하늘은 붉은

빛으로 가득하고, 구름의 가장자리는 자줏빛 금테를 두른 것 같다.

23. 선비라도 한 꿰미의 돈을 아까워하면 털구멍이 모두 막히고, 시정의 사람이라도 뱃속에 수천 자의 글을 간직하면 눈동자가 영롱하게 빛난다.

24. 가난해서 반 꿰미의 돈도 저축하지 못하는 주제에 이 세상의 가난하고 힘든 사람들에게 은혜를 베풀려 하고, 어리석고 둔해서 한 권의 책도 제대로 꿰뚫어 보지 못하는 주제에 오랜 세월이 담긴 경전과 역사책과 이야기책을 다 보려고 하는구나. 이는 세상 물정을 모르는 사람이거나 바보다. 아, 이덕무야! 아아, 이덕무야!

25. 낙숫물을 맞으면서 찢어진 우산을 깁고, 섬돌 아래로 내려와 약을 만드는 오래된 절구를 고정시키네. 새들을 문하생으로 여기고 구름과 안개를 벗으로 삼네. 이런 내 일생을 편하다 생각하고 있으니, 하하하하!

26. 세모시 가는 실이 호박 구슬을 끊을 수도 있고, 얇은 판자 조각이 쇠뿔을 쪼갤 수도 있다. 그러니 군자가 근심을 예방하려면 소홀히 하기 쉬운 것을 삼가야 한다.

27. 동이를 묻고 물고기를 기를 때 열흘이 되도록 물을 갈아 주지 않으면 사람의 옷을 물들일 만큼 청동색의 이끼가 생긴다. 그러

면 금붕어의 온몸은 연한 초록빛이 되어 빠끔빠끔 머리를 떨구고 헤엄친다. 시험 삼아 동이에 새 샘물을 붓고 붉은 벌레를 던져 넣어 주면, 마치 송골매가 토끼를 쫓는 것처럼 불끈 생기가 일어나게 된다. 마치 몸의 반쯤을 수면 위로 내놓고 서서 사람을 향해 말을 하려는 것만 같다.

28. 간절히 원하지만 다정한 벗을 오래 머물게 할 수 없는 마음은 꽃가루를 묻힌 나비를 맞는 꽃과 같다. 나비가 오면 너무 늦게 온 듯 여기다가 잠깐 머무르면 소홀히 대하고, 그러다 날아가 버리면 다시 나비를 그리워하기 때문이다.

29. 아내가 약해도 길쌈을 잘하고, 아들이 어려도 글을 잘 읽으며, 누렁 송아지가 비쩍 말랐어도 묵은 밭을 잘 갈아 집안 살림이 비로소 살 만해지면 한적한 물가에서 책을 저술하고 명산에 굴을 파서 감춰 두리라.

30. 글을 읽으면서 단지 공명에만 정신을 쏟을 뿐 마음을 다해 환하게 살피지도 않고 게다가 유유자적하게 노닐지도 않는다면, 어찌하여 진작에 저잣거리 가운데로 가서 거간꾼이 되지 않는가?

31. 마음에 맞는 시절에 마음에 맞는 벗과 만나 마음에 맞는 말을 나누며 마음에 맞는 시문을 읽는 것. 이것이야말로 더할 나위 없는 즐거움이다. 그러나 어째서 이런 지극한 즐거움이 드문 것인가. 이

러한 즐거움은 일생에 단지 몇 번 찾아올 뿐이다.

32. 이 세상이 큰 도화지라면 조화옹(조물주)은 위대한 화가다. 오구나무의 꽃은 차갑고 고우면서도 짙고 붉으니, 누가 은주銀硃와 자석赭石 가루를 산호 끝에 묻혀 두었던가. 복숭아꽃 잎에서는 연지같이 붉은 즙이 뚝뚝 떨어지는 듯하고, 가을 국화꽃 빛깔은 등황색을 곱게 바른 듯하다. 눈이 내린 뒤 피어오르는 연기와 아지랑이는 푸른 빛깔이 두세 겹 겹쳐진 것처럼 가까이 또 멀리 골고루 펴져 있다. 소낙비가 강 위에 세차게 내리면 수묵을 가득히 뿌린 듯하여 굳이 붓을 들어 밝고 어두운 부분을 색칠할 필요가 없다. 잠자리의 눈은 석록빛이 은은하고, 나비의 날개는 유금빛으로 물들었다. 생각해 보니, 하늘 위에 채색을 맡은 성관星官이 있어서 풀과 꽃과 바위와 쇠의 정기를 거둔 다음, 이를 조화옹에게 바쳐서 만물에게 빛깔을 입히게 한 것이 아닐까 싶다. 가을 강가에 노을 지는 장면은 그 무엇보다 아름다운데, 이야말로 조화옹의 그림 가운데 으뜸이리라.

33. 그림을 그리면서 시정詩情을 모르면 색칠이 어둡고 메마르게 된다. 시를 지으면서 화의畫意를 모르면 시의 맥락이 막히게 된다.

34. 더운 여름날 파초 동산에 앉았노라면 졸음이 하늘의 구름처럼 몰려온다. 소나기가 갑자기 파초 잎을 때리면 물방울이 미끄러져 구르면서 잎이 흔들리고, 빗줄기가 옆으로 날려 뿌리면 얼굴이 시원해져서 졸음이 금세 사라져 버린다.

35. 곱고 빼어난 푸른 봉우리와 선명하고 짙은 흰 구름을 한참 동안 부러워하다가, 마음속으로 그것을 한 손에 움켜쥐고 모두 먹으려 했더니, 어금니와 뺨 사이에서 벌써 군침 도는 소리가 들리는 듯하다. 천하에 먹음직스러운 것이 이만한 게 없을 것 같다.

36. 신선은 별다른 사람이 아니다. 마음이 담백하여 한시도 누累가 없으면 도가 이미 원숙해지고 장생불사의 금단金丹이 거의 이루어지게 되는 것이다. 매미처럼 껍질을 벗고 날아서 하늘을 난다는 것은 억지 말일 뿐이다. 만약 내가 잠깐이라도 누가 없으면 이는 잠깐 동안 신선이 된 것이요, 반나절 동안 누가 없으면 반나절 동안 신선이 된 것이다. 내 비록 오랫동안 신선이 되지는 못한다 해도 하루에 서너 번쯤은 신선이 된다. 무릇 세상을 발아래에 두고 얇은 붉은색 먼지를 풀풀 일으키는 자는 일생 동안 단 한 번도 신선이 되지 못할 것이다.

37. 가을날 검은 두건을 쓰고 흰 겹옷을 입고 녹침필綠沈筆을 흔들면서 〈해어도海魚圖〉를 감상하였는데, 흰 종이를 바른 창이 말끔하니 기울어진 흰 국화꽃 그림자가 창에 드리워졌다. 붓에다 묽은 먹을 묻혀 그 그림자를 기쁘게 모사하였더니, 한 쌍의 큰 나비가 향기를 좇아와서는 국화꽃 가운데 와 앉았다. 나비의 더듬이가 마치 구리줄 같아 또렷하게 셀 수 있었기에 꽃 그림에 보태어 그렸다. 또 참새 한 마리가 가지를 잡고 매달렸는데, 그 모양이 더욱 기이하였다. 참새가 놀라 날아갈까 봐 급히 그리고 나서 쟁그렁 붓을 던졌다. 그

리고 "일을 잘 마쳤다. 이미 나비를 얻었는데 또 참새도 얻었구나!" 라고 말하였다.

38. 눈 오는 새벽이나 비 내리는 밤에 다정한 벗이 오지 않으면 누구와 마주 앉아 이야기할 것인가. 시험 삼아 내 입으로 글을 읽으면 듣는 것은 내 귀요, 내 손으로 글을 쓰면 구경하는 것은 내 눈이라. 내가 나를 벗으로 삼았으니 이제 다시 무엇을 원망하랴.

39. 훌륭한 농부가 새벽에 봄비를 맞으며 밭을 간다. 왼손으로 쟁기를 잡고 오른손으로 고삐를 당겨 검은 소의 등을 때리며 '이려' 하고 크게 소리를 지른다. 그 소리는 청산을 찢을 듯하고 물이 콸콸 쏟아져 내리는 듯하다. 소가 발굽 아래를 헤치면 윤나고 따스한 푸른 진흙이 구름처럼 일어나고 물고기 비늘처럼 쌓여서 너무 쉽게 땅을 갈아엎는다. 이 또한 우주 사이의 한 가지 통쾌한 일이로다.

40. 당나라 때 문인 하지장賀知章은 벼슬을 그만두고 고향으로 돌아간 뒤 황제에게서 경호鏡湖라는 호수를 하사받았고, 당나라 때 시인 부재符載는 양양 자사襄陽刺史 하돈夏頓에게서 돈을 빌려 산을 샀으니, 이들은 시끌벅적한 처사處士였다. 이젠 푸른 봉우리가 무수하고 초록 물결이 넘실대니 그 어디인들 몇 칸 띳집을 짓기에 적당하지 않으랴. 그런데도 귀거래하지는 않고 단지 혀를 차면서 황제께서 하사하신 조서를 받지 못했다는 둥, 내게 돈 꾸어 줄 만한 자사를 사귀지 못했다는 둥 구실을 대며 먼지 구덩이 세상 속에서 머리만 허

옇게 세어 가는 사람은 참으로 박복한 사람일 따름이네.

41. 시문을 볼 때는 먼저 지은이의 정경情境을 살펴야 하고, 서화를 평할 때는 되레 자신의 기량을 돌이켜 봐야 한다.

42. 두예杜預는 선비다운 운치가 있어서 공명심이 적을 것 같았으나, 살아 있을 때 자기의 공적을 적은 비석을 새겨 물속에 잠가 두었다.[21] 두목杜牧은 재주는 뛰어났으나 경솔하여 공명심이 많을 것 같았으나, 죽을 때 자신이 지은 원고를 불살랐다. 물속의 한 조각 비석은 한번 가고는 아득하지만 남쪽 오吳나라를 정벌했던 그의 공훈은 뚜렷이 남았다. 불 속에서 타고 남은 시는 다시 나와 그대로 전해지니 두목의 풍류도 절로 그와 같이 되었다.

43. 산장의 목동이 화원畫苑의 그림 그리는 법을 아는구나. 옥수수 잎으로 더부룩하고 헝클어진 머리를 감싸고, 소 등에 거꾸로 앉아 내려온다. 아래서 올려다보면 소의 두 뿔은 마치 먼 산의 봉우리가 출몰한 것 같고, 목동은 주먹 크기만 하고, 소는 집채처럼 보일 것이다. 소를 모는 목동이야 소 등에 거꾸로 앉아야 제멋인데, 만약 말을 타듯 소 허리 한가운데를 탔다면 이는 속된 목동으로 운치를

21 두예는 진晉나라 명장名將으로 오吳 지역을 평정하는 큰 공을 세웠다. 평소에 후세에 이름 남기기를 좋아하였다. 이에 일찍이 부하들과 함께 현산峴山에 올라가 탄식하기를, "이 산은 항상 있건마는 이 산에 놀던 사람은 천추 뒤에 누가 알겠는가." 하고, 비석을 만들어 자기의 사적을 새겨서 하나는 산 위에 세워 두고 하나는 연못 속에 잠가 두었다.

모르는 것일 터이다.

44. 바다 물결을 그린 작은 그림을 활짝 펼쳐 놓고서 한참 동안 바라보면, 물결이 출렁이는 곳은 수많은 물고기 비늘이 움직이는 것만 같고, 파도가 부서지는 곳은 수많은 손들이 뻗어 낚아채는 것만 같다. 그래서 잠깐 사이에도 빈 배가 떴다 가라앉았다 하듯이 몸이 오르락내리락한다. 급히 그림을 걷어 버리자 이내 움직임이 그쳤다.

45. 모름지기 벗이 없다고 한탄하지 마라. 책과 함께 노닐면 되리라. 책이 없다면 구름과 노을이 내 벗이요, 구름과 노을이 없다면 하늘을 나는 갈매기에 내 마음을 맡기면 된다. 갈매기마저 없다면 남쪽 마을의 회화나무를 바라보며 친해지면 될 것이고, 원추리 잎사귀 사이에 앉아 있는 귀뚜라미도 구경하며 좋아할 만하다. 내가 아끼더라도 시기하거나 의심하지 않는 것들이 있다면, 이 모두가 내 좋은 벗이 될 수 있다.

46. 부엌살림이 가난해서 새가 둥지로 돌아온 뒤에야 저녁밥을 지어 먹고, 집이 썰렁해서 새가 둥지를 나간 뒤에야 잠에서 깬다. 선생은 어째서 새가 들고 나는 것으로 아침과 저녁을 삼는가? 나는 새를 가지고 자명종과 연화루蓮花漏[22]로 삼는다.

22 연화루는 고대에 시간을 측정했던 물시계로, 물 위에다 12개의 연잎을 세워서 물결을 따라 회전하게 하여 12시를 정했다고 한다. 현재 실물이 남아 있지는 않다.

47. 나보다 나은 사람이면 우러러 사모하고, 나와 비슷한 사람이면 아끼어 사귀면서 서로 격려하고, 나보다 못한 사람이면 가엽게 여겨 가르쳐 준다면 천하가 태평할 것이다.

48. 처사 예형禰衡이 북을 두드리며 조조曹操를 꾸짖을 때 끓어오르는 마음으로 성내고 욕함을 통쾌히 여겼으나, 이는 너무 지나치게 미워한 것이었다. 곽자의郭子儀가 사랑하는 애첩을 물리치고 간신 노기盧杞를 보았을 때 차가운 눈초리를 띠면서도 억지로 웃으며 담소했으니, 이는 몸을 온전히 하고도 남음이 있었던 것이다.[23]

49. 객이 옛사람을 만나 보지 못한 것을 매우 탄식해서 훌쩍거리다가 곧이어 눈물을 흘렸다. 그래서 시험 삼아 먼저 왕유의 문집을 주어 열흘간 재계하고서 깨끗한 방에서 읽게 하였다. 객이 나중에 와서 환히 웃으면서 말했다.

"내가 옛사람 왕유를 보았소." 하기에, "눈썹과 눈은 어떻게 생겼고, 귀밑머리는 어떠합니까?"라고 물었다. 답하기를 "그새 벌써 잊었습니다."라고 했다.

조금 있다가 다시 말하였다. "다시 마음속에 또렷이 떠오릅니다."

23 천재적 언변과 안하무인의 인성을 갖춘 예형은 조조의 부름에 응하지 않고 오히려 공공연히 조조를 비난하고 다녔다. 이에 조조가 노하여 예형을 고리鼓吏(북 치는 사람)로 삼아 모욕을 주자, 그는 뭇사람들이 보는 앞에서 조조의 잘못을 꾸짖고 떠나갔다. 곽자의는 간신 노기를 지극히 혐오했다. 그래서 그를 볼 때는 싸늘한 시선을 하되, 겉으로는 웃는 낯으로 대하였다. 훗날 예형은 그 분노로 제 목숨을 잃었고, 곽자의는 그 웃음으로 제 몸을 온전히 보존하였다.

마침내 내가 손을 저으며 말하였다. "말을 많이 하지 마시오. 내가 이미 알아들었소. 비록 서수犀首 공손연公孫衍과 같은 언변이 있더라도 능히 말로 다 표현하지 못할 것이고, 호두虎頭 고개지顧愷之와 같은 재주가 있더라도 능히 다 그려 내지 못할 것이오."[24]

50. 봄 산은 산뜻하고 여름 산은 물방울이 뚝뚝 듣는 듯하며, 가을 산은 수척해 보이고 겨울 산은 싸늘해 보인다. 천고天鼓라는 별은 어느 산 어느 물의 정기를 받아 송나라의 문인 팽연재彭淵材와 서화가 미불米芾을 태어나게 하여 오활함의 으뜸이 되고 미치광이의 우두머리가 되게 했는지 모르겠다. 당시 사람들이 그들의 용모를 접하고 그들의 목소리를 들으면, 입에 든 밥알을 나는 벌처럼 쏟아 내고, 썩은 나무가 뽑히고 갓끈이 끊어지도록 깔깔대며 웃었다. 그 이야기가 수천 년 동안 끊이지 않았다. 지금도 등불을 밝힌 창 아래서 그들의 저서를 읽으면서 배를 잡고 크게 웃는 사람들이 몇이나 될는지 모르겠다. 그러나 차라리 비웃을 수는 있어도 감히 욕하지는 못할 것이다. 돌아보건대, 그 사람들은 닭 한 마리 잡을 힘도 없었으니 아무짝에 쓸모없는 사람들이었다. 그런데도 오히려 이와 같은 것은 무엇 때문인가? 득실을 따져 기회를 엿보는 마음이 없었기 때문일 것이다.

24 공손연은 전국 시대 위魏나라 사람으로, 합종론合縱論으로 유명한 변사였다. 뛰어난 언변으로 제후들을 연합하고, 또 반대편을 깨뜨리는 능력을 발휘하여 전국 시대의 판도에 큰 영향력을 행사했다. 고개지는 동진東晉의 화가로, 초상화와 옛 인물을 잘 그려 중국 회화사상 인물화의 최고봉으로 일컬어진다.

51. 명나라의 화가이자 문인인 당인唐寅의 글은 봄 숲인가, 가을 나무인가? 사람마다 세상에 태어나면 꾀꼬리가 우짖고 매미가 울듯 이미 자신의 글을 알아 읊조린다. 무릇 3백 년을 거쳐 지금까지도 그 남은 소리가 아름다워 들을 만하다.

52. 겉으로 점잖은 척 꾸미면서 속에는 시기하고 속이려는 마음이 가득한 사람은, 사랑하려 해도 한 푼의 값어치가 없고, 미워하려 해도 몽둥이 한 대 때릴 가치도 없다. 단지 그가 거짓을 꾸미느라 매우 수고한 것만 가엾게 여길 뿐이다. 만약 그가 잘못을 뉘우칠 것 같으면 한번 가르쳐 볼 만하다.

53. 어린아이가 거울을 보다가 깔깔대며 웃는다. 뒤쪽까지 터져서 그런 줄로 알고 급히 거울 뒤쪽을 보지만 거울 등은 검을 뿐이다. 그러다가 또 깔깔 웃는다. 그러면서 어째서 밝아지고 어째서 어두워지는지는 묻지 않는다. 묘하구나, 구애됨이 없으니, 본보기로 삼을 만하다.

54. 하늘을 바라보면 별빛이 쏟아지고, 땅에 귀를 기울이면 벌레 소리 가득하다. 나는 별빛과 벌레 소리 속에서 등불을 켜고 굴원의 『이소경離騷經』을 읽으면서 가을 기운을 잊는다.

55. 여름 저녁에 콩꽃이 핀 울타리 가를 거닐다가 거무죽죽한 거미가 실을 뽑아 줄을 얽는 것을 보니, 그 오묘함이 부처와 통할 듯했

다. 실을 뽑아내고 끌어당기면서 다리를 움직이는 방법이 영롱한데, 때로는 멈칫거리며 의심하는 듯도 하다가 때로는 빠르게 휘두르며 움직이는 듯도 했다. 그 모습은 마치 보리를 심는 사람들의 발뒤꿈치 같기도 하고 거문고를 퉁기는 손가락 같기도 했다.

56. 간사한 사람의 가슴속에는 가시 돋친 마름쇠 한 곡斛이 들어 있고, 속된 사람의 마음속에는 켜켜이 쌓인 때 한 곡이 들어 있다. 맑은 선비의 가슴속에는 얼음 한 곡이 들어 있고, 강개한 선비의 마음속에는 온통 가을 빛깔의 눈물뿐이다. 기이한 선비의 마음속은 심장과 폐가 들쭉날쭉 모두 대나무와 바위를 이루고 있고, 대인의 가슴속은 평탄하여 아무 물건도 없다.

57. 미불米芾은 돌을 보고 절했고, 반곡潘谷은 이정규李廷珪가 만든 먹을 보고 절했다.[25] 역이기酈食其는 유방劉邦에게 절하지 않았고, 도연명은 관장官長에게 절하지 않았다.[26] 절하지 말아야 할 곳에

25 송나라 때 유명한 서예가인 미불은 돌을 애호하여 기석奇石에 절을 했다는 일화가 있다. 이를 '미불배석米芾拜石'이라 한다. 이정규와 반곡은 모두 당나라와 송나라 때의 묵공墨工인데, 반곡은 이정규의 먹을 보고 절을 하였다고 한다.

26 역이기는 진秦나라 말기 인물로, 유방의 참모이자 세객으로서 한나라가 천하를 평정하는 데 크게 기여하였다. 처음 역이기가 유방을 만나러 갔을 때, 유방은 침상에 앉아 두 여자에게 발을 씻게 하고 있었다. 역이기는 절을 올리는 대신 허리를 굽히며 말하기를, "패공께서 진나라를 토벌하실 의향이 있다면 걸터앉은 채로 어른을 접견해서는 안 될 것입니다." 하니, 유방은 일어나서 사죄하고 역이기를 상석에 앉게 했다고 한다. 도연명이 진晉나라 팽택彭澤의 현령이었을 때, 어느 날 군郡에서 보낸 관리에게 예복을 입고 가서 맞이하라는 권유를 받았다. 도연명은 이에 탄식하며, "내가 다섯 말 곡식 때문에 소인小人 앞에 허리를 꺾을 수는 없다." 하고 사표를 내고 고향으로 돌아갔다. 이때 지은 것이 「귀거래사」이다.

절하면 어리석기 짝이 없는 사람이고, 절해야 할 곳에 절하지 않으면 몸이 거만하기 짝이 없는 사람이다.

58. 옛날과 지금도 따지고 보면 큰 순간이고, 아주 짧은 시간도 따지고 보면 작은 옛날과 지금이다. 순식간이 쌓이면 어느새 고금이 된다. 또 어제와 오늘과 내일은 수레바퀴처럼 수없이 교체되어도 늘 새롭다. 이 가운데서 나고 이 속에서 늙으니, 군자는 어제 오늘 내일의 3일을 유념한다.

59. 눈썹은 한 움큼의 털일 뿐이다. 듣지도 말하지도 못한다. 그저 사람의 눈 위에 붙어서 단지 사람 얼굴의 조화만 이룰 뿐이다. 꼬리는 한 줌의 고깃덩이일 뿐이다. 뛰지도 씹지도 못한다. 짐승의 꽁무니에 드리워져 다만 짐승의 부끄러운 곳을 감출 뿐이다. 이렇게 보면 조물주도 점철법點綴法과 미봉법彌縫法에 일가견이 있다 하겠다.

60. 글 한 편 시 한 수를 지을 때면 때로는 사랑스러워 부처님 뱃속에 간직해 두고 싶을 때가 있고, 때로는 미워서 쥐 오줌이나 묻았으면 싶기도 하다. 이 모두가 망령된 생각이 마음을 어지럽히지 않음이 없구나.

61. 일이 뜻대로 되더라도 단지 그저 넘기고, 일이 뜻대로 되지 않더라도 또한 그렇게 넘길 뿐이다. 그러나 언짢게 넘기는 것과 기분 좋게 넘기는 것이 있다.

62. 망령된 사람과 논쟁하는 것은 얼음물 한 사발을 마시는 것만 못하다.

63. 글을 읽고도 시정에서 이익을 추구하는 마음을 품는다면, 시정에 있으면서 능히 글을 읽는 것만 못하다.

64. 끼니마다 밥을 먹고, 밤마다 잠을 자며, 껄껄대며 웃고, 땔나무를 해다 팔고, 보리밭을 김매느라 얼굴빛이 새까맣게 그을렸을지라도 천기天機가 천박하지 않은 자라면 나는 장차 그와 사귀리라.

65. 분수를 지키니 편안하고, 처해진 형편대로 사니 즐겁고, 욕됨을 참으니 관대하다. 이를 일러 대완大完이라고 한다.

66. 만약 조정에 나아가 임금의 계책을 돕지 못한다면, 초가집에 웅크리고 앉아 13경주소經注疏[27]의 같음과 다름을 살피고, 21사史[28]에 실린 기전紀傳의 잘잘못을 평론함이 차라리 나을 것이다. 그렇지 않다면 하루 두 끼 밥을 먹는 것도 부끄러울 터이다. 그러나 이 모든 것이 마음을 닦고 성정을 기르는 것보다 못하다.

27 13경주소는 중국 유가의 13경전의 고주에 다시 주석을 붙인 책이다. 주注는 경서에 달린 주석을 말하고, 소疏는 주에 다시 부연한 해설을 말한다. 그리고 경서에 달린 주석 중에서 한나라·당나라 때에 붙인 것을 고주古注, 송나라 때에 붙인 것을 신주新注라 한다.

28 21사는 중국 역대 왕조의 정사로 인정되는 사서로, 송대에는 21종류였으나 이후 몇 가지 사서가 덧붙여져 24종류가 되었다. 그래서 현재는 통상 24사로 불리며, 경우에 따라 한두 종의 사서를 덧붙여 25사나 26사로 나타내기도 한다.

「선귤당농소」는 짧게는 12자에서 길게는 173자에 이르는 총 66개의 짧은 문장으로 이뤄진 청언소품집이다.

청언淸言은 탁언濁言과 상대되는 말로서, 속세의 명리 따위에 연연하지 않는 맑고 깨끗한 풍취를 담은 글이다. 소품小品은 대품大品과 상대되는 말로서, 하늘의 이치나 큰 깨달음을 논하기보다는 생활 주변의 사소하고 감성적인 운치를 짧은 분량으로 쓴 글이다. 청언소품은 명말청초에 크게 유행하였고, 조선 후기 문인들에게도 큰 영향을 주었다. 이덕무 역시 20대 초기부터 이러한 청언소품을 즐겨 쓰곤 했는데, 「무인편」, 「세정석담」, 「선귤당농소」, 「한죽당섭필」 등이 그것이다. 이 글에서는 자연 속에서 유유자적하는 모습, 서화에 대한 애호, 그리고 때때로 불교적 취향이 드러나기도 한다.

「선귤당농소」는 '선귤당에서 하는 진한 농담' 혹은 '선귤당에서 크게 웃는다'는 뜻이다. 선귤당은 이덕무의 당호堂號로 '선귤헌'이라고도 한다. 선귤蟬橘은 구양수의 「명선부鳴蟬賦」와 굴원의 「귤송橘頌」에서 따온 말로, 「명선부」의 "바람을 타고 높이 날지만 그칠 곳을 안다."와 「귤송」의 "어지러우나 스스로 다스릴 줄 알기에 추하지 않고 아름답다."는 구절에서 그 뜻을 취했다. 곧 인간 본연의 순수한 마음을 간직하고자 하는 이덕무 자신의 삶의 지향을 보여 준다. 따라서 여기에 수록된 글들 역시 이덕무 내면의 순수함을 그대로 느낄 수 있는 것들이다.

「선귤당농소」는 창작 시기가 정확히 밝혀져 있지 않다. 하지만 이덕무가 21세 때 쓴 「세제 병서歲題 幷序」에서 "전에 남간南磵 가에 살고 있을 때 내 집을 선귤이라 이름하였다."고 기록한 것을 볼 때 20대 초중반의 작품으로 추정된다.

「선귤당농소蟬橘堂濃笑」

4

듣고 보고 말하고
느낀 것들

"나는 바둑 둘 줄 모르고,

소설 볼 줄 모르며,

여색에 대해 말할 줄 모르고,

담배 피울 줄 모른다.

하지만 이 네 가지를

비록 죽을 때까지 잘하지 못한다 할지라도

해가 되는 일은 없다.

만약 자식들을 가르치게 된다면

나는 당연히 먼저 이 네 가지를 하지 않도록

그들을 이끌 것이다."

나, 이덕무는

호색하는 사람은 골수가 마르고 살이 빠지다가 다 죽게 된 날 저녁에도 불같은 욕정이 솟구치면서 끝내 뉘우치는 마음이 없다 한다. 이는 그가 색에 굶주려 죽은 귀신이기 때문이다. 나는 예전부터 이런 사람을 비웃기도 하고 가엾게 생각하기도 하고 두려워하기도 하고 경계하기도 했지만, 불행하게도 나 자신이 그와 비슷하리라고는 생각지 못했다.

내가 책을 좋아하는 것은 여색을 좋아하는 것과 매우 비슷하다. 요즘 나는 유행하는 풍열 때문에 오른쪽 눈이 가렵고 아프다. 사람들이 자꾸 책병이라고 놀리는데, 내가 생각해도 그런 점이 어느 정도 있는 듯하다. 그러나 단 하루라도 책을 읽지 않고서는 견딜 수가 없어, 맥망脈望이 신선神仙이라는 글자만을 갉아먹듯이[1] 매번 실눈을 뜨고 글자와 먹 사이의 정수에 집중하여 책을 읽고 했으니, 저 호색 때문에 죽는 사람들도 당연히 나를 비웃을 것이다.

9월 그믐날, 오우아거사吾友我居士는 실없이 이렇게 쓴다.

1 맥망이라는 벌레는 책 속의 신선이라는 글자만을 찾아 갉아먹는다고 한다. 크기는 4촌寸쯤 되고 둥근 모양에 모가 없는데, 쪼개 보면 양 끝에서 물이 나온다고 한다(『유양잡조酉陽雜俎』「지낙고支諾皐」). 여기서는 책을 읽을 때 정수만을 골라서 보는 것을 빗대어 말한 것이다.

나는 태어나면서부터 세운 뜻도 일정한 스승도 없어서 고루하고 견문이 적은 사람이었다. 백 가지 가운데 한 가지도 잘하는 것이 없는 내가 그나마도 더 잘하지 못하는 것이 네 가지 있다. 나는 바둑 둘 줄 모르고, 소설 볼 줄 모르며, 여색에 대해 말할 줄 모르고, 담배 피울 줄 모른다. 하지만 이 네 가지를 비록 죽을 때까지 잘하지 못한다 할지라도 해가 되는 일은 없다. 만약 자식들을 가르치게 된다면 나는 당연히 먼저 이 네 가지를 하지 않도록 그들을 이끌 것이다.

한번은 비 오는 날 누워서 평생 동안 남에게 빌린 물건을 생각해 보았는데 손에 꼽을 정도였다. 내 성품이 너무 옹졸한지라 남이 조금이라도 어려워하는 기미가 보이면 차마 입을 열지 못했고, 상대방이 나에게 빌려주기를 조금도 꺼리지 않는다는 걸 분명히 알게 된 다음에야 비로소 말을 건넸다. 그런고로 남에게 말이나 나귀를 빌린 경우는 단지 예닐곱 번뿐이었고, 그때를 빼고는 모두 걸어 다녔다. 혹시 남에게 하인이나 말을 빌려 올 때면, 그 하인이나 말이 배가 고프거나 피곤할까 봐 불안한 마음이 들어서 외려 천천히 걸어 다닐 때보다 편치 못하였다.

또 한번은 부모님께서 편찮으신데도 약을 마련할 수 없었기에 친척에게 돈 백 문文과 쌀 몇 말을 빌렸다. 그러나 아내가 병이 들어서 기운이 크게 약해져 친척에게 약을 빌렸을 때에는 마음이 편치 못한 것이 부모님 병환 때와는 달랐다. 이렇게 세상 물정에 어두워 때때로 일을 그르치기도 했지만, 그래도 크게 욕됨을 당하는 일 없이 살아왔다.

내게는 평생 고치기 어려운 나쁜 버릇이 있다. 세상 물정에 어둡고 처세에 졸렬한 나 같은 사람을 이해해 주는 이를 만나면, 산수를 논하고 문장을 이야기하며 민속과 가요에 이르기까지 하나하나 되풀이하여 말하는 것이다. 싫증을 내지 않고 해학과 웃음을 섞어 가면서 밤새도록 이런저런 이야기를 털어놓으면, 그들은 내가 말을 잘 못하는 사람이라 생각지 못한다.

그런데 만약에 상대방이 나와 취미가 맞지 않아서, 그가 말하는 것을 내가 알아듣지 못하고 내가 말하는 것을 그가 알아듣지 못하게 되면, 나는 억지로라도 아무리 웃고 떠들고 싶어도 그렇게 할 수가 없다. 이 때문에 무정하다는 비난을 받기도 한다. 사실 나를 알아주는 사람에게는 마음에 있는 말을 온통 다 할 수 있지만, 그렇지 않은 사람에게는 말을 잘 못한다는 것이 맞는 표현일 것이다. 늘 기운을 내서 사람들 속에 섞이려 애써 보지만, 나이 서른이 가깝도록 끝내 이런 것도 제대로 하지 못하니 한스럽고 한스럽다.

내 몸은 깡마르고 약골이라 입은 옷조차도 견디지 못할 정도다. 하지만 남이 음흉하거나 도리에 어긋나는 일을 하는 것을 보면 가슴 속에서 뜨거운 혈기가 솟구쳐 올라 곧 손을 들어 치고 싶은 마음이 든다. 그러나 이는 군자의 너그러운 도량이 아니기에 그런 일이 생길 때면 나는 항상 경계하고 입으로 아무 말도 하지 않으며 마음에 담아 두지도 않고 되도록 모든 것을 빨리 잊어버리려고 노력했다.

오랫동안 그렇게 했더니 이제는 도리에 어긋나는 일을 봐도 평범한 일처럼 여겨져서 바보가 된 것 같다. 그래서 남들은 나를 보면서 옳고 그른 것도 분별할 줄 모르는 사람이라고 하거나 자기 편의만 생각하는 사람이라고 손가락질하기도 하며, 노자의 도를 좋아하는 사람으로 여기기도 한다. 나도 이것을 나쁘게 생각하지 않고 그냥 넘겨 왔지만, 사람들이 어찌 내 마음을 제대로 알겠는가. 도량이 너무 좁아서 이미 세상 사람이 지켜야 할 도리를 만회할 만한 올바른 기력도 없으면서 나의 작은 객기로 남을 욕하고 비판한다면 그것이 어찌 몸을 욕되게 하는 것이 아니겠는가. 내 말을 받아들여서 좋은 일을 하는 데 민첩한 사람이 있다면 내가 어찌 그 허물을 남김없이 말하지 않겠는가.

나의 벗 이형상李亨祥이 어느 날 나에게 "자네에게 만일 10만 관

貫의 돈이 생긴다면 어떻게 쓰겠는가?"라고 묻기에 내가 대답했다.

"어려울 게 뭐 있겠는가. 절반으로는 비옥한 밭을 사고, 그 남는 것으로는 범중엄范仲淹이 했던 것처럼 친척 중에 가난해서 굶주리는 자에게 주겠네.[2] 또 그 나머지는 친구나 타인을 막론하고 혼례를 치르거나 상을 당하거나 굶주리거나 추위에 떨거나 질병에 걸렸거나 어려움을 겪고 있는 사람들에게 나눠 주려네. 또 그 나머지로는 수만 권의 책을 사서 어질고 똑똑하고 배우기를 좋아하는 자들에게 빌려주겠네. 내가 절반으로 밭을 사겠다는 것은 재물을 늘리는 일이 끝나지 않았음을 말하는 것이네. 벗이여, 내 말이 어떤가?"

그러자 그가 내게 말했다.

"아름답도다! 말한 것이 조리가 있군. 이런 일은 양주楊朱나 묵적墨翟처럼 극단적인 이기주의나 이타주의로 빠지기 무척 쉬운데,[3] 자네의 말은 그렇지 않네그려."

2 범중엄은 중국 북송 때의 정치가이자 학자로, 탁월한 재능에 원대한 뜻까지 겸비하여 천하를 다스리는 것을 자신의 임무로 삼았다. 남에게 베푸는 것을 좋아하여 높은 벼슬에 오르자 가난한 친척들을 위해 토지를 기부하여 소주蘇州에 범씨의장范氏義庄이라는 농장을 마련했다(『송사宋史』 314).

3 양주는 중국 전국 시대 학자로 자기 혼자만 즐거우면 좋다는 위아설爲我說, 즉 이기적인 쾌락설을 주장했다. 묵적 역시 전국 시대 초기의 사상가로 흔히 묵자로 널리 알려져 있다. 묵적의 중심 사상 중에는 겸애가 있는데, 그가 말하는 겸애는 '자신과 자기 가족과 자기 나라를 사랑하듯이 타인과 타인의 가족과 타인의 국가까지 사랑하라.'는 뜻이다.

휜칠한 키의 장부가 내 귀에 대고는 "그대는 한숨짓는 습관을 버려라." 하기에 "말씀대로 하겠습니다."라고 했다. "성내는 버릇을 버려라." 하기에 "말씀대로 하겠습니다."라고 했다. "시기하는 것을 버려라." 하기에 "말씀대로 하겠습니다."라고 했다. "자만심을 버려라." 하기에 "말씀대로 하겠습니다."라고 했다. "조급한 성질을 버려라." 하기에 "말씀대로 하겠습니다."라고 했다. "게으름을 버려라." 하기에 "말씀대로 하겠습니다."라고 했다. "명예에 대한 마음을 버려라." 하기에 "말씀대로 하겠습니다."라고 했다. "서책을 좋아하는 마음을 버려라." 하기에 속으로 어이가 없어 뚫어지게 쳐다보다가 "책을 좋아하는 일을 하지 않으면 저는 그럼 무엇을 해야 합니까? 저를 귀머거리와 장님으로 만들려 하십니까?"라고 했다. 그러자 그 장부가 웃더니 내 등을 어루만지며 "잠시 자네를 시험해 본 것이라네."라고 답하였다.

가난한 선비의 겨울나기

지난 경진년(1760)과 신사년(1761) 겨울, 내 작은 띳집은 너무나 추웠다. 입김을 불면 성에가 생겼고, 이불깃에서는 바스락바스락 차가운 공기 소리가 났다. 게으른 성격에도 한밤중에 일어나 허둥지둥 『한서漢書』 한 질을 이불 위에 죽 덮어 조금이나마 추위를 막고자 했다. 아마 이렇게 하지 않았다면 내 진작 진사도陳師道처럼 얼어 죽었으리라.[4]

어젯밤에도 띳집 서북쪽 모퉁이에서 매서운 바람이 불어 들어와 등불이 몹시 흔들렸다. 한참을 생각하다 『논어』 한 권을 뽑아 세워서 바람을 막았는데, 그 방법이 효과가 있어서 그 상황에 잘 대처했다는 사실에 스스로 대견해했다.

옛사람이 갈대꽃으로 이불을 만든 것은 기이함을 좋아했기 때문이고, 금은으로 상서로운 새와 짐승을 새겨서 병풍을 만든 것 또한 지나치게 사치스러웠기 때문이니 부러워할 만한 것이 못 된다. 그에 비해 나의 『한서』 이불과 『논어』 병풍은 얼떨결에 한 것이지만 경서로 만든 것이니 어떠한가. 왕장王章은 병중에 소 등에 씌우는 거적을 덮었고,[5] 두보는 말 등에 까는 담요를 덮었으니, 그보다는 낫지 않은가.

4 진사도는 송나라 때 시인으로 집이 가난했다. 그는 어느 몹시 추운 날 교사郊祀(천자가 수도 1백 리 밖에서 행하던 제천 의식)에 참여했는데, 옷에 솜이 없어 그만 감기에 걸려 죽고 말았다(『송사』 44).

5 왕장은 한나라 성제成帝 때 문인으로 경조윤京兆尹이라는 벼슬에까지 올랐지만, 유생이었던 시절에는 병중에도 이불이 없었다고 한다. 이에 덕석[牛衣] 속에 누운 그는 아내와 마주 보고 울었다고 한다.

을유년(1765) 겨울, 11월 28일에 기록한다.

***

이경이나 삼경쯤 되었을까, 한밤중에 대문을 마주한 이웃집에서 떠들썩하게 웃는 소리가 먼 곳에서 나는 것처럼 이따금씩 들려왔다.

거센 바람에 인 눈보라가 창틈에서 등잔불 밑까지 불어와서는 결국 벼루에 떨어졌다. 순간 옛날을 생각하며 한창 슬프고 절실했던 나는 손가락 끝으로 화롯재에 마음 내키는 대로 끼적거렸다. 모나고 반듯한 것은 전서나 주서籒書와 비슷했고, 얽히고설킨 것은 행서나 초서에 가까웠다. 물끄러미 쳐다봐도 끝내 그것이 무슨 글자인지는 알 수 없었다.

그러다 갑자기 눈썹 언저리가 돌같이 무거워져서 스스로 얼굴 그림자를 돌아보고는 힘없이 드러누웠다. 그러다가 다시 엄숙하게 옷깃을 여미고 똑바로 앉아서 조심스럽게 꿇어앉았다. 그리고 뚫어져라 집 들보를 쳐다보았더니 옛사람의 위대한 행실과 바른 절개가 선명히 떠올랐다. 그래서 단호하게 말했다.

"명예와 절개를 세울 수만 있다면, 비록 바람과 서리가 몰아치고 파도가 밀려와 거의 죽게 된다고 할지라도 후회하지 않을 것이다. 또 인간 세상의 쌀과 소금같이 자질구레하지만 사람을 얽매는 물건에 대해서도 거의 초탈하여 깨끗이 벗어 버리겠다."

어린 동생은 아무것도 모르고 이불 속에 누워 자고 있었다. 쿨쿨 자는 소리가 매우 의기양양하니 내 마음이 즐겁다. 이에 문득 평정과 불평 중 어느 것이 더 나은지 깨닫게 되었다. 그제야 눈썹을 아래로 하고 두 손을 모으고서 『논어』 서너 장을 읽었다. 그 소리가 처음에는 막힌 듯 매끄럽지 못하다가 나중에는 부드러워졌다. 가슴속에 가득 차오르던 것이 점점 가라앉고, 답답하던 기운도 비로소 내려앉아 정신이 맑아졌다.

중니(공자)는 어떤 사람이기에 온화하고 즐거운 말 기운으로 나로 하여금 추한 마음을 없애고 평정한 마음에 이르게 하는가. 공자가 아니었더라면 나는 거의 발광해서 뛰쳐나갔으리라. 이전에 한 일을 생각해 보니 아득한 것이 마치 꿈만 같다.

을유년(1765) 12월 7일에 쓴다.

을유년 겨울 11월, 서재가 너무 추워서 뜰 아래 조그마한 띳집으로 옮겨 가서 지냈다. 집은 몹시 누추하여 벽면에 언 얼음이 뺨을 비추고, 구들장의 그을음은 눈동자를 시리게 했다. 방바닥은 울퉁불퉁해서 그릇을 놓아두면 꼭 물이 엎질러졌다. 햇살이 비치면 오랫동안 쌓였던 눈이 녹아 스며들어, 썩은 띠에서 누르스름한 장국 같은 물이 뚝뚝 떨어진다. 손님의 도포에 떨어지면 손님은 크게 놀라 일어나고 만다. 나는 얼른 사과하지만, 게을러서 지금까지 집을 수리하지 못했다.

어린 동생과 함께 석 달 동안이나 지키고 있지만, 그래도 글 읽는 소리만은 멈추지 않았다. 그동안 큰 눈을 세 차례나 겪었다. 눈이 한

번씩 올 때마다 이웃에 사는 키 작은 늙은이가 큰 빗자루를 들고 와서는 새벽에 문을 두들기고 끌끌 혀를 차며 혼자 말하곤 했다.

"불쌍하구려! 몸이 약한 선비들이 얼지는 않았는지."

그러고는 먼저 길을 내고, 다음에 문밖에 벗어 놓아 눈에 파묻힌 신발들을 찾아내어 털털 털어 놓고는 재빨리 눈을 쓸어 모아 둥글게 세 덩어리를 만들고는 가 버린다. 그사이에 나는 이불 속에서 옛글 서너 편을 외우곤 했다.

오늘은 날씨가 약간 풀린 듯하여 책들을 안고 서쪽 서재로 옮겨 왔다. 못내 아쉬워 차마 떠나지 못하는 마음도 있어 몸을 일으켜 세 번이나 이리저리 왔다 갔다 했다.

나와서는 서재에 쌓인 먼지를 털고, 붓과 벼루를 정돈하고 책들을 살펴보았다. 그러고 시험 삼아 편안히 앉아 보니 오랫동안 객지에 있다가 집으로 돌아온 느낌이었다. 붓과 벼루와 책들은 마치 내게 인사하는 아들과 조카 같아서 조금 생소하기도 했지만, 어여쁘게 여기고 사랑하여 안아 주고픈 마음은 어찌할 수 없었다. 이것이 또한 인정이란 것인가.

병술년(1766) 정월 보름에 쓴다.

"감당할 수 없을 만큼의 슬픔이 밀려와
사방을 둘러봐도 막막하기만 할 때에는
그저 땅을 뚫고 들어가고 싶을 뿐,
살고 싶은 마음이 조금도 없다.
하지만 다행스럽게도
내게는 두 눈이 있고 글자를 알기에
한 권의 책을 들고 마음을 위로하면
잠시 뒤에는 억눌리고 무너졌던 마음이
조금 진정된다."

내가 책을 읽는 이유

감당할 수 없을 만큼의 슬픔이 밀려와 사방을 둘러봐도 막막하기만 할 때에는 그저 땅을 뚫고 들어가고 싶을 뿐, 살고 싶은 마음이 조금도 없다. 하지만 다행스럽게도 내게는 두 눈이 있고 글자를 알기에 한 권의 책을 들고 마음을 위로하면 잠시 뒤에는 억눌리고 무너졌던 마음이 조금 진정된다. 내 눈이 제아무리 다섯 색깔을 구분할 수 있다고 하더라도 책에 대해서는 깜깜한 밤과 같다면 장차 어디에 마음을 쓰겠는가?

◆◆◆

선비가 한가로이 지내며 이렇다 할 일도 없을 때 책을 읽지 않는다면 무엇을 하겠는가? 책을 읽지 않는다면, 작게는 정신없이 잠자거나 바둑 혹은 장기를 두게 되고, 크게는 남을 비방하거나 돈벌이와 여색에 힘쓰게 된다. 아아, 그러니 나는 무엇을 할 것인가! 책을 읽을 수밖에.

◆◆◆

만약 덥지도 춥지도 않고 배고프지도 배부르지도 않고 몸도 건강하고 마음도 평화롭다면, 붉은 등불이 창을 환히 밝히고 책들은 잘 정리되어 있으며 책상과 자리가 깨끗하다면, 책을 아니 읽을 수 없으리라. 하물며 뜻이 높고 재주가 뛰어나며 아울러 나이도 젊고 기운도 건장한 사람이라면 책을 읽지 않고 그 무엇을 하겠는가? 무릇 나와 뜻이 같은 사람은 책을 읽는 데 힘쓰고 또 힘쓸지어다.

내가 만일 사시사철 공양할 것이 있어서 늙은 부모님을 굶주리게 하지 않을 수 있다면 무엇 때문에 과거 공부를 일삼겠는가? 어찌 내가 도를 행하고, 어찌 내가 백성들에게 혜택을 줄 수 있겠는가? 나는 단지 밥만 먹을 줄 알고 세상 물정을 모르는 사람일 뿐이다. 비록 그렇다 할지라도 내 스스로 노력하지 않아서 하늘의 이치를 잊어버리는 일은 없으리라. 비록 세상 물정에 어둡다 할지라도 어찌 13개의 경서와 22대 역사책을 읽지 않을 수 있겠는가!

최근 일과로 책을 읽으면서 네 가지 유익한 점을 깨달았다. 그러나 이는 지식을 넓히고 깊게 알아서 옛일에 통달하고 뜻과 재주에 도움이 되는 것과는 상관이 없다.

첫째, 조금 배가 고플 때 책을 읽으면 소리가 두 배로 낭랑해져서 책 속에 담긴 이치와 취지를 잘 맛보게 되니 배고픔을 깨닫지 못하게 된다. 둘째, 조금 추울 때 책을 읽으면 기운이 소리를 따라 몸 안으로 흘러 들어와 편안해져 추위도 잊을 수 있게 된다. 셋째, 근심과 걱정으로 마음이 괴로울 때 책을 읽으면 눈은 글자와 함께 하나가 되고 마음은 이치와 더불어 모이게 되니, 천만 가지 생각이 일시에 사라져 버린다. 넷째, 기침이 심할 때 책을 읽으면 기운이 통하여 막히는 것이 없게 되니 기침 소리가 순식간에 그쳐 버린다.

책을 읽는 이유는 정신을 즐겁게 하는 것이 으뜸이고, 그다음은 습득하는 것이며, 그다음은 식견을 넓히는 것이다.

예절에 관한 책을 읽으면, 한 번 움직이고 한 번 멈추는 행동에서 도리에 어긋난 점을 절로 깨닫게 되니 두려운 마음이 생긴다. 의학에 관한 책을 읽으면, 한 번 주리고 한 번 배부른 일에서 위태롭게 되는 것을 깨닫게 되니 번민하는 마음이 생긴다. 법률에 관한 책을 읽으면, 한 번 처리하고 한 번 시행하는 것이 법에 어긋난다는 것을 깨닫게 되니 뉘우치고 후회하는 마음이 든다. 문자에 관한 책을 읽으면, 한 획 한 점이 어긋나고 비뚤어진 것을 절로 깨닫게 되니 슬프고 안타까운 마음이 솟는다. 이때는 이 세상에서 잘못 살았다는 탄식이 저절로 솟아나는 것을 어쩌지 못한다.

무릇 유영劉伶과 완적阮籍, 혜강嵆康과 왕융王戎[6] 같은 이들은 스스로 이런 데서 벗어났다고 생각하고, 이것들을 외물外物이라 지목했다. 그러나 그들은 이런 욕심 없는 마음 때문에 세속의 더러운 것들과는 확실히 구별되었다. 만일 이러한 성품을 가지고 욕심을 부렸다면 무슨 짓인들 못 하였겠는가.

6 유영, 완적, 혜강, 왕융은 모두 죽림칠현에 속한 인물이다. 죽림칠현은 중국 위·진의 정권이 교체되는 시기에 부패한 정치권력에 등을 돌리고 대나무 숲에 모여 거문고와 술을 즐기며 청담淸談으로 세월을 보낸 일곱 선비를 일컫는다.

책벌레만도 못해서야

지영智永은 『천자문』을 8백 번이나 썼고, 홍경로洪景盧는 『자치통감』을 세 번이나 직접 베꼈다.[7] 호담암胡澹菴이 양구산楊龜山을 만났는데,[8] 양구산이 팔뚝을 들어 보이며 이렇게 말했다.

"이 팔뚝을 책상에서 서른 해 동안 떼지 않았더니 그제야 도道에 진전이 있었다네."

또한 횡포로 귀양 간 장무구張無垢는 14년 동안 매일 새벽녘이면 항상 책을 안고 창 아래에 서서 책을 읽었는데, 돌 위에는 두 발뒤꿈치 자국이 은은하였다. 우리나라 사람 두곡杜谷 고응척高應陟은 젊었을 때 직접 사방이 모두 벽이고 단지 구멍만 두 개 뚫린 집을 지었다. 두 구멍 가운데 하나는 음식을 넣는 곳이고, 다른 하나는 바깥사람과 말을 주고받는 곳이었다. 고응척은 그 안에서 3년 동안 『중용』과 『대학』을 읽고 나서야 집을 나왔다. 중봉重峯 조헌趙憲은 평생토록 잠이 없어서 밤에는 책을 읽고 낮에는 밭을 갈았다. 밭두둑에 나무를 걸쳐 책을 세우고는 소를 몰고 왔다 갔다 하면서 여러 책을 두루 읽었다. 밤에는 또한 어머니 방에 불을 때면서 땔나무 불빛에 비

7 지영은 중국 육조 시대 진陣나라 왕희지의 7세손으로 글솜씨가 뛰어났다. 홍경로는 유배지에서 기름이 없어 밤에 책을 읽지 못하자 동이 트기만을 기다려 해 뜨는 빛을 받아 책을 읽었던 것으로 유명한 독서광이다.

8 호담암은 송나라 사람으로 호전胡銓이란 이름으로 알려져 있는데, 조선에서는 그를 강직한 사람의 표본으로 삼았다. 양구산은 송나라의 유학자로 양시楊時라는 이름으로 널리 알려진 사람이다.

춰 책을 보았다. 옛사람이 학문을 닦는 데 이렇게 열심이었으므로 남보다 크게 앞섰던 것이다. 이에 비하면 우리 같은 무리들은 그저 물 마시고 밥 먹고 잠잘 뿐이다.

운장雲章(장간)이 말했다.

"보통 책을 가지고 있으면 아무리 아끼는 것이라도 남에게 빌려주지 않으면 안 된다. 예전에 동춘 송준길宋浚吉 선생은 남에게 책을 빌려주고 돌려받을 때, 종이에 보푸라기가 생기지 않았으면 반드시 책을 읽지 않았음을 나무라고 다시 빌려주었다. 한번은 어떤 사람이 송준길 선생에게 책을 빌려다가 끝내 읽지 않았다. 그는 선생의 꾸지람이 두려워 짓밟고 깔고 눕고 해서 책을 낡고 더럽게 만든 뒤 돌려보냈다. 이러한 행동은 어른의 두터운 마음을 미처 헤아리지 못한 바보 같은 짓이다."

석공石公 원굉도袁宏道는 기이한 사람이로다. 이런 시가 있다.

시원해지자 좋은 꿈을 꾸었고	好夢因涼得
물에 이르니 심심한 시름 잊겠네.	閑愁到水忘

마음이 없어도 꿈을 꾸게 되고, 마음이 있어도 잊힐 수 있다. 마음이 있는지 없는지를 따질 필요 없이 오직 자연스럽게 이루어진 것일 뿐이다.

그는 「독서」라는 시에서 이렇게 읊었다.

책에 쌓인 먼지를 털어 내고	拭却韋編塵
단정한 차림으로 옛사람을 대하네.	衣冠對古人
책에 쓰인 건 모두 피와 땀이라	著來皆肺腑
알고 나니 정신을 돕네.	道破益精神
도끼를 들어 주옥을 캐고	把斧樵珠玉
그물을 쳐 고운 물고기를 잡듯,	恢綱網鳳鱗
나도 한 자루 비를 들고	擬將半尺帚
온 땅의 가시를 쓸리라.	匝地掃荊榛

이는 참으로 독서하는 법을 터득한 것이다.

"예전 사람의 법도에
구속되는 것도 옳지 않지만
완전히 버리는 것도 옳지 않다.
스스로 잘 해석하고
환히 깨닫는 법이 있으니,
사람마다 어떻게 잘 터득하느냐의 여부에
달려 있을 뿐이다."

참된 문장을 쓰려면

어린아이가 울고 웃는 것과 시장에서 사람들이 사고파는 것을 자세히 관찰하면 그 속에서 무언가를 느낄 수 있고, 사나운 개가 서로 싸우는 것과 교활한 고양이가 재롱떠는 것을 가만히 관찰하면 그 속에 지극한 이치가 있음을 알 수 있다. 봄에 누에가 뽕잎을 갉아먹는 것과 가을에 나비가 꽃의 꿀을 채집하는 것 또한 하늘의 조화가 그 속에서 움직이고 있다. 만 마리 개미 떼가 줄지어 행진할 때 깃대를 흔들거나 북을 치지 않아도 자연스럽게 절도가 있고 균형을 맞추며, 천 마리 벌 떼가 집을 지을 때 기둥과 들보가 없어도 칸과 칸 사이의 간격이 저절로 균등하게 된다.

이것들은 모두 지극히 가늘고 지극히 미미한 것이지만 그 속에는 너무도 오묘하고 너무도 무궁한 조화가 있다. 그러니 높고 넓은 하늘과 땅, 가고 오는 옛날과 지금도 잘 관찰하면 또한 장관이고 기이하지 않은 것이 없다.

◆ ◆ ◆

망상妄想이 내달릴 때 구름 한 점 없는 하늘을 올려다보면 온갖 잡념이 단번에 사라진다. 그것은 바른 기운이 생기기 때문이다. 또 정신이 좋을 때 꽃 한 송이, 풀 한 포기, 바위 하나, 물 한 그릇, 새 한 마리, 고기 한 마리를 가만히 관찰하면, 가슴속에 연기가 모락모락

피어나고 구름이 뭉게뭉게 일어나 흔연히 스스로 터득되는 것이 있는 듯하다가 다시 터득한 것을 이해해 보려 하면 도리어 아득해지기도 한다.

예전 사람의 법도에 구속되는 것도 옳지 않지만 완전히 버리는 것도 옳지 않다. 스스로 잘 해석하고 환히 깨닫는 법이 있으니, 사람마다 어떻게 잘 터득하느냐의 여부에 달려 있을 뿐이다.

모든 사물을 자세히 관찰하면, 썩어서 냄새가 나는 것을 제외한 모든 것은 생기가 넘쳐 나 억제할 수 없고, 후줄근히 축 늘어진 것은 머지않아 썩어서 냄새가 나게 된다.

모든 사물을 관찰할 때는 경우에 맞는 적절한 안목을 갖추어야 한다. 나귀가 다리를 지나갈 때엔 오직 귀가 어떻게 되는가를 보고, 집비둘기가 뜰에서 거닐 때엔 오직 어깻죽지가 어떻게 되는가를 보며, 매미가 울 때엔 가슴이 어떻게 되는가를 보고, 붕어가 물을 삼킬 때엔 뺨이 어떻게 되는가를 보아야 한다. 이 부위들은 모두 나름의 정신이 발로되는 곳으로 지극한 이치가 담겨 있다.

도학은 옛날 그대로 지켜야 하고 문장은 개혁해야 된다. 인간의 본성은 동일하니 하늘의 이치이기 때문이고, 재주는 수만 가지로 다양하니 기질의 차이가 있기 때문이다.

글을 지을 때엔 따로 마고麻姑선녀와 같은 긴 손톱을 가지고 조화造化의 굴 밑바닥까지 시원하게 긁어내야, 신비한 빛이 종이와 먹 위에서 서너 길씩 뛰놀게 되는 법이다.

옛사람의 글을 모방하고 답습한 글은 종기나 부스럼 같은 '인면창人面瘡'에 지나지 않는다. 인면창 치료약 대신 무엇을 사용하여 시급히 그런 사람의 입을 막아 버릴 수 있을지 모르겠다.

글 쓰고 시 짓는 작가나 시인은, 좋은 계절의 아름다운 경치를 만나면 홍취에 젖어 어깨가 산처럼 솟아오르고 눈에는 물결이 일며 두 볼에는 꽃이 피고 입에서는 향기가 난다. 하지만 조금이라도 기회를 노리는 짓을 한다면 큰 결점이 되는 것이다.

하늘이 만물을 생겨나게 할 때

하늘이 만물을 생겨나게 할 때 살리고자 하는 마음이 아닌 것이 하나도 없었다. 거미의 생김새는 놀라 튀어나온 것같이 배가 뚱뚱해서 벌레 중에서도 빠르지 못한 편이다. 만약 거미에게 살아갈 방편을 마련해 주지 않았다면 거미는 먹고살 수 없었으리라. 그러므로 거미에게 실을 주어서 그물을 쳐서 먹고살게 했다.

나는 사람들 중 놀고먹는 이들에 대해 의심을 가진다. 그들의 사지와 칠규七竅[9]가 거미의 실보다 못하단 말인가.

＊＊＊

아무 일이 없을 때조차도 지극한 즐거움이 있는데, 단지 사람들은 스스로 알지 못할 뿐이다. 뒷날 반드시 이를 깨달을 때가 문득 오는데, 근심하고 걱정하는 때에 그렇다. 마치 백성들에게 은혜를 베푼 것은 없었지만 편안하고 조용했던 전임 관리 아래 있을 땐 몰랐다가, 조금 난폭하여 사납게 백성들을 다루는 후임 관리가 온 뒤에야 전임 관리를 그리워하는 것과 같다.

9 칠규는 사람의 얼굴에 있는 눈, 귀, 코, 입의 일곱 구멍을 이르는 말이다.

병자가 한창 아파서 신음할 때에는 평소에 가졌던 모든 욕심이 다 사라지고 단지 회복하기만을 바라는 마음만 있다. 그래서 다른 일에 신경 쓸 겨를이 없다. 그런데 어떤 환자들은 병을 고치는 와중에도 돈이나 쌀 등의 자질구레한 일을 관리한다. 심지어는 이익에 관계된 일을 자신의 오랜 병 때문에 놓치게 되면 울화가 치밀어 더러는 생명을 잃는 자도 있다. 이 어찌 슬프지 아니한가.

원래부터 병들지도 않고 욕심도 없으면서 죽고 사는 것을 따지지 않는 사람. 이런 사람이 이른바 덕망 높은 사람이다. 내가 병든 지 벌써 대여섯 날이 되어 혀가 씁쓸해 맛있는 음식이 없고 하루 종일 머리가 어지러워 맑지 못하다. 밤이면 몸을 수없이 뒤척이는 것이 마치 지향하는 바가 없는 사람 같았다. 그래서인지 평소에 글을 읽던 마음이 이미 반이나 줄어들었다. 그래도 차마 어쩔 수가 없어서 하루에 한 번은 읽고 있지만, 이 또한 뜬구름이 눈앞을 스치는 것만 같다.

을유년(1765) 12월 24일에 부질없이 쓴다.

참된 감정이 겉으로 드러나는 것은 봄날에 죽순이 성난 듯 흙을 뚫고 나오는 것 같다. 하지만 가식적인 감정을 드러내는 경우는 평평하고 매끄러운 돌에 먹물을 바르고 기름이 많은 물에 뜨게 한 것과 같다.

인간의 일곱 가지 감정 중에서 슬픔은 가장 쉽게 드러나 속이기가 어렵다. 슬픔이 심해져 울음을 터뜨리면 그 지극한 마음을 막을 수가 없다. 이 때문에 진정으로 우는 울음은 뼛속까지 사무치지만, 가식으로 우는 울음은 털 위에서도 떠다니게 되니, 온갖 일들의 참과 거짓을 미루어 짐작할 수 있다.

동심의 세계

내 어린 아우 정대鼎大(이공무)는 이제 겨우 아홉 살인데, 타고난 성품이 매우 둔하다. 어느 날 갑자기 말하기를, "귓속에서 쟁쟁 우는 소리가 나요."라고 하기에, "그 소리가 어떤 물건과 비슷하니?"라고 물었다. 정대가 대답하기를, "그 소리는 동글동글한 별 같아요. 그래서 보일 것도 같고 주울 것도 같아요."라고 말하였다. 내가 웃으며 말하기를, "형상을 가지고 소리에 비유하니, 이것은 어린아이가 무의식중에 타고난 지혜와 식견이다. 예전에 어떤 어린아이가 별을 보고 달 가루라고 말한 적이 있다. 이런 말들은 예쁘고 참신해서 때 묻은 세속의 기운을 벗어났으니, 속된 사람이 할 수 있는 말이 아니다."라고 하였다.

청한淸寒이, "동이 이동 동이이 이동 동이 이동동同異異同同異異異同同異異同同."이라고 하자, 누군가 대구 짓기를 청하기에 내가 붓을 날려 앞 구와 동일하다는 뜻으로 '한일자'를 그렸다. 공계筇溪가, "삼사 사삼 삼사사 사삼 삼사 사삼삼三四四三三四四四三三四四三三."이라고 하자, 또 누군가 대구 짓기를 청하기에 내가 또 '한일자'를 그리고 깔깔 웃으며 말하였다. "청한과 공계는 잘도 지껄이는구나."

◆◆◆

예닐곱, 여덟아홉 살 때에는 선달 그믐이나 정월 초하루가 되면 왜 그리도 좋았던지. 머리에 운장건雲長巾을 쓰고, 총각머리를 묶고, 초록색 소포자小袍子를 입고, 적색 비단 띠를 두르고, 홍색 가죽신을 신었다. 밤에는 윷놀이를 하고 낮에는 종이 연을 날렸다. 어른들께 세배하면 머리를 어루만지면서 예뻐해 주었다. 이때엔 우쭐한 기분에 바람같이 내달리면 머리카락이 온통 날리었다. 천하에 좋은 시절이 이날보다 더한 때가 없었다. 지금 어린아이들이 폴짝폴짝 뛰노는 것을 보면 마음이 다시금 설레지만, 내 몸을 돌아보면 벌써 키가 7척이고 높은 관은 키[箕]와 같고 수염은 거뭇거뭇하다. 그래서 되레 시샘이 나서 "너희들도 머지않아 턱에 거뭇한 수염이 날 테니, 너희들의 때때옷이 무슨 소용이 있겠느냐!"라고 말했다. 하지만 아이들은 반드시 내 말을 믿지 않을 것이다.

◆◆◆

새벽 비 때문인지 약초밭 난간에 핀 봉선화의 붉은 꽃잎이 떨어져 버리자, 어린 계집종이 꽃을 부여잡고 훌쩍거렸다. 달관한 선비가 이를 보고는 눈동자를 크게 뜨고 말했다. "항우가 우미인虞美人과 울며 이별할 적에 딱 저랬겠지!"

마음이 괴로울 때 가만히 눈을 감고 앉아 있으면, 눈 속에 하나의 빛깔 있는 세계가 펼쳐진다. 붉었다 푸르렀다 검었다 희었다 하는 광채가 어른거리는데 말로는 표현할 수가 없다. 조금 있으면 구름처럼 뭉게뭉게 피었다가 또 조금 있으면 푸른 파도처럼 넘실넘실 출렁이다가, 또 조금 있으면 무늬 비단처럼 알록달록하고, 또 조금 있으면 부서진 꽃송이처럼 하늘하늘 흩어진다. 때론 반짝이는 구슬 같기도 하고, 때론 뿌려 놓은 낟알 같기도 한데, 잠깐 사이에 변화하고 사라져 버려 번번이 새로운 것이 된다. 이러다 보면 한바탕 번잡한 근심이 싹 사라진다.

"무릇 사람은 누구나
자신만의 문장 하나가 가슴속에 담겨 있는데,
이는 마치 그 얼굴이
서로 닮지 않은 것과 같다.
만일 모두가 똑같기를 바란다면
인쇄되어 나온 그림이나
과거를 본 선비들의 답안지와 같을 것이니
뭐 기이할 것이 있겠는가?"

사람은 누구나 자신만의 문장 하나를 가슴속에 담고 있다

어떤 이가 내게 이런 말을 했다.

"지금 만일 이설루李雪樓가 왼쪽에는 왕원미王元美, 오른쪽에는 장초보張肖甫를 이끌고 사무진謝茂秦과 서자여徐子與[10]의 무리를 데리고 와서 자네에게 '산문은 마땅히 『좌전』·『전국책』·『사기』·『한서』를 모방하고, 한퇴지韓退之나 유자후柳子厚[11] 이하는 논해서는 안 된다. 시는 마땅히 건안建安·황초黃初·개원開元·천보天寶 때[12]의 것을 모방하고, 원진元稹과 백거이白居易[13] 이하는 논하지 말아야 한다. 만약 어떤 사람이 감히 이 법을 어기고 다른 것을 주장한다면,

10 이설루·왕원미·장초보·사무진·서자여는 모두 명나라 문인으로, 진나라 이전과 한나라의 산문을 전범으로 삼아 산문을 창작해야 한다〔文必秦漢, 詩必盛唐〕고 주장하는 유파로 의고파擬古派 혹은 진한파라고도 한다. 이들은 의고파를 형성한 전칠자前七子(이몽양·하경명·서정경·변공·강해·양정사·양구사)의 뒤를 이은 후칠자後七子에 속한다. 이설루는 이반룡李攀龍, 왕원미는 왕세정王世貞, 장초보는 장가윤張佳胤, 사무진은 사진謝榛, 서자여는 서중행徐中行이다.

11 한퇴지와 유자후는 당송팔대가로 일컬어진 중국 당나라 시대의 문학가들로, 한퇴지는 한유韓愈, 유자후는 유종원柳宗元이다. 이들은 '문이재도文以載道(문장은 도를 싣는 것이다)'와 '문이명도文以明道(글로써 도를 밝힌다)'를 주창했는데, 이후 당송파의 모토가 되었다.

12 건안·황초·개원·천보는 모두 중국의 연호로, 건안(196~200)은 한나라 헌제獻帝, 황초(394~399)는 위나라 문제文帝, 개원(713~741)과 천보(742~756)는 당 현종玄宗 때의 연호다.

13 원진과 백거이는 당나라 때의 이름난 문학가로, 절친한 친구 사이이며 한데 묶어 '원백元白'이라 일컬어졌다. 이들은 옛 악부樂府의 정신과 수법을 빌려 사회 모순을 고발하자는 시 창작 운동을 펼쳤는데, 이를 신악부운동新樂府運動이라고 한다.

이는 모두 내가 말하는 문장이 아니다.'라고 한다면 자네는 어떻게 답하겠는가?"

이에 나는 다음과 같이 대꾸하였다.

"그것은 구박拘縛이다. 만약 그대의 재주라면 가능하리라. 또 천하의 선비들 중에서 그대처럼 모방을 잘하는 자를 골라서 이러한 방법으로 모방하게 한다면 그렇게 할 만하다. 하나 재주가 기이하고 뛰어나며 걸출하고 고매한 자들 중에 괴상하고 특이한 무리가 있다면, 어찌 이들이 머리를 굽혀 그대가 하는 말을 듣고는 옛사람들이 하던 대로 사는 것을 달게 여기겠는가?

가령 그 말을 듣고 비록 모방하는 법에 깊이 빠진다 하더라도, 이는 오히려 자신의 문장을 가지는 일보다 못하게 될 것이다. 자기만의 문장을 가지는 자들은 비록 손숙오孫叔敖를 거의 완벽하게 모방하는 우맹優孟과 같은 재주[14]는 없다고 하더라도 오히려 자연스러움은 많고 인위적인 것은 적을 것이다. 하나 그대처럼 모방만 한다면 인위적인 것은 많고 자연스러움은 적을 것이다. 문장이란 하나의 조화造化인데, 조화를 어떻게 얽어매어 모방할 수 있겠는가?

무릇 사람은 누구나 자신만의 문장 하나가 가슴속에 담겨 있는데, 이는 마치 그 얼굴이 서로 닮지 않은 것과 같다. 만일 모두가 똑같기를 바란다면 인쇄되어 나온 그림이나 과거를 본 선비들의 답안지와

14 우맹은 초나라 장왕莊王 때 악인樂人으로서 춤과 노래, 우스꽝스러운 익살에 능했다고 한다. 초나라 재상 손숙오가 죽고 나자 그 아들이 가난하여 나뭇짐을 지고 다녔는데, 우맹이 그 아들을 위하여 손숙오처럼 꾸미고 그의 흉내를 내고 다녔다. 이 일에 감동한 장왕은 손숙오의 아들에게 벼슬을 내렸다(『사기』「골계전」).

같을 것이니 뭐 기이할 것이 있겠는가?

그렇다고 내가 또 어떻게 옛사람의 법을 다 버리라고 하겠는가. 다만 그대가 법에 얽매여서 자기 마음대로 하지 못하는 것은 옳지 않다는 뜻이다. 법은 법으로 삼지 않는 가운데 갖춰져야 하는 것이니 어찌 버리라고 하겠는가. 그대가 비록 오만하여 천하를 깔보고 스스로 호언장담하지만, 나는 그 흐름이 진부함을 이기지 못해 곧은 기운마저 저해할까 두렵다.

하나 천지 사이에는 없는 것이 없으니 그대가 옛사람을 잘 모방하는 일 또한 없을 수 없다. 내가 다행히 그대의 문집을 보았는데, 기이하여 볼만하다고 자랑할 수 있는 정도였다."

어떤 이는 또 이렇게 말하기도 했다.

"만일 원유랑袁柳浪이 왼쪽에는 서문장徐文長을, 오른쪽에는 강진지江進之를 이끌고 증퇴여曾退如와 도주망陶周望[15]의 무리를 데리고 와서 자네에게 '문장에 어찌 정해진 법이 있겠는가? 도리라는 것이 어찌 꼭 옛사람들이 항상 경계하던 것이며, 말이라는 것이 어찌 반드시 옛 현인들이 늘 말하던 것이어야 하는가? 얽매인 것을 재빨리 벗어 버리고 곧장 나아간다면, 새로운 출구가 우뚝 서 있고 좋은 세계가 따로 열려 있을 것이다. 한데도 그렇게 하지 않고 옛사람의 문장을 주워 모으기만 한다면 어떻게 문장으로 세상에 이름을 떨칠

15 원유랑·서문장·강진지·증퇴여·도주망은 모두 명대 문학가로 전후칠자의 복고주의에 반대하여 개성 있는 글쓰기를 주장하였다. 원유랑은 원굉도袁宏道, 서문장은 서위徐渭, 강진지는 강영과江盈科, 증퇴여는 증가전曾可前, 도주망은 도망령陶望齡이다.

수 있겠는가?'라고 묻는다면 어찌 대답하겠는가?"

나는 주저 없이 이렇게 답하였다.

"그것은 구속拘束이다. 만일 그대의 재주라면 가능할 것이다. 또 천하의 선비 중에 그대같이 초탈한 자를 골라 이 방법을 전수한다면 그 또한 가능할 법하다. 하나 천하의 재주는 초탈한 것으로만 그치지 않으니 전아典雅한 것도 있고 평이한 것도 있다.

그런데 모두들 한결같이 유별나게 신이한 글만 지어낼 것을 강요한다면, 도리어 그 본연의 자연스러움을 잃은 채 나날이 높고 넓으며 뛰어넘음을 듯한 경지로만 치닫게 될까 두려우니, 이 또한 글의 정도正道를 해치는 것이 아니겠는가? 많은 선비의 문장을 진작시키는 일이 어찌 한 가지 법칙으로만 되겠는가. 이는 외려 글 쓰는 법을 국한시키는 게 아니겠는가? 글 쓰는 이의 재주에 따라 기이하거나 바르게 하면 저절로 볼만한 것이 생겨나, 힘을 주거나 빼거나 직언하거나 풍자하거나 자연스럽게 말하거나 뒤집어 말하는 등 그 변화가 끝이 없게 될 것이다.

그러므로 단지 그 삶의 본연과 천진天眞을 깎아 버리는 일 없이 그저 진부하고 낡은 잔재들만 버리자는 뜻이다. 또한 옛사람들의 글 쓰는 방법을 그대로 따라야 한다는 구속을 받아도 안 되지만, 완전히 버리는 것도 옳지 않다. 그러므로 스스로 오묘하게 풀어내고 투철하게 깨치는 법은 사람들 각자가 어떻게 잘 터득하느냐에 달렸을 뿐이다.

그대가 부산스럽게 성내고 꾸짖으며 천하 사람들이 모두 내 명을 따르지 않는다고 크게 근심한다면, 나는 결국에는 문文이 도道를 손상시키고 허망한 말로 방자하게 되어 용서받을 수 없는 죄에 빠지게 될 것을 두려워할 테니, 이 또한 슬프지 않겠는가?

하나 천지 사이에 없는 것이 없으니 그대가 새로운 말을 잘 만들어 내는 일 또한 없을 수 없다. 내가 다행히 그대의 문집을 보았는데, 기이하여 볼만하다고 자랑할 수 있는 정도였다."

어떤 이가 다시 내게 물었다.

"그렇다면 그대는 어느 것을 취하겠는가?"

나는 답하였다.

"두 사람 것을 모아 각각 그 지나친 것을 버리면 될 것이다. 하나 이 둘을 조화시킨 방손지方遜志·왕양명王陽明·당형천唐荊川·귀진천歸震川[16]의 부류 또한 문장으로는 서로 다른 문파이니 어찌 이 두 사람에게서 절제를 받겠는가? 대개 이반룡李攀龍과 같은 무리의 웅건함은 원굉도袁宏道의 무리가 미칠 수 없고, 원굉도 무리의 초오超悟함은 이반룡의 무리가 따르지 못하니 각각은 서로 어긋나 있어 모두 나름의 병폐가 있다. 하나 그들은 세상에 없는 기이한 재주를 지닌 걸출한 인물들이다. 우리 신라나 고려에는 끝까지 이런 사람이 없었으니, 아 슬프도다!"

16 방손지·왕양명·당형천·귀진천은 명나라 때 사상가 및 문학가들이다. 방손지는 왕양명과 함께 명대 2대 문장가로 꼽히며, 왕양명은 양명학파의 시초가 된 유학자이다. 당형천과 귀진천은 당송의 시문을 규범으로 삼는 당송파에 속하는 문인들로, 당형천은 당순지唐順之, 귀진천은 귀유광歸有光이다.

『이목구심서耳目口心書』는 이덕무가 쓴 수상록이다. 제목 그대로 귀로 듣고 눈으로 보고 입으로 말하고 마음으로 느낀 것을 서술한 글이다. 이덕무가 25~27세, 즉 1765년 11월 28일에서 1767년 4월 사이에 쓴 것으로, 문학적으로 최절정기였던 20대 중반 그의 면모를 확인할 수 있다.

『이목구심서』는 총 여섯 권으로, 760여 조목으로 이뤄진 글 묶음이다. 제목도 없고, 주제도 없고, 글 구분도 없이, 그저 원문을 한 칸 올려 쓰는 것으로 조목의 구분이 이루어져 있다. 글의 길이도 전문이 짧게는 10자가 되지 않는 것도 있고, 길게는 3천 자에 달하는 것도 있다. 내용도 글에 대한 짧은 감상평도 있고, 조선과 중국의 문단에 대한 긴 소회도 있으며, 일상의 짧은 단상도 있고, 독서 내용을 그대로 옮겨 놓은 것도 있다. 이렇듯 정해진 편차도 없고 특정한 체제도 없다. 그만큼 형식도 내용도 자유로운 글 묶음이다. 여기서는 20대 이덕무가 지녔던 자신만의 감각적이고 감성적인 면모에 초점을 맞춰, 몇 가지 주제별로 묶어 소개했다.

마지막 글 「사람은 누구나 자신만의 문장 하나를 가슴속에 담고 있다」는 『이목구심서』 1에 나오는 것으로, 이덕무 문학의 형성 배경을 이해하는 중요한 단서가 된다. 따라서 이 부분만을 별도로 소개한다.

『이목구심서』에는 별도의 글 구분이 없다. 하지만 군데군데 날짜가 기록된 것이 있어서 25~27세 사이의 기록이라는 것을 짐작할 수 있다. 이 글은 을유년(1765) 11월 28일과 을유년 12월 7일이라는 날짜가 기록된 글 사이에 있어서, 스물다섯의 이덕무가 11월 말에서 12월 초에 기록한 것임을 알 수 있다.

조선 후기 문단에는 명말청초 문집이 대량 유입되면서 새로운 문풍의 변화가 일어났고, 그 가운데 이덕무가 있었다. 이덕무는 명청대 문단의 흐름을 정확히 파악하고 있었다.

이 글에서 이덕무는 어떤 사람과의 문답 형식으로 자신의 문학관을 피력하고 있다. 첫 번째 물음은 전후칠자의 의고파擬古派 문학관에 대한 것이다. 의고파의 기본적인 주장은 "문장은 진한을 본받고, 시는 성당을 본받으라.〔文必秦漢, 詩必盛唐〕"는 것이었다. 즉, 전후칠자는 '진한의 문'과 '성당의 시'라는 절대적 전범을 가지고 그것을 배우고자 하였다. 이에 대해 이덕무는 의고파의 주장이 '속박〔拘〕'이라고 일축했다. 글을 짓는 데에 하나의 법칙만이 존재하지는 않으며 작가의 창작적 재능이 옛것에 구속받아서는 안 된다는 것이다. 두 번째 물음은 원굉도가 중심이 된 공안파公安派의 문학관에 대한 것이다. 공안파의 핵심 주장은 "오직 성령만을 표현하고, 상투적인 격식에 구애받지 않는다.〔獨抒性靈, 不拘格套〕"는 것이다. 즉 공안파는 의고파의 의고적 경향을 철저히 반대하고 독창적이고 개성적인 문학 세계를 구축하고자 하였다. 이에 대해서도 이덕무는 '구속〔拘〕'이라고 단정했다. 지나친 창신은 도리어 본연의 천성을 손상하고 허망한 말에 치우칠 수 있으므로 경계해야 한다는 것이다. 그러면서 이덕무는 이 둘을 절충하는 방안을 문인 스스로 터득해야 한다고 말한다. 즉 의고와 창신, 어느 한편을 일

방적으로 추종하는 문학보다는 양쪽을 종합하여 지나친 것은 배제하고 변증법적으로 절충해야 함을 주장하고 있다.

하지만 절충적 입장이란 이론으로는 가능하지만, 실제 창작에서는 매우 애매한 논리일 수밖에 없다. 이론과 실제 사이에 괴리가 생겼던 것이다. 결국 이덕무는 이론적으로는 절충론을 표방했지만, 실제로는 공안파의 창신론에 보다 근접해 있었다.

결국, 이덕무 문학의 독창적이고 개성적인 면모와 이런 문풍의 변화를 유발할 수 있었던 새로운 인식론적 전환은 명대 공안파의 영향을 적지 않게 받았다고 하겠다.

『이목구심서耳目口心書』, 1765~1767년, 25~27세

5

벗들과의 대화

"그런데 어째서

우리가 만나는 순간은 번갯불처럼 빠르고,

그리워하는 생각은 바다처럼 끝이 없는지.

머리를 들고 크게 소리쳐 보지만,

구름과 연기만이 눈앞에 스칠 뿐이네."

이광석에게 1

자네가 보낸 편지를 받아 보니 간절한 성의를 감당하지 못하겠네. 만약 내가 자네와 한솥밥을 먹으며 같이 산다면, 보는 것은 순해지고 듣는 것은 민첩하게 될 것이네. 그래서 자네가 말하면 내가 듣고, 내가 삼가면 자네가 따르고, 해가 지면 등불 켜서 공부하고, 아프거나 가려운 곳이 있으면 서로 돕기를 한 몸처럼 할 수 있을 것이네.

책을 탐구할 때도 마치 부엉이가 이나 벼룩을 잡아내듯 할 테니, 70~80년의 세월이 쏜살같이 느껴지겠지. 그런데 어째서 우리가 만나는 순간은 번갯불처럼 빠르고, 그리워하는 생각은 바다처럼 끝이 없는지. 머리를 들고 크게 소리쳐 보지만, 구름과 연기만이 눈앞에 스칠 뿐이네.

탄식할 때면 난 이렇게 말하곤 한다네.

"형암에게 심계 같은 조카가 있는 것이, 심계에게 형암 같은 아저씨가 있는 것보다 훨씬 낫다. 귀한 물건이야 집집마다 있을 수 있지만, 천하에 아저씨 되는 사람 중에 심계 같은 조카를 둔 경우는 드물 것이다."

생각건대 나는 닭 한 마리 잡아맬 능력도 없고, 돈 한 푼 없어 주머니가 텅 비어 있는 것이 부끄럽기도 하다네. 하지만 돈을 담처럼 쌓아 놓은 사람들을 보면 나는 실컷 비웃으며 침을 뱉어 준다네. 그 침이 공중에서 떨어질 때에는 마치 구슬 같기도 하고 안개 같기도 하지. 심계는 당연히 어리석으면서도 거만하기 짝이 없는 이 아저씨를 비웃겠지.

세상에는 가끔 제 부모의 기일에도 거침없이 과거 시험장에 들어가는 사람들이 있는데, 이들에 대해서는 하는 짓이 천박해 말할 거리도 못 된다네. 그런데 지금 자네는 5대조 제삿날에 어른을 따라 산사山寺에 들어간 것을 자신의 잘못으로 여기니 이는 너무 지나친 듯하이. 3대조나 4대조라면 이런 놀이에 따라가서는 아니 되지만 5대조의 경우는 좀 다를 듯하네. 자네는 참으로 마음 씀씀이가 어진 사람일세. 진중하지 못하고 가벼운 사람들을 경계시킬 만하구먼.

모성산毛聲山 또한 김성탄의 무리일세. 그가 말한 것을 보면 재주꾼은 재주꾼이야. 한데 이따금 흉한 꼴이 드러나더군. 내가 한번은 어느 좌석에서 『삼국지연의』를 보았는데, 촉의 제갈량이 남만의 임금인 맹획을 일곱 번 사로잡았다 일곱 번 놓아주었다는 대목과 맹획의 아내인 축융부인이 싸움터에서 겁을 먹은 남편 대신 나가 싸웠던 일에 대해 평한 글은 너무 추하더군. 그래서 나는 곧 욕하면서 책을 내팽개치고 가 버린 적이 있었다네. 하나 자네는 절도 있게 행동하시게.

한수漢壽가 지명地名이라는 것은 나 또한 예전에 밝혔다네.

종아이가 조급해하는 것이 마치 벌레에 쏘인 듯하니, 호손胡孫의 『자휘字彙』에 대해서는 다음에 살펴보아야겠네.

5부에서 소개하는 글들은 이덕무가 벗들에게 보낸 편지이다. 하지만 편지보다는 '척독尺牘'이라고 부르는 것이 더 적당하다. 척독이란 짧으면서도 서정적인 편지글을 말하는 것으로, 영조·정조 시대 이후 보통 1척(약 30센티미터)짜리 나무토막을 종이 대신 이용하던 것에서 비롯되었다. 별지別紙가 붙어 있는 것이 아니면 그 길이가 짧은 편이다. 척독은 소품체의 영향을 받아 개인의 개성과 내면세계를 중시하는 서정적 경향이 짙게 배어 있다.

이덕무의 척독은 대부분 1백 자 안팎의 짧은 글이다. 자신의 주변에서 일어나는 일상의 크고 작은 일들을 벗들에게 털어놓고 있기 때문에 다양하고 재미있는 내용이 많다. 게다가 사소한 경험에서 느끼는 솔직한 감정까지 숨김없이 토로하고 있어서 짙은 서정성이 곳곳에서 묻어난다. 이렇듯 일상생활의 진솔함을 담은 내용과 짙은 서정성을 바탕으로 한 아름다운 표현은 이덕무의 척독이 가진 특징이다.

이덕무의 척독은 총 238편으로 37명에게 보낸 것이다. 이광석, 박제가, 이서구, 유득공, 남공철, 성대중, 백동수 외에 반정균, 이조원, 이정원, 당낙우, 이기원 등 중국 문인들에게도 보냈다. 벗들에게 보낸 척독에서는 벗에 대한 이덕무의 특별한 감정과 인간적인 모습을 만날 수 있다.

심계心溪 이광석李光錫(1745~1788)은 자가 복초復初·여범汝範이고, 호가 심계心溪·추월자秋月子로, 이덕무와 평생 가장 두터운 친분을 유지한 이다. 그는 이덕무의 8촌 동생인 이종무李宗懋의 아들이니, 이덕무에게는 족질族姪이 된다. 둘은 나이가 비슷하고 학문에 뜻을 둔 바가 같아서 아저씨와 조카 사이면서 마음이 통하는 벗이자 문학적 동지이기도 했다.

이덕무는 박지원·박제가·이서구·유득공 등과 사상을 같이하며 문학 활동을 함께했지만, 인간적인 면에서는 이광석과 제일 친했다. 그래서 이덕무는 "심계는 비록 나와 나이 차는 있지만 마음이 서로 통하므로 흉금을 털어놓는 사이며, 내 마음을 알아줄 이는 오직 심계뿐이다."라고 말하기도 했다.

이덕무가 이광석에게 보낸 척독은 총 83편으로, 34장張 68면面(각 면 10행 20자)에 달하는 분량이다. 이는 한 사람에게 보낸 척독으로는 누구의 문집에서도 유례를 찾아볼 수 없을 만큼 방대한 양이다. 양뿐 아니라 내용적으로도 가장 개인적이면서도 진솔한 모습을 많이 담고 있다. 이러한 면은 이덕무가 인간적으로 이광석에게 많이 의지하고 있었음을 보여 준다.

이 글에서도 이광석에 대한 이덕무의 마음을 분명히 느낄 수 있다. 두 사람이 함께 생활한다면 둘이지만 한 사람처럼 행동하고 느낄 수 있다고 하며, 만나는 순간은 번갯불처럼 짧은데 떨어져 있을 때 그리워하는 마음은 바다처럼 끝이 없다 하였다. 5대조 할아버지의 제삿날에 어른을 따라 산사에 갔던 일에 대해 걱정하는 조카를 위로하는 부분에서는 조카를 기특히 여기는 아저씨의 자부심을 느낄 수 있다. 이광석에 대한 이덕무의 마음이 깊이 녹아 있는 글이다.

「족질복초광석族姪復初光錫」1, 1766년, 26세

이광석에게 2

묵은해가 가고 새해가 오는 것은 마치 흐르는 물이 서로 맞닿아 이어지는 것과 같아서, 그 사이에는 털끝 하나도 들어갈 틈이 없는 것 같네. 오직 사람만이 그 속에서 태어나 놀고 먹고 꾸짖고 웃고 욕하며 살아가면서, 큰 물결로 옛 허물을 씻을 수도 없고 거센 바람으로 새로운 덕을 불러들이지도 못한 채 단지 머리만 희어지고 볼만 쭈글쭈글해지니 서글플 따름일세.

자네는 아무것도 하지 않은 채 나이만 한 살 더 먹는 것이 즐거운가? 나는 지난 시절을 돌아보면 후회스럽고 슬프고 놀랍고 두려운 일이 어찌도 그리 많은지, 우두커니 주위를 돌아보면 마치 악몽에서 깨어난 것 같지 뭔가.

그저 자네를 위하여 이렇게 빌어 보네. 부모님 모시는 일에 복 받기를, 학업에도 큰 발전이 있기를, 눈 안의 졸음병이 깨끗이 없어져 날마다 밤부터 새벽녘까지 책을 읽을 수 있기를, 손 닦고 낯 씻고 밥 먹는 데도 아무 탈 없기를…….

요즘은 몸과 마음이 꽤나 고달파서 멀리 걸을 수가 없네그려. 다리의 힘이 조금 길러지면 묘지에 참배하러 갈 수 있을 터이니 그때 서로 만나세.

새해를 맞아 이광석에게 보낸 연하장이다. 묵은해를 보내고 새해를 맞으며 편지로나마 덕담을 전하고 있다. 그러나 새해를 맞이하는 기쁨보다는 묵은해를 보내는 아쉬움이 더 크게 느껴진다. 아마도 거센 바람이 덕을 불러오듯 백성을 위해 은택恩澤을 베풀고자 하는 자신의 뜻을 이루지 못한 채, 단지 놀고 먹고 웃고 욕하면서 그저 그렇게 살아가며 또 한 해를 보내는 자신의 초라한 모습이 안타까웠기 때문일 것이다. 그렇기에 앞날을 기약할 수 없는 바람만을 품고 사는 그에게 삶은 악몽처럼 느껴질 뿐이다.

하지만 자신은 이렇게 또 덧없이 한 해를 보내지만, '그대만은 부디 부모님 잘 섬기고 열심히 공부하여 학업에 발전이 있기를, 그리고 늘 아무 탈 없이 잘 지내기'를 바라는 염원을 담고 있다.

「족질복초광석族姪復初光錫」 2, 1766년, 26세

이광석에게 3

오늘 밤 밝은 달빛 아래 성대한 좌담이 펼쳐지겠지. 흥미진진하게 이야기를 나누고 있을 우리 심계는 지금쯤 무슨 생각을 하고 있으려나. 봄비가 대지를 적시니 꽃들은 망울 터뜨리는 일을 재촉하는군. 여러 벗들이 날마다 좋은 계획을 세워 나를 붙잡고 놓아주지 않으니, 꽃놀이 대신 모임에 참석할 것이라 미리 이야기해야겠네. 달빛 아래 졸면서 초정 박제가의 시 한 편을 적어 보냄세.

오래되었구나, 우리 심계에게 소식을 전한 지가! 내가 장산長山에서 돌아온 이후로 소식이 너무 뜸했었군. 봄 숲에는 새들이 노래하고 산빛은 푸르러 옷을 물들일 듯하니, 이때는 바로 심계가 의관을 가지런히 하고 단정히 앉아 유창하게 글을 읽고 있을 때일 걸세. 나는 직무에 얽매여 공부에는 신경도 못 쓰고 단지 세월만 헛되이 보내고 있다네. 이 일을 어찌하겠는가. 머지않아 그대의 거처로 가 대면하고자 하니, 그러면 내 얼굴이 환히 기뻐질 것이네.

그대와 헤어진 뒤에 바람도 불고 비도 내리더니, 지금은 모든 산에 찬 연기가 희미하게 끼고, 나무에 이는 바람 소리는 가을 파도가 이는 듯하고, 나무 빛깔은 아침 놀빛 같으니, 심계의 눈과 귀도 더욱 맑고 시원하게 뚫렸으리라 생각되네. 낡고 초라한 암자에 이대기李大器와 함께 지내면서 내 이야기는 얼마나 하는지, 또 그제에는 과연 산으로 돌아갔는지 궁금해지는군.

이광석에게 보내는 세 편의 척독이다. 이것은 연속으로 보내진 글인데, 내용과 분위기가 유사해서 함께 묶었다. 첫째 글의 '봄비', 둘째 글의 '산빛의 푸름', 셋째 글의 '가을 소리'를 통해 봄-여름-가을 순으로 보낸 것임을 알 수 있다. 특히 '나는 직무에 얽매여 공부를 못 하고 세월만 허송한다.'는 글귀에서 규장각 검서관 시절의 것임을 알 수 있다.

이 글들은 마치 한 편의 시와 같다. 봄비가 대지를 적시고 꽃이 만발한 봄을 그리는 묘사나 달빛과 새소리, 산빛과 가을 소리, 놀빛과 같은 단어와 문장 곳곳에 짙게 배어 있는 서정성이 이 글을 한 편의 시처럼 느끼게 한다.

좋은 계절에 벗들을 만나니 이덕무는 더욱 심계가 그리워진다. 심계는 지금 과거 공부를 위해 산속 암자에 있는 까닭에 보고 싶어도 자주 볼 수 없는 형편이다. 그렇기에 벗들과 이야기를 나눌 때면 으레 '심계는 지금쯤 무슨 생각을 할까?', '같이 지내는 이대기와 내 이야기는 자주 하고 있을까?' 하는 이런저런 생각에 그리움만 더하다.

이덕무의 척독은 자신의 감정을 꾸밈없이 드러내고 있어서 다른 산문에서보다 훨씬 더 짙은 서정성을 느낄 수 있다. 이덕무는 '문장이란 반드시 진실한 감정을 담아야 한다.'고 생각했기에, 그의 문장 곳곳에는 지나칠 만큼 서정적인 표현들이 많이 보인다. 이처럼 극대화된 서정성은 이덕무 척독의 가장 큰 특징이다. 특히 그러한 서정성은 그가 벗들을 그리워하는 간절한 마음을 담은 글에서 많이 볼 수 있는데, 지금 소개한 이 글이 대표적이다.

「족질복초광석族姪復初光錫」 3, 1779년 이후, 39세 이후

이광석에게 4

보내 준 글을 예닐곱 번이나 반복해 읽었는데 아직도 그 뜻이 무엇인지 알지 못하겠으니 참으로 태곳적 오래된 물건인 듯싶네.

수나라 양제煬帝가 큰 누각을 지을 때 붉은 빛깔이 도는 고운 흙으로 화려한 무늬를 넣었는데, 모양이 매우 뛰어나고 신기해서 마치 귀신의 솜씨처럼 훌륭했다네. 양제가 "아무리 참다운 신선일지라도 이 누각을 본다면 어리둥절할 것이다." 하고는 그 이름을 '미루迷樓'라 지었네. 지금 자네의 문장이 어찌 그 미루와 다르겠는가. 자네의 문장이 아무리 천하에 으뜸가는 참다운 문장이라 해도 나는 어리둥절하더군.

무릇 문장이란 예술이기는 하지만 변화의 신기함은 끝이 없다네. "굳세면서도 막히지 않고, 통달한 듯하면서도 넘치지 않으며, 간략하면서도 뼈가 드러나지 않고, 상세하면서도 군더더기가 없어야 한다."는 말은 아무리 사마천과 반고, 한유와 구양수가 다시 나타난다 할지라도 바꿀 수 없지 않겠는가.

만약 염소 뿔처럼 꼬불꼬불한 소라 속을 꿰려면, 아주 섬세한 실 끝에 밀랍을 발라 개미 허리에 붙인 다음, 개미를 소라 구멍에 넣고 훅 불면 개미가 길을 따라 나아갈 것일세. 이렇게 되면 실은 자연히 소라 구멍을 꿰게 되지. 자네의 문장은 마치 회오리바람 같고 빙빙 도는 잔물결과도 같으니, 교묘하고도 세밀한 것이 마치 꼬불꼬불한 소라 속 같네그려. 내가 아무리 두 눈으로 호시탐탐 노려본들 나의 섬세함은 개미에게 붙인 실만큼도 되지 못하니, 어찌 그 깊은 소라 속을 알 수 있겠는가.

옛날 왕희지의 필법을 배워 초서를 잘 쓰는 사람이 있었다 하네. 그는 아침을 굶은 채 편지를 써서 친구에게 쌀을 구걸하였네. 그런데 친구는 저녁이 다 되도록 그 편지가 어떤 내용인지를 이해하지 못해 쌀을 주지 못했고, 결국 그는 밥을 짓지 못했다네. 초서를 잘 쓰는 것이 이상한 일은 아니지만 남이 알아보지 못한다면 그 노릇을 어찌하겠는가.

자네는 문장을 충실히 익혀 가슴속까지 훤히 트여서 남보다 뛰어나다고 할 수 있네. 그래서 말 한마디를 쓸 때에도 신령하고 특이하지 못할까 걱정할 걸세. 자네는 속으로 '내 문장은 유별나지만 그 이치는 그림을 보듯 분명하다. 그러니 내 문장을 보고 어리둥절해하는 사람이 있다면 이는 내 잘못이 아니다.'라고 생각할 걸세. 하지만 이는 자네가 자신의 마음만 헤아리고 다른 사람의 마음은 헤아려 주지 못한 것일세. 그래도 자네는 그 기이함을 간직하면서 반듯함을 잃지 않고, 자신만의 문장이지만 고아함을 잃지 않아서 아무리 칼날처럼 날카롭고 구슬처럼 고귀해도 문맥의 이치만은 손상되지 않는다네.

진秦나라 사람이 파촉巴蜀을 넘어 보고 싶었으나, 검각산劍閣山의 길이 너무 험한 탓에 천지가 막혀 있음을 걱정하여 넘을 수가 없었네. 그래서 돌소 다섯 마리를 깎아다가 그곳에 세우고는 그 꼬리 밑에다 금을 놓아두었지. 그러자 파촉 사람들이 돌소가 금똥을 누는구나 생각하고는 힘센 장사 다섯 명을 시켜 검각산 3천 리를 깎아 길을 낸 다음 그 돌소를 몰아 파촉으로 가져갔네. 이 때문에 엄도嚴道

의 구리, 성도成都의 비단, 문산汶山의 토란, 단혈丹穴의 주사朱砂 등 모든 신기하고 괴이한 산물들이 처음 중국에 선보이게 되었지. 만약 진나라 사람이 파촉 사람을 유인해 그 길을 개통하지 않았더라면, 아마 온 천하 사람이 늙어 죽을 때까지 파촉의 기이한 물건들을 알지 못했을 것이네.

지금 자네의 가슴속은 마치 파촉의 기이함과 같아서 구리와 비단, 토란과 주사 등 모든 신기하고 괴이한 산물들이 가득 차 있지만, 오직 그 검각산의 길이 높고 험준하여 끝내 그 무궁한 기이함을 다 발굴하지 못하고 있는 것과 같은 경우일세. 지금 내가 보내는 글은 곧 진나라 사람이 풀어놓은 다섯 마리 돌소와 같은 것이니 자네의 파촉 같은 가슴속을 유인할 수 있길 바라네. 과연 자네는 내 글에 유인되어 검각산의 험한 길을 크게 열 수 있겠는가? 그래서 내가 무궁한 구리며 비단, 토란과 주사같이 모든 신기하고 괴이한 산물들을 다 취하게 해 줄 수 있을 것인가? 비단 나 혼자만 하고 싶은 것이 아니라 기실 자네에게도 도움이 될 만한 일이네.

나는 문장에 대해 온 천하의 기이한 책들을 다 보지도 못했고, 또한 온 천하의 특별한 재주를 가진 사람을 다 만나 보지도 못했네. 그러나 재주로 이름난 사람은 본디 여려서 아직 뜻을 바로 세우지 못하기에 그의 시와 문은 읽는 사람을 졸리게 하는 정도에 불과하다네. 기이한 것도 내 보지 못했지만, 괴이한 것 또한 어디 있겠는가? 자네의 재주야말로 신령하고도 괴이한 것이네. 나는 비록 보잘것없는 사람이지만 늘 그대의 재주를 아끼고 좋아하니, 자네는 이를 잘 살피시게나.

조카이자 둘도 없는 마음의 벗 이광석의 문장에 대한 견해를 곡진한 표현으로 전하고 있는 편지다. 심계의 문장이 지닌 신령하고도 기이한 점은 매우 독창적이라 칭찬하였다. 그러나 지나치게 기이함을 중시한 나머지 예닐곱 번이나 읽었어도 그 뜻을 이해하지 못하겠다고 솔직하게 고백했다. 그러면서 '굳세면서도 막히지 않고, 통달한 듯하면서 넘치지 않으며, 간략하면서도 뼈가 드러나지 않고, 상세하면서도 군더더기가 없어야 한다.'는 중용적인 자세를 지켜 줄 것을 당부하고 있다. 이는 비단 심계의 문장에만 국한해서 이야기하는 것은 아니다. 문장을 익히는 당대의 모든 이들에게 전하고자 하는 이덕무의 조언인 셈이다. 그러나 이덕무는 자신의 견해만 옳다고 강요하지 않고, 다양한 비유를 들어 설득한다. 이렇듯 이덕무는 입에 쓴 충고를 아끼지 않으면서도 부지런히 문장을 닦고 있는 조카에게 행여 누가 될까 싶어 조심스럽게 말하는 배려도 잊지 않았다.

이덕무의 『청비록淸脾錄』 중에도 이광석의 문장에 관해 논평한 부분이 있다.

"우리 집안사람인 심계는 배운 것을 성실하게 실천하는 군자다운 사람이다. 그가 신령스럽고 탈속적인 말을 잘 사용하기에, 언젠가 내가 장난삼아 말한 적이 있다. '그대의 시는 완전히 불도의 제자 갈네그려.' 그는 손을 단정히 모으고 '마음에 거리끼는 것이 없으면 말도 맑아져 속된 기운이 없어집니다. 이것이 유가의 도에 무슨 해가 되겠습니까?'라고 대답하였다."

이처럼 심계의 기질은 호방하고 거침이 없었다. 이덕무가 둘도 없는 친구 심계의 이런 면을 모르고 있을 리 없었다. 오히려 그의 기질을 매우 잘 알고 있었기에 이덕무는 이런 장문의 편지를 써서 정성껏 당부했다. 심계를 아끼는 이덕무의 마음이 잘 묻어나는 편지글이다.

그리고 이 글과 관련해서 유심히 봐야 할 글이 있다. 바로 「심계의 글을 읽고서書心溪子長牘尾」라는 글인데, 지금 소개한 척독을 만든 이광석의 편지에 대해 이덕무가 쓴 감상문이다.

이처럼 이덕무는 상대방이 보낸 편지에 대해 곧잘 감상문을 쓰거나 평을 붙이곤 했다. 여기서 우리는 이덕무가 척독을 단순히 실용적인 글 이상으로 여겼음을 알 수 있다. 이덕무는 척독을 하나의 문예물로 인식하였고, 그렇기 때문에 수사나 표현에 남다른 정성을 기울였던 것이다.

「족질복초광석族姪復初光錫」 4, 1764년, 24세

이광석에게 5

『오례통고五禮通攷』[1]는 올해 북경 시장에서 구입하여 규장각奎章閣에 보관하였네. 이 책은 최근 형부상서인 진혜전秦蕙田이 편집한 것일세. '오례'라고 이름한 것은 특별히 상례喪禮를 수정, 보완했기 때문이네. 서건암의 『독례통고讀禮通考』와는 조금 다른 점이 있는데, 모두 120권이라는 점에서 그러하네. 책이 매우 상세하여 볼만하다고들 하나 그 값은 알 수가 없네그려.

사대부 집에서는 10만 권이 넘는 『사고전서四庫全書』를 소장할 여력이 없어서, 그중에서 가장 중요한 부분 2만여 권을 먼저 뽑아 활자로 인쇄한 것을 보관하고 있다네. 활자는 목활자고, 서문은 곧 조문詔文일세. 이후에 얻게 되면 꼭 그대에게 보내도록 하겠네. 옛날의 질帙은 곧 중국 속어에서는 투套라 하였고, 우리나라에서는 갑匣이라 하였지.

'서책에 대한 정보는 이덕무에게 문의하기를!' 어쩌면 당시에 이런 말이 유행했을지도 모른다. 이덕무는 책에 대하여는 남달리 많

1 『오례통고五禮通考』는 청나라 학자인 건암 서건학徐乾學(1631~1694)이 중국의 예禮를 정리해 놓은 『독례통고讀禮通考』를 진혜전秦蕙田(1702~1764)이 그 체례體例에 따라 경전을 총망라하여 편집한 책이다. 『오례통고』는 오례를 보충하여 75류類로 나누고 음악과 수학은 물론 지리까지도 폭넓게 다루었다.

은 정보를 갖고 있었다. 그래서 잘 알려진 책이든 아니든, 사람들은 책에 대해서라면 곧잘 그에게 묻곤 했다.

보통 사연 뒤에 붙은 '별지別紙'를 통해 문답이 오고 간 것이 많은데, 위 편지는 전적으로 서책에 대해 던진 질문에 답한 것이다. 청나라 고증학자인 건암健庵 서건학徐乾學은 박학으로 이름이 높은 인물이었다. 그의 『독례통고』를 보완한 『오례통고』가 수입되었다는 것은 당시 문인들 사이에 고증학적 학풍에 대한 관심이 고조되고 있었음을 짐작게 한다. 더구나 『사고전서』가 언급되고 있는 점도 눈길을 끈다.

『사고전서』는 정조의 어명이 있어 중국에 사신으로 가는 학자들마다 들여오고자 노력했으나 '공식적'으로 수입되었다는 기록은 없다. 당시 청나라는 조선에 대해 금서 제도를 엄격하게 적용했기 때문에 원하는 서적을 마음껏 구입해 오기가 쉽지 않았다. 『사고전서』는 공식 경로로 수입될 수 없었던 서적 중 하나였다. 그러나 이 글을 통해 이미 조선의 문인에게 『사고전서』가 전파되고 있었음을 알 수 있다.

특히 본문에 나와 있는 '중요한 부분 2만여 권을 먼저 뽑아 활자로 인쇄한 것'은 취진판聚珍版을 가리킨다. 취진판은 『사고전서』가 워낙 방대하여 모두 인쇄할 수 없는 까닭에 널리 보급하기 위한 목적으로 그중 일부만을 골라 만든 것이다. 취진판의 인쇄 사업은 건륭乾隆 38년(1773)에 시작되어 건륭 59년(1794)에 완성되었다.

이덕무의 『청비록』에도 「무영전취진판武英殿取珍版」이란 이름으로 이에 대한 기록이 있는데, 여기에서는 편찬관들이 쓴 소지小識

를 언급하고 있다. 『청비록』이 1778년에 완성된 것으로 보아, 정조 2년(1778) 이전에 이미 대략이나마 소지의 내용이 국내에 알려졌음을 알 수 있다.

「족질복초광석族姪復初光錫」 5, 1780~1781년, 40~41세

"나도 책이 없고 그대도 책이 없지만,
그대가 남에게 책을 빌리기라도 하면
나에게까지 보여 주길 바라네.
아, 홀로 자신의 식견만 넓히고
벗과 함께하지 않는 일을
그대는 차마 못 할 것이네.
책을 빌려주는 것이
바로 천하의 큰 보시라네."

윤가기에게 1

숲속 낡은 집에서 친구와 오순도순 도륭屠隆의 『파라관청언波羅館淸言』[2]을 한참 동안 읽다가 돌아와 등잔 아래 누웠는데, 이는 정신을 수양하기 위해서였네. 이후에도 그 여운을 음미하면 마냥 기쁘기만 하더군. 문득 서루徐樓의 촛불 아래에서 굴원의 『이소경』을 큰 소리로 읽을 때면, 하늘의 별이 반짝이고 주위 손님들의 얼굴빛이 변하던 기억이 난다네. 그런데 『파라관청언』을 읽으면 기뻐지고, 『이소경』을 읽으면 슬퍼지는 것이 어찌도 그리 다른가. 내가 『파라관청언』만 즐기고 『이소경』을 슬프게 생각해서가 아니라네. 글이 신기하면 정신이 살게 되고, 정신이 살아 있으면 성령性靈이 모이게 되니, 누가 그것을 막을 수 있겠는가.

내 계집종이 아무리 연약하다 할지라도 책 두 질은 너끈히 감당할 수 있으니, 매화감梅花龕 위에 있는 『한위총서漢魏叢書』[3]를 꺼내어 보내 주게. 굶주린 사람을 보게 되면 금전을 주어 구제하고, 책을 읽

2 『파라관청언』은 명나라 문인인 도륭이 지은 청언소품집으로서 정집正集과 속집續集이 있는데, 『보안당비급寶顔堂秘笈』에 실려 있다. 『보안당비급』은 명나라 말기의 문인인 진계유가 편찬한 총서다. 진계유는 풍류와 자유로운 문필 생활로 일생을 보낸 것으로 유명하다.

3 『한위총서』는 중국의 총서다. 명나라 때 정영程榮이 한·위·육조 시대의 서적 38종을 경經·사史·자子의 세 부로 나누어 수록했다. 그 후 다시 하윤중이 76종으로 늘려 『광한위총서廣漢魏叢書』를 만들었다. 이후 청나라의 왕모가 86종을 수록한 『증정한위총서增訂漢魏叢書』를 편찬하였다. 이후로도 판을 거듭할수록 증보되어 94종본, 96종본 등이 간행되었고, 지금은 이를 모두 『한위총서』라 부른다. 본문의 『한위총서』는 명나라 때 편찬된 것을 의미하는 듯하다.

고자 하는 선비에게는 아끼던 책도 찾아서 빌려주는 것이 선비의 일이라네. 나도 가난하고 그대도 가난하니 재물로 서로를 구제하기는 참으로 쉽지 않네. 나도 책이 없고 그대도 책이 없지만, 그대가 남에게 책을 빌리기라도 하면 나에게까지 보여 주길 바라네. 아, 홀로 자신의 식견만 넓히고 벗과 함께하지 않는 일을 그대는 차마 못 할 것이네. 책을 빌려주는 것이 바로 천하의 큰 보시라네.

이덕무가 윤가기에게 보낸 척독은 모두 18편에 이른다. 보낸 횟수나 내용을 보면 두 사람의 친분이 매우 두터웠음을 알 수 있다. 하지만 윤가기에 대해 남아 있는 자료가 많지 않아 둘 사이에 있었던 세세한 일들에 대해서는 알 길이 없다. 현재 알려진 사실은 윤가기尹可基(1747~1802)는 "이산尼山 윤씨 가문의 서파庶派로, 유학幼學이었던 윤광빈尹光賓의 아들이다. 자가 증약曾若이고, 『삼소자三疏子』라는 시문집을 남겼으며, 박제가와 사돈지간이다. 윤행임尹行恁의 추천으로 단성 현감丹城縣監을 지냈으나, 파직되었다. 윤행임을 추종하던 이시발 등이 조정을 비방하는 문서를 성문에 부착하다 체포되었는데, 조정의 처분에 불만을 품고 흉모를 꾸몄다고 추궁을 당할 때, 윤가기도 이 일에 연루되어 역적으로 몰려 죽었다. 그러므로 그의 문집과 글들도 모두 망실되었다."라는 정도이다.

연암 그룹을 만나기 전 20대 초반의 이덕무는 서파 문인들과 교유하면서 그들로부터 많은 영향을 받았다. 윤가기 또한 이덕무처럼 서얼이었기에 둘의 교류는 일찍부터 이뤄졌을 것이다. 이들은 신분적 제한 때문에 출세에 대한 포부보다는 책 읽는 일을 낙으로 삼고 있었다. 그러나 모두 궁핍한 처지라 책을 구하기도 쉽지 않아서 자주 남에게 책을 빌렸다. 이 글 말미에서 보듯이 이덕무는 행여 윤가기가 책을 빌리고도 자신에게 보여 주지 않을까 은근히 염려하고 있다. 그러면서 굶주린 사람에게 돈을 주듯 책을 읽고자 하는 자신에게 책을 빌려주는 것이 천하의 큰 보시라고 말하며 책을 빌려줄 것을 신신당부하고 있다.

이 글에서 주목할 만한 것은 이덕무가 『파라관청언』을 읽었다는 것이다. 『파라관청언』은 도륭屠隆(1543~1605)의 저술로, 명나라 말기에 유행하던 청언소품의 대표적 작품이다. 청언清言이란 짧고 간결한 문장 속에 삶의 이치를 표현한 잠언箴言 문학의 일종이다. 도교와 불교를 넘나들며 이단적 색채가 농후했던 청언소품은 사회 질서를 흐트러뜨리는 패관소품稗官小品으로 간주되어 곧 금기의 대상이 되었다. 그러나 이 글을 통해 중국 문인의 청언소품이 조선 후기 문인들 사이에 널리 읽히면서 자연스럽게 국내에서도 청언소품이 창작되었음을 알 수 있다.

「윤증약가기尹曾若可基」1

윤가기에게 2

동대東臺에서 돌아올 때 다행히 심하게 주정하는 실수는 하지 않았네만, 달밤에 간신히 사립문을 찾아 이불 속에 누운 뒤에는 어떤 일이 있었는지 기억나질 않네그려. 이날의 경험은 훗날 우리의 경계로 삼기에 충분할 것이네. 하나 술 다섯 잔을 마시고 그처럼 쓰러지고 자빠져 정신을 차리지 못한 적은 상투를 올린 후 없었던 일이라네. 그것이 어찌 우리만의 잘못이라 하겠는가.

연봉蓮峰(강원도 홍천)으로 이사했겠군. 자네가 지금 되돌아간 뜻은 내가 옛날에 품던 뜻과 같아서 매우 부럽고 또 부럽다네. 비 오는 가운데 꽃 피는 일이 별안간 재촉된 듯 순조롭게 이루어졌으니 축하하고 또 축하하네.

지난달 10일에 보낸 편지는 잘 받았네. 한 자 길이의 종이에 담아 보낸 회포가 천 리 밖에 있는 그대를 직접 대하는 것 같아 마음에 많은 위로가 되더군.

10년 전후를 회상해 보면, 그대는 아직 수염도 나지 않았고 나 또한 이마에 주름이 없었지. 서포예림書圃藝林에서 부지런히 공부할 때에는 사시사철 잠시도 서로 헤어지지 말고 백발이 되도록 함께하자고 약속했었는데…….

요즘에 와서는 뜻하지 않게 유주幽州와 계주薊州의 들에서 말을 달리는 일이나 남해의 물결에 배를 띄우는 일이 있어도 함께하기는 어렵고 떨어져 있기는 쉽군그래. 예전 우리는 연못 속 물고기의 비늘이 서로 맞대어 있는 것처럼 함께였는데, 지금은 구름 속을 나는 새가 날개를 따로따로 펼치는 것과 같이 되었군. 작년도 올해도 이렇게 떨어져 지냈는데, 내년에는 또 어찌 되려나. 매번 이런 생각이 들면 서운한 마음을 견딜 수 없네그려.

나는 조용히 띳집에서 지내며 책 속에 파묻혀 글만 읽고 있으니, 본분에 맞는 즐거움을 만끽하고 있다고 해야겠지. 그러나 연로하신 아버지께서 해변에서 객지 생활을 하시는데 변변찮은 음식이라도 대접해 드리지 못하니, 부모 봉양 잘하는 까마귀[4] 보기 부끄러울 따름이네.

서이수徐理修는 병이 많아서 때때로 장난삼아 낡은 붓을 가지고 연꽃을 그리며 적막한 심정을 달래기도 하고, 유득공柳得恭은 심양瀋陽에서 만주 황제의 15만 기騎를 보고 왔다고 하니 좋은 구경을 했다고 할 만하네. 또 박제가朴齊家는 수시로 찾아와 손을 잡고 마음에 품은 생각을 털어놓는데, 울분이 치솟는 그 씩씩함을 달래 줄 수 없으니 어쩌겠는가.

취설옹醉雪翁(유후柳逅)께서는 갑자기 세상을 떠나셨네. 아아, 아흔 평생 정성을 다하시고 깨끗한 몸으로 돌아가셨으니 온전한 분이라 할 만하겠지. 후배인 나는 어디서 이런 분을 다시 볼 수 있으려나.

원중거元重擧께서는 늘그막에 낮은 벼슬을 했지만 오래도록 승진을 못 하고 있으니, 벼슬을 그만두면 은거할 장소를 마련할 돈도 장

4 까마귀는 태어난 후 60일 동안은 어미가 물어다 주는 먹이를 먹고 자란다. 이후 다음 60일은 거꾸로 새끼가 어미에게 먹이를 물어다 준다. 이런 이유로 까마귀를 반포조反哺鳥라고 부르기도 한다.

만하기가 갈수록 어렵다네. 우리 무리의 궁핍함이 어찌 이런 지경에 이르렀단 말인가. 이 어른은 온화하고 조용하며 청백하고 정직하여 후배들의 모범이 되기에 충분하네. 그런데도 그를 알아주는 사람은 매우 적고, 나날이 귀밑털과 수염이 전부 하얗게 되는 등 쇠약해진 모습만 드러나는군. 이분은 자네가 어린 시절에 선생으로 모시던 분이니 보고 느낀 것이 많으리라 생각해서 나도 모르게 거듭 칭송하게 된다네.

신라의 유적지에 자네의 발자취는 몇 번이나 남겼나? 어찌 그리 왕성한지 부러운 마음뿐이네. 보내 준 시를 읽어 보니 알 수 있겠더군. 특히 "종일토록 사람은 단풍 사이를 거닐고, 황혼에 물든 절은 흰 구름 사이로 나오네.〔竟日人行紅葉裏, 黃昏寺出白雲中〕"라는 구절은 그 경지가 높고도 아득해서 박제가 등과 함께 무릎을 치며 서로 전해 외우고 있다네.

이 글은 윤가기에게 보낸 장문의 편지글로, 다양한 사연이 담겨 있다. 윤가기가 서울을 떠나 조용한 시골로 은거한 뒤라 자신의 주변 생활에 대해 시시콜콜 알려 주기 위해 띄운 편지였다. 술 마시고 기억을 잃은 얘기와 10년 전 함께 공부하던 때의 회상, 서이수·유득공·박제가 등의 친구들과 취설옹·원중거 같은 선배들의 안부까지 전하고 있다.

아흔의 나이에 유명을 달리했다는 취설옹은 유후柳逅라는 사람인데, 그는 당시 이덕무가 원중거와 더불어 가장 존경하는 인물이었다. 이덕무가 자주 찾았던 삼호三湖의 수명정水明亭은 바로 유후의 집이 있던 곳이다. 어린 시절부터 존경해 오던 분이 돌아가시고, 또 한 분은 벼슬을 그만두고 은거하고자 해도 집 한 칸 마련할 여력이 안 되니, 이를 지켜보는 이덕무의 마음 또한 안타까울 수밖에 없다. 단정한 몸가짐에 선비다운 풍모를 중시했던 이덕무가 기억을 잃을 만큼 술을 마셨다는 사실이 놀랍다. 원약허元若虛(원중거의 아들)가 보낸 운에 이덕무가 차운次韻한 「차원약허기운次元若虛寄韻」이라는 시에 스스로를 '술고래'라고 표현한 것이 있는데, 젊은 시절에는 이덕무도 술을 꽤나 좋아했던 모양이다.

친구들의 안부를 전하는 내용 중 유득공이 심양에 가서 만주 황제의 15만 기를 보았다고 한 부분은, 1778년 7월에 유득공이 심양에 오는 청 건륭제에게 문안정사問安正使로 가는 이은李溵의 막하가 되어 심양에 다녀온 일을 말한 것이다. 따라서 이 글은 1778년에 씌었고, 이때 이덕무 나이 서른여덟이었으니, 이덕무와 윤가기는 20대 때부터 10여 년 넘게 우정을 이어 온 돈독한 사이임을 알 수 있다.

아직 수염도 나지 않고 이마에 주름도 없던 10년 전부터 함께 공부하고 함께 노닐던 친구. 평생 헤어지지 말고 백발이 되도록 함께하자고 약속했는데, 어느덧 세월이 흘러 중년의 나이가 되어 각자의 자리에서 바삐 사느라 얼굴 한번 보기 어려운 것에 대한 아쉬운 심정을 드러내고 있다. 더구나 이제 멀리 이사까지 가서 더더욱 볼 수 없는 친구에게 글로나마 안부를 전하고 있다.

「윤증약가기尹曾若可基」 2, 1778년, 38세

"호미 한 자루를 사서 보냅니다.
벼슬하는 것 또한 농사짓는 것과 같으니,
농사지을 때처럼 계획을 잃지 않고
수시로 잘 가꿔 줘야 합니다.
벼슬살이하는 사람은 장차
무엇을 호미 삼아 계획을 세우고
가꿔 나가야 하겠습니까?"

성대중에게

요사이는 벼슬하는 마음이 온갖 나물 뿌리를 씹는 맛과 같을 뿐이라서 한 가지 일도 제대로 처리하지 못하고 있습니다. 만일 강후康候가 지금 세상에 살고 있었다면, 나는 칭찬은커녕 꾸지람만 들었을 겁니다.[5]

『열하기熱河記』는 마치 화엄華嚴의 누대樓臺와 같아 별안간 나타났지만 천하의 기서가 되기에 부족함이 없습니다. 전체의 평점評點은 모두 자기 스스로 한 것이고, 나는 그저 가끔 도왔을 따름입니다. 매번 연옹燕翁 박지원朴趾源을 만날 때면 꼭 큰 소리로 읽고 기쁜 마음으로 칭찬하였습니다. 그러고는 그의 태도를 살펴 "이 책은 허황되었습니다."라고 하면, 그는 이를 이상히 여기고는 "무엇을 말하는 것인가?"라고 다시 묻습니다. 그러면 저는 이렇게 대답합니다. "풍윤인豊潤人에게 대답한 말 가운데 '이덕무와 박제가를 모두 나의 문도라 한다면, 이는 공자와 노자의 문도들이 서로서로 제자라고 하는 것과 무엇이 다르겠는가?'라는 구절이 있으니 어찌 허황된 책이 아니겠습니까?"

이에 연옹이 손을 내저으면서 "말을 자주 하지 말게. 다른 사람이

5 송나라의 왕신민汪信民이 "사람이 항상 나물 뿌리만 먹고도 살 수 있도록 훈련이 되어 있다면 무슨 일이든 할 수 있다."는 말을 하자, 이 말을 전해 들은 송나라 유학자 강후(호안국胡安國)가 무릎을 치면서 왕신민을 칭찬해 마지않았다고 한다(『소학』「선행善行」).

알까 두렵네."라고 하기에 서로 껄껄 웃으며 헤어지곤 하였습니다. 그러나 그의 글은 참으로 특이하고, 그 사람 또한 준걸합니다.

호미 한 자루를 사서 보냅니다. 벼슬하는 것 또한 농사짓는 것과 같으니, 농사지을 때처럼 계획을 잃지 않고 수시로 잘 가꿔 줘야 합니다. 벼슬살이하는 사람은 장차 무엇을 호미 삼아 계획을 세우고 가꿔 나가야 하겠습니까? 노형께서는 당연히 잘 알고 계시리라 생각합니다.

성대중成大中(1732~1809)에게 보낸 척독이다. 무엇보다 『열하일기』에 대한 언급이 있어 흥미롭다. 이덕무는 『열하일기』를 별안간 나타난 '천하의 기서'라고 이야기하면서 박지원 또한 '준걸한 인물'이라고 평가하고 있다.

또한 벼슬살이의 힘듦을 토로하고 있다. 이덕무가 적성 현감積城縣監으로 재직할 때가 1784년이니, 그즈음에 쓰인 글일 것이다. 연암이 열하를 다녀온 것은 1780년의 일이고 『열하일기』는 1783년에 완성되었으니, 『열하일기』가 세상에 나오자마자 많은 이들의 관심을 모았다는 것을 이 글을 통해 다시 한번 알 수 있다.

성대중은 이덕무보다 무려 아홉 살이나 연상이었다. 그럼에도 둘은 20년 이상 시문을 교류하며 친분을 나누었다. 성대중은 원중거를 통해 이덕무를 알게 되었다. 계미년(1763)에 성대중은 통신사로 일본에 가게 되면서 원중거와 동행했다. 이때 이덕무가 원중거에게 써 준 전별시(「서기 손암 원중거가 부사를 따라 일본에 가는 데 받들어 올림奉曾書記遜菴元丈隨副使之日本幷序」)를 보고는 이덕무의 뛰어난 재능을 알게 되었다. 이덕무의 재능에 크게 감탄한 성대중은 귀국하자마자 이덕무를 찾았는데, 그때가 1764년으로 당시 성대중은 서른셋이었고 이덕무는 스물넷이었다.

성대중과 이덕무는 모두 서얼이었다. 그러나 둘 다 정조의 은혜를 크게 입은 인물이기도 하다. 따라서 이덕무에게 성대중은 여러 방면에서 본보기가 되는 선배이자 동지였다. 이 편지 역시 타향에서 벼슬살이하는 괴로움을 토로하면서 선배 성대중에게 조언을 구하고자 보냈을 것이다. 이덕무가 성대중에게 보낸 척독은 모두 25편이 남아 있다.

「성사집대중成士執大中」, 1784년경, 44세경

유득공에게

지금 『팔가문초八家文抄』를 교정하고 베끼는 작업은 너무 손이 많이 가고 번거로워서 한 사람이 일시에 마칠 수 있는 일이 아니라네. 내가 며칠 동안 이 일에만 전념해 보았지만, 이것은 마치 정위精衛가 돌을 물어 날라서 바다를 메우려 하는 것과 같으니 언제 다 바다를 메울 수 있겠는가.[6]

평생 파리 대가리만큼 잔글자를 읽고 모기 다리만큼 가는 글씨를 써 왔지만, 지금 이 책은 글씨가 파리 떼 속에 드글거리는 대가리와 같고 새끼 모기의 다리 모양과 같아서 보기가 힘드네. 평생 눈만큼은 밝고 좋았는데 지금은 많이 나빠져 마치 비 온 뒤 맑게 개지 못해 무지개가 생기고, 봄이 아닌데 꽃가루가 흩날리는 것과 같으니 가엾지 않은가.

매일 그쪽의 당직 두 사람을 이쪽으로 보내 주어 여기 당직 한 사람과 함께 세 사람이 머리를 모아서 교정 작업을 할 수 있기를 진심으로 바라네.

6 정위는 중국 상고 시대부터 전하는 환상의 새로, 여름을 지배하는 염제炎帝의 딸 여왜女娃가 동해로 놀러 갔다가 물에 빠져 죽었는데 그 혼이 새가 되었다고 한다. 이 정위가 서산西山의 돌을 물어다 동해를 메우려 했다는 고사가 있다(『산해경山海經』「북해경北海經」).

1781년 5월 정조는 직접 당송팔대가唐宋八大家의 글 백 편을 뽑아서 『어정팔가백선御定八家百選』이라고 하고는, 이덕무에게 교정을 맡겼다. 현재는 『당송팔자백선唐宋八子百選』으로 알려진 책이 바로 이것이다.

이 글에서 이덕무는 책을 교정하면서 겪는 고충을 벗 유득공柳得恭(1749~1807)에게 토로하며, 자신의 일을 도와줄 사람을 보내 달라고 부탁하고 있다.

이덕무와 유득공은 모두 규장각奎章閣 검서관檢書官이었다. 검서관은 문학에 능한 선비를 뽑아서 교서校書, 사서寫書 등의 일을 관장하게 하는 직책으로, 1779년 정조가 학술 진작과 문예 부흥 정책의 일환으로 만든 관직이다. 이때 외각 검서였다가 내각으로 옮겨 온 이덕무는 규장각 직속 이문원摛文院에서 숙직했는데, 유득공은 여전히 외각에서 근무했던 터라 그곳의 직원을 보내 달라고 요청한 것이다.

이 글에서는 검서관 업무의 어려움을 토로하고 있는데, 그 표현이 매우 재미있다. 평생 동안 보던 책들도 글씨가 파리 대가리나 모기 다리만큼 가늘었지만, 지금 교정하는 『팔가문초』의 글씨는 파리 떼 속에 겹쳐 있는 대가리나 새끼 모기의 다리 같아서 무척이나 보기 힘들다고 이야기하고 있다.

「유혜보득공柳惠甫得恭」, 1781년, 41세

백동수에게

봄기운이 한창 무르익는 이때, 그대는 여전히 도성에 머물고 있는지 모르겠군. 나는 산수가 겹겹이 쌓인 천 리 밖에서 부모님을 그리워하고 있다네. 나는 지금 그대와 함께 회포를 풀고 싶지만, 그대는 친척들 사이에서 노닐며 객지 생활하는 이의 괴로움을 잊고 있겠지. 나는 날마다 포악하고 사나운 속인들을 상대하며 하는 일이라곤 빚이나 독촉하고 소송 문제를 판결하는 것뿐이라네. 그러나 거짓으로 화내는 것도 내 진심이 아니고, 남을 속여 복종시키는 것도 내 뜻이 아니라네. 그러면 결국에는 관리나 일반 백성이나 상하 모두가 잘못되는 결과가 생길 것이네. "승丞이여, 승이여!" 하고 외치고 싶으나 승 또한 어쩔 수 없네그려.[7] 더러 잠깐씩 한가한 시간이 생기면 대숲에 부는 바람 소리를 듣거나, 배꽃에 흐르는 비를 맞거나, 그림자를 돌아보며 스스로 즐기기도 하지만, 그 누가 이런 내 마음을 알겠는가?

처남이자 절친했던 벗 백동수白東脩(1743~1816)에게 보낸 척독이다. 이 글에서는 객지 생활에서 느끼는 괴로움과 자신의 뜻과는 상

7 한유의 「남전현승청벽기藍田縣丞廳壁記」를 보면 "승이여, 승이여! 나는 승을 저버리지 않았는데 승이 나를 저버리는구려."라는 구절이 나온다. 이덕무는 41세(1781) 때 함양 사근역沙斤驛 찰방察訪을 지냈는데, 여기서는 찰방의 직무를 수행하기가 어렵다는 뜻으로 말한 것이다.

관없이 백성을 대해야 하는 벼슬살이의 고됨이 잘 드러나 있다.

이 편지는 1782~1783년 즈음에 쓴 것으로 보인다. 이덕무는 1781년 12월부터 1783년 11월까지 사근역 찰방의 임무를 맡았다. 그가 부임해 있던 경상도 함양의 임소 뒤편엔 자죽紫竹 수백 그루가 있어서 바람이 불 때마다 꽤 운치가 있었다고 한다. 힘든 업무 중에도 조금이나마 한가해질 때마다 즐겨 찾던 대숲이 바로 이곳이었을 것이다.

지금 당장이라도 가슴속 회포를 풀고 싶었던 벗, 백동수는 누구일까? 백동수의 자는 영숙永叔, 호는 야뇌당野餒堂 또는 인재靭齋·점재漸齋로 알려져 있다. 두 사람은 어린 시절부터 알고 지낸 사이였는데, 1756년 백동수의 두 살 많은 누이가 이덕무와 결혼하면서 둘 사이는 더욱 가까워졌다. 이들은 집안에서는 깍듯이 예를 지켜야 하는 처남과 매부 사이였지만, 대문을 나서면 흉금을 털어놓는 둘도 없는 벗이기도 하였다.

백동수의 집안은 대대로 내려오는 무가武家로, 그 또한 무과에 급제한 무인이었다. 백동수는 의협심이 강하고 사람 사귀기를 좋아했는데, 훗날 장용영장관壯勇營將官을 지내기도 했다. 이러한 백동수의 기질은 이덕무가 그를 위해 지어 준 「야뇌, 백동수라는 사람」에서 자세히 살펴볼 수 있다.

「백영숙동수白永叔東脩」, 1782~1783년, 42~43세

정수에게

너무도 무료할 때에 친구가 갑자기 특이한 책을 빌려준다면, 이것은 회음후淮陰侯 한신韓信이 정오가 넘도록 낚싯대를 드리우고 있기에 빨래하는 아줌마가 왕손王孫이 굶는 것을 불쌍히 여겨 밥을 준 일과 꼭 같을 것이니, 얼마나 다행한 일이겠는가? 나는 백 가지 중에 한 가지도 잘 하는 것이 없지만, 그저 두 눈알을 가지고 있어서 책만은 환히 꿰뚫어 볼 수 있으니, 『팔전八箋』을 뽑아 보내 주면 좋겠소.

벗 정수鄭琇에게 보낸 척독이다. 『청장관전서』에는 정수와 관련된 글이 두 편 실려 있는데, 그중 하나가 이 편지글이다.

이덕무는 집이 가난해서 서적을 구입할 수 없고 남의 서책을 빌려 보는 경우가 다반사였다. 벗들에게 보낸 척독은 책을 빌리고 빌려주면서 주고받은 것이 많다. 이 글 역시 『팔전八箋』이라는 책을 빌려 달라 부탁하는 편지이다. 자신에게 책을 빌려주는 것은 마치 밥을 굶고 낚시하던 한신에게 밥을 가져다준 일과 같다고 말하고 있다.

이렇듯 이덕무의 척독에는 서정적 표현만큼 희학적戱謔的 표현도 자주 보인다. 이덕무의 글을 보고 박제가가 "그가 쓴 글을 보고 『세설신어世說新語』를 느끼는 이들도, 그의 가슴에 『이소離騷』가 가득 차 있는 것은 모르리!"라고 말한 바 있다. 즉, 이덕무의 글에는 슬픔과 비애를 드러낸 것도 있고, 유머를 담은 것도 있음을 말한 것이다.

「여정이옥수與鄭耳玉琇」

서이수에게

담뱃대 하나와 좋은 담배 한 근을 보내네. 이것은 비록 하찮은 물건을 주는 것이지만 매우 재미있는 일이라네. 우리가 하는 일은 어린 아이들이 상수리 열매나 조개껍질로 그릇을 삼고 모래를 모아 쌀이라 하고 부서진 사기그릇을 돈으로 삼아서, 주고받기도 하고 사고팔기도 하는 소꿉놀이를 하는 것과 너무도 흡사하다네. 그렇지만 거기에 지극한 즐거움이 있지. 그대는 어떻게 생각하는가?

벗 서이수徐理修(1749~1802)에게 보낸 척독이다. 서이수는 이덕무와 함께 규장각의 초대 검서관으로 발탁된 인물로, 서상수, 서찬수와 한집안 사람이다. 서상수徐常修(1735~1793)는 이덕무가 백탑동인 활동을 할 때 자주 모이던 관재觀齋의 주인이고, 서찬수徐瓚修는 이덕무의 매서妹壻이다. 따라서 서이수는 이덕무와 유년 시절부터 친분이 돈독했다.

이 글에서 이덕무는 담배를 선물하는 일이 사소하지만 아이들 소꿉놀이와 같은 유희로서 지극한 즐거움이 담겨 있다고 하였다. 즉, 아이들 소꿉놀이가 일정한 목적이나 지향이 없는 그냥 놀이인 것처럼 자신의 글도 목적이나 큰 의미가 있는 것은 아니지만 거기에는 지극한 즐거움이 있다는 말로 읽을 수 있다. 평범한 일상에서 인생의 즐거움을 발견하는 행복, 이덕무의 글쓰기는 그러한 세계를 추구한다.

한문학은 상층 사족의 전유물로서, 성인의 말씀을 논하거나 고문 대책을 짓는 것이 일반적이었다. 여기서 벗어나서 단순히 재미나 오락물로 한문학을 사용하는 것은 한문학 본령에서 벗어난 것이었다. 조선 후기 문단에는 이러한 글쓰기 경향이 유행하였고, 정조는 특히 주의를 기울였다. 이덕무의 척독은 당시 문단에 유행하던 글쓰기 경향의 한 단면을 보여 준다.

「여서이중이수與徐而中理修」

"그제야 나는 알게 되었다오.

책을 읽어 부귀를 구하는 것은

모두가 요행을 바라는 술책이니,

당장 책을 팔아서

한 번만이라도 실컷 취하고

맘껏 먹고 싶은 것이 솔직한 심정이지

가식으로 꾸미는 거짓이 아니라는

것을 말이오.

아아, 그대는 어떻게 생각하시오?"

이서구에게 1

내 집에서 가장 좋은 물건은 단지 『맹자』 일곱 편뿐인데, 오랜 굶주림을 견디다 못해 끝내 돈 2백 전에 팔아 버렸다오. 그 돈으로 밥을 잔뜩 해 먹고 희희낙락하며 영재泠齋(유득공)에게 달려가 크게 자랑을 했다오. 그런데 영재도 굶주린 지 이미 오래되었던 터라, 내 말을 듣고는 즉시 『좌씨전』을 팔아서 남은 돈으로 내게 술을 사 주었다오.

이는 맹자가 직접 내게 밥을 지어 먹여 주고, 좌구명이 손수 내게 술을 권한 것과 무엇이 다르겠소. 그래서 맹씨와 좌씨를 한없이 칭송했다오.

하지만 우리가 1년 동안 이 책들을 그저 읽기만 했다면 어찌하여 조금이나마 굶주림을 면할 수 있었겠소? 그제야 나는 알게 되었다오. 책을 읽어 부귀를 구하는 것은 모두가 요행을 바라는 술책이니, 당장 책을 팔아서 한 번만이라도 실컷 취하고 맘껏 먹고 싶은 것이 솔직한 심정이지 가식으로 꾸미는 거짓이 아니라는 것을 말이오. 아아, 그대는 어떻게 생각하시오?

이덕무가 이서구李書九(1754~1825)에게 보낸 척독이다. 그러나 수신자를 염두에 두고 쓴 편지라기보다는 스스로에게 말하는 독백과 같은 문장이다.

책을 평생의 벗으로 여기며 살아온 이덕무와 유득공이 굶주리다 못해 배곯는 일을 면하고자 평생 친구인 책을 내다 팔고, 그 돈으로 함께 밥을 먹고 술잔을 기울이며 희희낙락하는 모습이다. 책을 읽어 부귀를 바라는 것은 요행을 바라는 일이라며, 차라리 책을 팔아 끼니라도 채우는 것이 낫지 않겠냐고 묻는다. 표면적으로는 해학적인 글인 듯 보이나 궁핍한 현실을 절감하는 불우한 심정이 짙게 묻어난다.

「여이낙서서구서與李洛瑞書九書」 1

이서구에게 2

나는 단것을 마치 오랑우탄이 술을 좋아하고 원숭이가 과일을 즐기는 것만큼 좋아한다오. 그래서 내 친구들은 단것을 보면 나를 생각하고, 단것이 생기면 내게 주곤 했는데, 오직 박제가만은 그리하지 않았소. 박제가는 세 번이나 단것을 먹으면서도 나를 생각하지 않을뿐더러 주지도 않았소. 어떤 때에는 남이 내게 준 것까지 빼앗아 먹곤 했다오. 친구의 의리상 허물이 있으면 바로잡아 주는 것이 당연하니, 그대가 나 대신 박제가를 깊이 나무라 주기 바라오.

이덕무는 척독을 통해 자신의 주변에서 일어나는 일상의 크고 작은 일들을 진솔하게 털어놓았다. 그래서 그의 척독에서는 다양하고 재미있는 사연을 많이 접할 수 있는데, 이 글에서도 이덕무의 새로운 면모를 발견할 수 있다.

고고한 선비 이덕무. 주린 배를 잡고 책을 읽던 선비 중의 선비 이덕무가 단것을 그토록 좋아하는 줄 알면서도 주기는커녕 빼앗아 먹는 박제가를 원망하고 있다. 아니, 그저 원망하는 데 그치지 않고 이서구에게 이를 알려 혼내 달라고 당부까지 한다.

이덕무는 평생 단것을 무척이나 좋아했다고 한다. 한번은 벗이 단감 백 개를 보내 주었다. 이에 이덕무는 "내가 평소에 단것을 무척이나 좋아하는데 그대가 감 백 개를 보내 주었으니 나는 그대를 백

번 떠올리게 될 것이네. 감을 한 개 먹을 때마다 한 번씩 그대를 생각할 것인데, 그대가 백 개를 주었으니 백 번 그대를 생각하지 않겠는가."라고 고마움을 표한 적도 있다.

이덕무와 박제가, 이서구, 그들이 누구인가? 한 시대를 풍미하던 학자들이 아니던가? 그들을 떠올리면 점잖게 책 읽는 모습이 아른거리는데, 군것질거리로 다투는 모습이라니. 상상만으로도 절로 웃음이 난다.

「여이낙서서구서與李洛瑞書九書」 2

이서구에게 3

나는 예전부터 우리나라에 좋은 책이 세 가지 있다고 생각했소. 바로 『성학집요聖學輯要』와 『반계수록磻溪隨錄』 그리고 『동의보감東醫寶鑑』이오. 하나는 도학을 말한 책이고, 하나는 경제를 살핀 책이며, 하나는 사람을 살리는 방도를 기록한 책이니, 이 모두는 유학을 공부하는 사람들의 일이라 할 수 있소. 도학은 사람의 근본을 연구하는 일이니 숭상해야 할 것이오. 그런데 요즈음 세상에는 시문만 숭상하고 경제는 멸시하니, 의술이야 그 누가 밝히겠소?

옛날부터 전해 오는 아름다운 이야기가 두 가지 있소. 진명경陳明卿은 섬세하고 엄격한 문인이었지만 경제에 몰두했고, 왕자안王子安은 진지하지 못하고 가벼운 사람이지만 재주 있는 선비로 의술에 통달하였소. 나는 예전부터 이 두 사람을 이상하게 생각하기보다는 좋아했소.

지금 그대는 침착하고 슬기로우며 타고난 재주를 갖추었고 나이 또한 한창이니, 문장을 짓는 데만 노력하지 말고 항상 이와 같은 진실한 마음으로 사물을 사랑하는 일에 모든 마음을 기울인다면, 이 세상을 헛되이 살았다는 탄식은 아마도 하지 않게 될 것이오.

나는 케케묵은 창고 속 누런 곡식과 같으니 이제 와서 무슨 할 말이 있겠소. 이 두 권의 책을 보내면서 내키는 대로 세 권의 책을 더 뽑아 보내니, 이미 읽은 것이라면 다시 보지는 마시오.

이덕무는 이 편지에서 좋은 책 세 가지를 소개하고 있다. 그가 고른 좋은 책 세 권은 『성학집요』, 『반계수록』, 『동의보감』이다. 각각 도학, 경제학, 의학에 관한 책으로 학문하는 이가 염두에 두어야 할 사항을 담고 있다. 독서를 할 때에는 치우침이 없어야 하고, 학문을 할 때에는 실용적인 공부를 해야 한다는 당부에서 이덕무의 평소 생각을 엿볼 수 있다.

이서구에게 이덕무는 책을 읽고 공부하는 데 있어 스승 같은 존재였다. 실제로 1766년 이덕무는 대사동大寺洞에 거주하면서 이서구와 그의 사촌 동생 이정구李鼎九의 가정교사를 하기도 했다. 이서구의 『자문시하인언自問是何人言』에 실린 「수초연암집서手鈔燕巖集序」에도 "이웃의 이씨에게 학업을 배웠는데, 이씨는 자가 무관懋官이었다."는 대목이 있어 이러한 사실을 확인해 준다.

하지만 이 둘은 사제지간이라기보다는 학문적 지향점이 같은 동지이자 지기로 평생을 함께했다. 이덕무의 아들 이광규 또한 '선배 중 아버지와 가장 교분이 두터운 이'로 이서구를 꼽을 만큼 둘의 친분은 남달랐다. 이서구는 이덕무의 묘지명을 지어 주기도 했는데, 그 글에서 그는 이덕무를 "품행이 제1이요, 식견이 제2요, 넓은 견문과 뛰어난 기억력이 제3이요, 문예가 제4라."라고 평가했다. 이서구가 이덕무를 아는 것은 마치 이덕무 스스로가 자신을 돌아보는 듯했다.

이덕무는 이정구에게도 많은 영향을 끼쳤는데, 이정구의 시집 『선서재시집蘚書齋詩集』의 서문을 이덕무가 썼다. 이 서문은 이덕무의 문집 『청장관전서』에는 실려 있지 않지만, 윤광심尹光心이 편찬한 『병세집並世集』에 그 내용이 실려 전한다. 그 글에서 이덕무는 "진실한 기쁨과 진실한 슬픔이 진실한 시를 만들어 낸다."고 했다.

「여이낙서서구서與李洛瑞書九書」 3

박제가에게 1

그대는 병의 원인을 아는가? 김인서金仁瑞[8]는 나쁜 사람이고 『서상기西廂記』[9]는 나쁜 책이라네. 그대는 병으로 누워 있으면서도 몸을 안정시키고 마음을 깨끗하고 여유롭게 가져서 걱정과 병을 없앨 생각은 하지 않고, 눈으로 살피고 붓으로 쓰고 마음을 쓰는 것이 김인서가 아닌 게 없네그려. 그러면서 의원을 불러 약을 의논하려고 하다니, 그대는 병의 원인을 깨닫지 못함이 어찌 그리 심한가?

바라건대 그대는 붓으로 김인서를 질책하고 직접 그 책을 불사른 다음, 나와 같은 사람을 거듭 초대하여 날마다 『논어』를 강독하도록 하게. 그러면 병이 나을 것이네.

나는 친척집 제사에 참석했다가 새벽에 비빔밥을 먹었는데, 그게 탈이 났는지 낮에 계속해서 변소를 예닐곱 번이나 드나들었네. 오후에 조금 나아지면 그대의 집 문을 두드릴 것이오.

내일 작관雀館, 물헌物軒, 서곽西郭의 유생들과 동교東郊의 단풍 그늘 아래에서 노닐며 하룻밤 묵고 돌아오기로 약속했네. 그대는 나쁜 사람의 피해를 입어 이 좋은 모임에 같이 어울리지 못하게 되었

8 김인서는 중국 명말청초의 문학가 김성탄으로, 당시에는 수준이 낮은 것으로 평가되던 희곡과 소설을 수준 높은 문학으로 평가하는 파격적인 사상을 가지고 있었기에, 『수호전』과 『서상기』를 『사기』와 『전국책』과 나란히 언급하기도 했다.

9 『서상기』는 중국 원나라 때 왕실보王實甫가 지은 잡극으로, 최앵앵이라는 미인과 백면서생 장생의 사연 있는 사랑 이야기를 다뤘다. 잡극은 송대에서는 1막물의 풍자극을, 원대 이후에는 4막물의 가극을 의미하는데, 특별히 원대의 잡극은 원곡元曲이라고 한다.

으니, 매우 안타깝기 그지없네.

낙서洛瑞(이서구)의 얼굴은 수척한 것이 마치 꼭두서니의 즙을 바른 듯 누렇게 되었다네. 그 가련한 모습이 보는 사람의 눈을 애처롭게 만드는군.

병으로 아파 누워 있는 박제가朴齊家에게 보낸 편지이다. 그러나 위로의 말보다는 도리어 『서상기』와 김성탄金聖嘆에 심취해 있는 박제가를 나무라고 있다.

박제가는 현실 개혁을 위해 중국의 선진 문물을 배워야 한다고 주장했고, 때문에 중국에서 유입된 소설을 즐겨 읽곤 했다. 그러니 소설 배척론자로 알려진 이덕무의 눈에는 박제가의 행동이 못마땅해 보일 수밖에 없었다. 이덕무는 박제가가 아픈 것이 모두 나쁜 책을 읽고 나쁜 사람의 꼬임에 빠졌기 때문이라며 나무란다. 그러면서 병에서 낫고자 한다면 의원에게서 약을 짓기보다는 먼저 좋은 책을 읽어 심기를 안정시키라고 조언하고 있다. 짧은 글이지만, 이를 통해 소설에 대한 이덕무의 생각을 다시 확인할 수 있다.

박제가를 나무라는 한편 배탈이 나서 고생한 자신의 근황을 들려준다. 이 이야기는 둘 사이가 얼마나 막역한지를 느끼게 한다. 사소한 일까지 거리낌 없이 털어놓는 이덕무의 모습에서 그의 솔직하고 순수한 면을 만나게 된다.

「여박재선제가서與朴在先齊家書」 1

박제가에게 2

어느새 해가 바뀌었네. 자네는 새해를 맞으면서 지난 일을 회상하는 서글픔을 어찌 달래고 있는가? 나는 서글픈 마음을 금할 길 없네. 늙으신 부모님의 기력은 날로 약해지는데 올해는 흉년까지 만났으니, 적은 녹으로 변변찮은 음식도 대접할 수 없기에 마음만 초조할 뿐이라네.

게다가 어리석고 둔한 재주가 이미 다하고 나이만 먹어 가니 오죽하겠는가. 그래서 내 처지를 가만히 생각해 보았네. 그런데 이런 일은 제쳐 두고라도 아침저녁으로 비바람 무릅쓰고 허둥지둥 이문원摛文院으로 달려가는데, 구겨져 각이 진 검은 두건은 임종林宗의 찌그러진 모자와도 같으니[10] 남들이 무엇을 본받겠는가?

못을 박았던 가죽신도 이미 다 닳았고, 나막신 또한 떨어졌다네. 이런 걱정들은 내 몸이 죽은 후에야 사라질 것이니 마음으로 받아들일 수 있지만, 내각에 누를 끼칠까 황공할 따름이라네.

요사이 서이중徐而中(서이수)은 고을을 다스리러 나갔고, 계지繼之(박종선)는 연경으로 갔으며, 성신聖臣[11]은 휴가를 얻어 당분간 평양으로 유람을 떠났네. 그래서 내 형제인 유득공과 유민이 서로 번갈

10 임종은 중국 후한의 이름 높은 사상가 곽태郭泰의 자이다. 어느 날 곽태가 길을 가는데 비가 와서 그만 모자 한쪽 귀퉁이가 찌그러지고 말았다. 이에 당시 사람들은 찌그러진 모자만 보면 곽임종의 모자라 하였다(『후한서』「곽태전」).

11 성신은 이덕무의 벗인 듯한데, 누구인지 알 수 없다.

아 가며 일을 처리하고 있는 형편이라네. 힘들다는 말은 감히 할 수 없지만, 힘이 부치고 피곤한 것을 어찌하겠는가.

지난번 옥당玉堂에 내린 비답批答 중에 성상께서 우리들까지 염려하고 걱정해 주신다는 말을 들었네. 나야 한편으로는 감격스럽기도 하지만, 한편으로는 송구스러워 몸 둘 바를 모르겠더군. 비답 중에 '인륜상칭人倫常稱'을 운운한 구절은 밤마다 천백 번 읽고 외웠는데, 그때마다 그 은혜에 보답할 수 있을까 염려되어 눈물이 흘러 옷깃을 적셨다네. 단지 그대와 손을 마주 잡고 오순도순 함께 진심을 토론하지 못하는 것이 한스러울 뿐. 그리고 태묘와 경모궁에서 특별히 허락하셔서 우리가 제사의 일을 주선하게 되었으니, 그 은혜에 병든 몸이 다시 살아나는 듯했네.

요즈음 비서秘書 성대중成大中이 부賦를 지어 대궐에 올렸는데, 평가받은 붉은 비점批點이 눈부시게 빛나더군. 그래서 임금께서 은혜에 보답하도록 명하시고는 북청도호부사라는 벼슬을 제수하셨다네. 직각直閣 남공철南公轍이 이를 위해서 전별연을 베풀었는데, 이 자리에 직각 서유구徐有榘와 승선承宣 이서구李書九, 그리고 나와 유득공柳得恭이 참석했다네.

우리는 모두 운을 내고 시를 지었는데, 이는 성상의 명령 때문이었네. 미천한 선비를 가엾게 여겨 보호해 주시는 고마운 뜻과 함께 글을 숭상하는 것을 크게 북돋아 주시는 훌륭한 말씀을 정성스럽게 각신閣臣에게 선포하게 하셨네. 보령재保寧宰의 감은문感恩文과 부여재扶餘宰의 송죄문訟罪文도 함께 올리게 하셨는데, 이 또한 이날의 은혜로운 말씀과 관계된 것이었지. 이에 대해서는 이미 각신의 관칙

關飭이 있었으니 받았으리라 생각하네.

대개 이 일은 남 직각의 책문에서 '고동서화古董書畵'라는 네 글자를 사용한 데서 시작되었네. 중원을 흠모하고 소설을 좋아하는 것은 근래의 고질적인 폐단이지만, 성상의 책망이 엄하여 남공철과 옥당 이상황李相璜에게 문계問啓의 명이 내려지기도 했네. 이 소식은 이미 저보邸報[12]에 났으니 그대도 당연히 보았겠지. 그 뒤에 심 대교待敎와 김 대교를 차례로 문책하셨는데, 이 일은 저보에 나지 않았네.

아, 정말로 이것은 순수하고 고풍스러운 풍습을 만회하고, 크고 고아한 문풍을 진작하려는 일대의 기회라네. 그대는 반드시 상세하게 충분히 살펴서 잘못을 뉘우치고 바른 데로 돌아오며, 성은에 감사하고 죄를 인정한다는 뜻으로 고문 한 편이나 칠언절구 10여 수를 짓도록 하게. 그러나 문장이든 시든 그 내용은 지극히 순수하고도 고아하게 하는 데 힘써야 할 것이네. 혹시라도 가볍고 화려한 말은 쓰지 말고, 글자나 구절을 쓸 때도 세속에서 말하는 소설이나 명말청초에 사용하던 일종의 천하고 경박한 말은 쓰지 않아야 하니 어찌하겠는가. 남공철과 이상황, 두 학사는 이미 사도邪道와 이단을 배척한다는 시문을 지어 올렸다고 하니, 그대도 다 지었으면 빨리 적어 내각에 올려 보내시게.

우리는 20년 전에 제자백가의 책들을 두루 읽었으니, 지식을 풍부하게 갖췄다고 말할 수 있을 것이네. 그래서 스스로를 박학으로

12 저보는 승정원에서 처리한 일을 날마다 아침에 적어서 반포하는 문서로 조보朝報라고도 한다. 곧 조정의 소식을 전하는 신문 같은 것이다.

유명한 정초鄭樵와 마단림馬端臨[13]과 같은 반열에 올려놓았고, 문장을 지을 때도 특별히 거짓된 문체를 분간하여 쓰지 말고, 스승을 섬길 때도 많은 스승을 본받자고 서로 맹세하였네.

대개 시 3백 편, 소부騷賦, 고일古逸[14]과 한·위·육조·당·송·금·원·명·청과 신라·고려·조선부터 안남·일본·유구의 시에 이르기까지, 3천 년 동안 주위 1만 리 사이에 눈으로 볼 수 있는 것은 하나도 빠짐없이 알아 가면서 스스로 옛사람보다 못한 것이 없다고 자부하였었네. 간혹 그중 좋아하는 것들은 종류에 따라 시험 삼아 모방하거나 거리낌 없이 장난으로 따라 하기도 했으며, 때로는 별도의 체제를 만들고자 했었지. 그러나 남이 받아 주지 않자 도리어 더욱 많은 이를 스승으로 삼아 본받다가 끝내 흠만 생겨서 맑고 탈속적인 경지에 이르지 못하게 되었는데, 그만 스스로 점점 물들어 가는 것을 깨닫지 못하였네그려.

나는 벼슬살이를 한 이후로 변변찮은 관리가 되어서는 시문을 짓지 않은 지 거의 15년이나 되었네. 더욱이 나이는 먹어 가고 재주는 퇴보해 가니, 진실로 문원文苑에 몸담을 수 없는 처지라네. 그러나

13 정초는 중국 남송 때의 사람으로 『통지通志』라는 역사서의 저자다. 마단림은 송말원초宋末元初의 학자로, 학문이 깊고 넓은 사람으로 유명하다. 『대학집전大學集傳』과 『문헌통고文獻通考』 등의 저작을 남겼다.

14 『시경』은 모두 305편의 시를 수록하고 있기에 시 3백 편이라 하면 『시경』을 말한다. 사부辭賦는 산문에 가까운 운문을 말하는 것으로, 초사楚辭와 한부漢賦를 통칭한다. 이 중 초사는 굴원의 「이소離騷」에서 비롯되었기에 소騷라고도 한다. 따라서 소부騷賦는 사부 문체를 가리킨다. 고일古逸은 옛날에 있던 것이 빠져 없어졌다는 의미이다. 따라서 고일시古逸詩는 중국의 고시 중 『시경』에 실려 있지 않은 시를 말한다.

좋은 운수를 타고 크게 앞길을 열 기회를 만난 데다가, 감히 나약하게 물러설 수도 없기에 부질없는 생각은 떨쳐 버리고, 억지로라도 노력해서 성상께서 유도하는 성대한 뜻을 저버리지 않으려 하네.

무릇 세상 사람들이 말하는 소설은 『삼국지연의』와 같은 부류인데, 이것은 음탕함과 도둑질을 가르치고, 인륜과 교화를 해치는 매체이니 왕정에서는 엄격히 금지되어야 하네. 그런고로 우리가 매우 싫어하고 깊이 배척해야 하는 것이니, 그대에게도 그렇게 하는 것이 피해가 되는 건 아닐 걸세.

그러나 나는 그대의 됨됨이와 성격이 남다른 것을 늘 유감스럽게 생각하였다네. 더구나 그대는 동방예의지국인 우리나라에서 태어나고 자랐으면서도 도리어 우리와는 다른 천 리 먼 중원의 풍속을 사모하고 있으니, 마음 쓰는 것이 어찌 그리 크고 넓은가? 심지어는 만주의 철보鐵保와 옥보玉保[15]의 무리를 형제처럼 여기고, 서장西藏의 황교黃教와 홍교紅教[16]의 부류를 친구처럼 보니, 세속에서 말하는 이른바 당벽唐癖, 당학唐學, 당한唐漢, 당괴唐魁의 명목이 모두 그대 몸 안에 집중되었다 하겠네. 이는 공공연히 알려진 사실이니 그대 또한 알고 있겠지.

그대의 박씨 가문은 우리나라의 토박이 성씨임에도 옛날부터 중

15 철보는 청나라 중기의 관료이자 서예가로 첩학帖學에 바탕을 둔 초서에 능했다고 한다. 첩학은 첩帖을 중심으로 하는 서도書道의 한 파로, 진晋나라의 왕희지와 왕헌지의 서법을 계승했다. 옥보는 철보의 동생이라 전해진다.

16 서장은 지금의 티베트를 뜻하고, 황교와 홍교는 모두 라마교의 분파들이다. 홍교는 불교와 티베트의 고유 신앙이 합쳐진 것으로 신도들이 붉은 모자와 옷을 착용한 데서 유래했고, 황교는 계율과 도덕적 교의를 엄격히 여기는 종파로서 황색 모자와 옷을 착용한 데서 유래했다.

국을 좋아하였지. 박구朴球는 대조待詔로, 박충朴忠은 시어侍御로, 박인범朴仁範은 제과制科에 올라 모두 당나라 조정에 들어가 벼슬을 하지 않았는가. 박불화朴不花는 원나라 때 자정원사資政院使가 되었고, 박소양朴少陽은 원나라 말기에 가족을 버리고 그리로 떠나서는 끝내 돌아오지 않았으며, 박사수朴士秀는 강희康熙 때 확산지현確山知縣이 되었고, 박보수朴寶樹는 현재 사역관四譯官의 서반序班이 되었으니 참으로 우습고도 우스운 일 아니겠는가.

보내온 엿과 포는 늙으신 부모님께 드렸네. 고맙고 또 고마우이. 그런데 종이는 길지가 않아 그새 다 써 버렸는데, 어떻게 계속 보내줄 수는 없겠는가?

제학提學 오공吳公께서는 이조판서라, 섣달그믐 전날 밤 기곡서계祈穀誓戒[17]에 참석하시어 그 서약하는 문장을 읽고는 집으로 돌아오셨네. 그리고 곧바로 잠자리에 드셨는데, 아침 늦게까지 인기척이 없어 시중드는 자가 살펴보았더니, 갑작스럽게도 이미 돌아가셨다고 하더군. 참으로 신선이라 할 만하지 않은가? 그러나 좋은 사람이 죽었다 하니 서글픈 마음 억누를 길 없군. 오공과 같은 후덕한 사람을 어디에서 다시 볼 수 있을꼬.

이덕무가 1793년 1월 5일 당시 부여 군수로 가 있던 박제가에게 보

17 기곡제는 정월 첫 신일辛日에 올리는, 한 해의 풍년을 비는 제사로 대개 임금이 친히 지냈다. 기곡서계는 기곡제의 제관으로 뽑힌 관원이 의정부議政府에 모여서 하던 일종의 서약식이다.

낸 편지다. 그간의 사정을 알리고, 자송문自訟文을 바칠 것을 권유하기 위해 쓴 글이다. 이덕무가 죽은 날이 같은 달 25일이니, 이 편지는 이덕무가 죽기 직전 거의 마지막으로 쓴 글이라 할 수 있다.

그간의 사정이란 다름 아닌 정조의 문체반정文體反正(1791)을 뜻한다. 문체반정은 이옥李玉이 과거 시험 응시작에 소설식 문투를 쓴 것이 발단이 되었다. 그러다 남공철南公轍이 책문에 '고동서화古董書畫'라는 네 글자의 패관잡기어를 쓴 것에 화가 난 정조가 그가 갖고 있던 지제교知製敎의 직책을 깎고 내각에 명하여 추문하였다. 고동서화는 골동품과 글씨, 그림을 통칭하는 말로 북학파 지식인들이 실학적 사고로 예술을 이해하고 감상하는 중요한 대상이었다.

정조는 이에 학자들로 하여금 조정에 자송문, 즉 반성문을 지어 바칠 것을 명하였다. 이덕무 역시 1월 20일 자송문을 지어 올리라는 명을 받았다. 그러나 그는 감기로 병석에 눕게 된 이후 병세가 위독하여 끝내 자송문도 올리지 못하고 임종하고 말았다.

이덕무는 섬세하고 여린 사람으로, 평소 서얼인 자신을 등용하여 뜻을 펼칠 기회를 준 임금의 은혜에 진심으로 감사하고 있었다. 그런 이덕무로서는 자송문을 지어 올리라는 임금의 명을 어길 수 없었다. 그래서 죽기 전날까지 자송문을 썼고, 임종이 다가오는데도 자송문을 지어 올리지 못한 것을 걱정하였다. 그런 이덕무가 박제가에게 편지를 보낸 것도 어찌 보면 당연한 일이다. 평소 박제가가 남다른 성격을 지니고 있었음을 알았던 이덕무는 박제가가 자송문을 짓지 않거나 소홀히 할까 염려되어 그에게 자송문을 지어 올리라는 권유를 하기 위해 이 글을 썼던 것이다. 이덕무의 편지를 받은 박제가는 「비옥희음송인比屋希音頌引」이라는 글을 지어 올렸는데, 그 내용은 다음과 같다.

"남들은 제 잘못을 두 가지로 말합니다. 그중 학식이 높지 못함은 분명 제 잘못입니다. 그러나 남과 본성이 다른 것은 제 잘못이 아닙니다. 이를 음식에 비유해 보겠습니다.

제사상의 자리를 놓고 말하자면, 기장과 좁쌀은 앞자리에 놓이고 국과 포는 뒷자리에 놓입니다. 맛의 경우, 젓갈에서는 짠맛을 얻고 매실에서는 신맛을 얻으며 겨자에서는 매운맛을 취하고 찻잎에서는 쓴맛을 선호합니다. 지금 소금이 짜지 않고, 매실이 시지 않으며, 겨자가 맵지 않고, 찻잎이 쓰지 않음을 책망한다면 그 책망은 정당합니다. 그러나 소금과 매실, 겨자와 찻잎에게 '왜 너희는 기장이나 좁쌀 같지 못하느냐?'라고 책망하거나 국과 포에게 '너희는 어찌하여 제사상 앞으로 가지 않느냐?'고 꾸짖는다면 이들이 뒤집어쓴 죄는 실정을 모르고 한 것이니 이로 인해 천하의 맛있는 음식은 모두 사라질 것입니다."

박제가는 임금이 지으라는 순정한 시문이란 개성이 없는 글이며, 임금의 명은 개성과 본성을 무시한 부당한 처사라고 비유를 통해 항변하였다. 그러고는 끝내 자송문을 지어 올리지 않았다.

박제가는 벗이 죽기 전까지 부탁한 마지막 당부를 끝까지 받아들이지 않았다. 그러나 천하의 둘도 없는 벗을 잃은 슬픔으로 누구보다 힘든 시간을 보냈다고 한다.

「여박재선제가서與朴在先齊家書」 2, 1793년, 53세

해설

이덕무, 사소한 것의 아름다움을 알았던……

모두 지극히 가늘고 지극히 미미한 것이지마는
그 속에는 너무도 오묘하고 너무도 무궁한 조화가 있다.

소품문 작가의 대표 주자, 이덕무

이덕무는 53세의 나이로 생을 마감하였다. 그가 죽은 뒤 정조는 몸소 사비를 내어서 이덕무의 문집을 간행하도록 하였다. 이에 윤행임이 발간을 주관하여 직접 서문을 짓고, 남공철이 서문과 묘표를, 박지원이 행장을, 이서구가 묘지명을, 성대중이 발문을 지어 유고집을 완성하였다. 당대 최고의 문사들이 이덕무 문집 간행에 참여한 것이다. 이는 정조의 명에 따른 것이고, 이덕무는 그만큼 정조의 총애를 받은 신하였던 것이다.

하지만 잘 알려져 있듯이, 이덕무는 문체반정의 대상자로 지목되어 정조로부터 반성문을 지어 바치라는 명령을 받았다. 문체반정文體反正은 정조가 당시 유행하던 문체를 순정고문으로 회복하고자 한 일련의 사건을 말한다. 정조는 당시 유행하던 명말청초의 문집, 소품, 패관잡기, 고증학 등이 문체를 오염시킨다고 생각해서 이를 배격하고, 전통적인 고문古文을 문장의 모범으로 삼도록 하였다. 그래서 패관소품의 문체를 쓰는 자들에게는 반성문을 제출하라 명령하거나 순정한 고문의 문장을 쓰면 상을 내리겠노라 회유하기도 했다. 결국, 문체반정은 당시 유행하던 문체의 유해성을 우려한 정조가 일으킨 순정고문 회복운동이었다. 그런데 정조는 문체반정의 주체이고 이덕무는 문체반정의 대상자였으니, 이덕무와 정조는 문학적 측면에서 대척점에 있었던 것이다.

그렇다면 이덕무의 문집을 사비로 간행해 주기까지 한 정조가 이덕무에게 반성문을 요구했던 까닭은 무엇인가? 이덕무 문학의 성격은 어떠했으며, 무엇 때문에 문체반정의 대상이 되었는가?

이덕무李德懋(1741~1793)는 조선 후기의 대표적인 소품문 작가이다. 정조는 이덕무의 문체가 완전히 패관소품에서 나왔다고 평가하였고, 박제가 또한 이덕무의 척독尺牘(편지글)을 명나라 말기 유명한 소품가인 이일화李日華나 진계유陳繼儒에 빗대기도 하였다. 그리고 이덕무의 유기遊記(기행문)는 유기로 이름이 높았던 왕사임王思任의 「천일天日」·「유환游喚」에 비할 만하다는 평가를 받기도 했는데, 이에 대해서는 이덕무 자신도 수긍하였다.

소품문은 조선 후기에 크게 유행하여 문단에 새로운 글쓰기 방식을 전개하였다. 그리고 그 가운데에 이덕무가 있었다. 이덕무에 대해 남공철은 "여러 책을 널리 보고 앞장서서 새로운 격조를 일으켜 근래의 비루한 습속을 깨끗이 씻어 버린 것은 무관懋官만큼 절묘한 사람이 없다."고 평가했는데, 이는 이덕무가 당시 문단의 케케묵은 학풍을 씻어 버리고 문풍을 새롭게 변화시켰음을 지적한 것이다. 이를 통해 이덕무가 당시 새로운 문풍을 이끈 선구자로 평가받고 있었음을 알 수 있다.

반쪽 양반, 서얼 이덕무의 생평生平

이덕무는 1741년 6월 11일, 서울 중부 관인방 대사동大寺洞(오늘날의 인사동)에서 부친 이성호李聖浩와 모친 반남 박씨 사이에서 2남 2녀 중 장남으로 태어났다. 그는 정종定宗의 아들인 무림군茂林君 소이공昭夷公의 10세손으로 왕족 출신이지만, 부친이 서자였으므로 서얼의 신분을 벗어날 수 없었다.

이덕무의 집은 매우 가난했고, 그의 아버지 통덕랑 이성호는 생계를 꾸리려고 남해 바다에 머물면서 이따금 집에 돌아오는 형편이었다. 따라서 이덕무는 자주 거주지를 옮겨 다녀야 했고, 어린 시절 대부분을 친척 집에서 보냈다. 외숙 박순원의 집, 계부 이성옥의 집, 이모부 여필주의 집 등으로 옮겨 다니며 살았고, 벗 남복수 집에서 우거하기도 하였다.

이덕무는 어려서부터 총명하고 지혜로웠으며, 책 베끼기를 좋아하고 글을 잘 지었다. 4, 5세 때 집안사람들이 이덕무를 잃어버렸다가 저녁때야 관청 벽 뒤 풀더미 속에서 찾았는데, 이덕무가 벽에 새겨진 옛글을 보는 데 몰두해서 날이 저무는 줄도 몰랐다고 한다. 6세 때 처음으로 글을 배웠는데, 아버지에게서 『십구사략』을 배우고 문리가 트였다. 선배가 정井 자를 글 제목으로 주며 시를 지으라 하자, 거침없이 "땅의 두터움을 믿는 사람이 우물을 판다.〔信厚人鑿井〕"

고 대답하니, 주변 사람들이 기특히 여기며 장래에 큰사람이 되리라 기대하였다고 한다.

16세에 동갑인 수원 백씨水源白氏와 혼인했는데, 그녀는 동지중추부사同知中樞府事 백사굉白師宏의 딸이자 평안병마절도사平安兵馬節度使 백시구白時耈의 증손녀이다. 그리고 그녀의 두 살 아래 동생이 장용영 무사로 정조의 호위무사였던 백동수白東脩이다. 이덕무와는 6, 7세부터 알던 사이였는데, 이후 처남 매부 사이가 되었고, 평생지기로 죽을 때까지 우정을 나눴다.

17세부터 본격적인 시작詩作 활동을 시작하였는데, 주로 벗들과 함께하는 시회詩會가 중심이 되었다. 이덕무의 문학 작품은 대부분 20대에 지은 것으로, 특히 20~24세에 가장 활발한 활동을 하였다.

25세에는 오랜 병환으로 고생하던 어머니가 돌아가셨고, 아들 이광규李光奎가 태어났다. 어머니를 잃고 슬픔에 빠진 이덕무는 한동안 저술 활동을 소홀히 하기도 했다. 26세에 백탑 근처 대사동으로 이사한 후에 이웃에 살던 서상수, 유득공, 이서구 등과 교분을 맺었고, 27세 봄에 백동수의 집에서 박제가를 만나게 되었다. 그리고 28세 때 박지원이 이덕무의 집 부근으로 이사 오면서 북학파 문인들과 본격적으로 교유하게 되었다.

34세 가을에 과거 증광초시에 합격했으나, 벼슬길에 나가 실제 관직을 맡았던 것은 아니었다. 38세에 서장관 심염조沈念祖를 따라 연행燕行을 가서, 청나라 문인들과 교유하고 중국의 많은 서적을 구입하였다.

39세에 정조에게 발탁되어 규장각 검서관에 임명되었다. 이후 죽을 때까지 검서관의 일과 함께 사근도찰방沙斤道察訪, 적성현감積城縣監 등을 겸직했는데, 바쁜 일정 탓에 이 시기엔 개인적인 저술이 현저히 줄었다. 그리고 53세 되던 1793년 1월 25일에 평소 과중한 업무로 인한 과로에 감기까지 겹쳐 죽음을 맞이하였다.

젊은 시절부터 죽을 때까지 이덕무가 일관했던 일은 독서와 저술이었다. 그는 20세에 지은 자서전에 스스로를 '책에 미친 바보〔看書痴〕'라고 했는데, 이는 그의 평생을 가장 잘 말해 주는 것이라 하겠다.

인생의 반쪽, 벗들과의 교유

이덕무는 특정한 스승을 모시지 않고 혼자 문리를 터득했기에, 그의 문학은 독서와 교유 관계의 영향을 크게 받았다. 특히 이덕무의 작품 활동이 벗들과의 시회詩會와 문회文會를 중심으로 이뤄졌기에, 그의 교유 관계는 이덕무 문학을 이해하는 중요한 열쇠가 된다.

이덕무는 연암일파의 일원으로 불리며 연암 박지원의 영향을 받은 인물 중 하나로 취급되었다. 하지만 이덕무의 벗을 언급할 때면 항상 거론되는 박지원, 박제가, 유득공 등은 사실 이덕무가 대사동으로 이사한 1766년, 즉 그의 나이 26세 이후에 만난 인물들이었다. 그리고 이덕무 문학의 정수는 대부분 20대 초반의 작품들에서 찾을 수 있다. 따라서 이덕무의 문학은 연암일파를 만나기 이전에 이미 형성된 것이었다.

이덕무의 교유는 대부분 서얼 문인을 중심으로 이뤄졌다. 물론 20

대 후반과 39세 이후 검서관 시절에는 사대부 문인들과도 교유했지만, 기본적으로 서얼이라는 신분의 한계에서 자유로울 수 없었다. 조선은 문벌과 적서嫡庶를 중시한 신분사회였기에, 적서의 통혼은 금기시되었다. 따라서 서얼은 서얼끼리 혼사를 맺고, 교유 범위도 주로 서얼에 국한되었다. 특히 이덕무는 내성적인 성격 탓에 많은 인물과 친분을 맺지는 못했고, 유년 시절에 교유한 대상은 주로 친척이나 이웃에 사는 몇몇 벗들뿐이었다.

이를테면 이덕무가 유년 시절 가장 많은 시간을 함께 보내면서 마음을 터놓고 의지했던 박종산朴宗山은 이덕무의 외사촌 동생이고, 평생 가장 두터운 친분을 유지한 이광석李光錫은 그의 족질이며, 백동좌白東佐 또한 이덕무의 처남인 백동수의 사촌이었다. 이규승李奎昇은 이덕무의 시 스승이었던 이봉환李鳳煥의 아들로 박제가·유득공과 사돈 간이었으며, 이덕무의 매제인 원유진元有鎭의 동서였다. 그리고 이덕무가 20세에 거처했던 장흥동 집은 남자휴南子休의 집이었는데, 남홍래南鴻來는 남자휴와 같은 집안사람이었다. 그리고 윤가기尹可基와 이형상李亨祥은 이덕무가 10대 때부터 교유를 맺어오던 절친한 친구들로, 특히 윤가기는 박제가·유득공과 사돈 간이었다.

서얼은 신분적 한계로 인해 관직에 나아가지 못하는 대신, 문학으로 나름의 일가를 이뤘다. 서얼끼리 모임을 열어 시를 논하고 문을 지으며 자신들만의 독특한 문화를 공유했다. 당시 서얼들은 자신들의 불우한 처지를 독특한 시체로 표현하기도 했는데, 이덕무의 시 스승인 이봉환이 창시한 초림체椒林體가 대표적이다. 초림의 '초椒'

는 산초 열매를 뜻하는데, 산초 열매가 혀를 얼얼하게 하는 것과 같이 '기괴하고 촉급하며 날카롭고 시큼한' 시풍을 특징으로 한다. 또 패관소품은 소설과 소품을 함께 이르는 것으로, 서얼들 사이에서 대단히 유행했다. 아마도 서얼은 사대부에 비해 사회적 의무감으로부터 자유로웠기에 문장도 틀에 박힌 격식에서 자유로운 패관소품을 선호했던 듯하다. 이렇듯 20대 초반까지 이덕무는 서얼들과 교유하면서 이들의 문화를 적극적으로 수용했다.

그리고 이덕무는 26세 때 백탑 근처 대사동으로 이사한 후 연암일파라 불리는 인물들과 본격적으로 교유했는데, 박지원, 박제가, 서상수, 성대중, 유득공, 유련, 이서구, 이인상 등이 이에 속한다.

이덕무가 대사동으로 이사 온 것은 1766년 5월 27일, 그의 나이 26세 때이다. 이때 서상수徐常修는 이미 대사동에 살고 있었고, 그의 아들 서유년徐有年은 이덕무에게서 글을 배우고 있었다. 이 시기 서상수는 박지원과 이미 교유하던 상태였다. 유득공은 5세에 아버지를 여의고 외가에 의탁해 있다가 1766년 18세 때 대사동 부근 경행방慶幸坊(오늘날의 낙원동)으로 이사해 오면서 이덕무와 교유하기 시작했다. 그의 숙부 유련柳璉(훗날 유금柳琴으로 개명함) 또한 한집에 거주하고 있었기에 이덕무와의 친분도 자연스럽게 맺어졌다. 1768년 마침내 박지원이 대사동 백탑 부근으로 이사해 오면서 이덕무를 비롯하여 인근에 거주하던 서얼 문인들과의 교유가 본격적으로 이루어졌다. 그리고 홍대용과 처남인 백동수, 그리고 박제가는 남산 아래 동네에 살고 있었는데, 박지원과 이덕무 등을 자주 방문하였기에 이들의 모임이 자연스럽게 결성될 수 있었다.

이들은 주로 서상수의 관재觀齋에서 모임을 가졌으며, 이 밖에도 윤가기의 삼소헌三疎軒이나 이서구의 소완정素玩亭, 몽답정夢踏亭, 읍청정挹淸亭 등에서 모여 시를 짓고 음악을 이야기하곤 했다. 이렇듯 백탑 인근에 모여 사는 문인들이 시회를 열어 문학을 논하고 학문을 연구하였다. 그래서 이들을 연암일파 혹은 백탑시파라고 칭하기도 한다. 이러한 교유는 1778년 박지원이 연암 골짜기로 들어가기까지 지속되었다.

그리고 39세 때 규장각 검서관이 된 후부터는 사대부 관료들에까지 교유 범위가 확대되기도 했다. 하지만 이 시기의 교유는 관직 생활을 위한 것일 뿐 인간적인 관계를 형성하는 데까지는 나아가지 못했다.

이덕무 문학의 정수, 소품문

이덕무의 저작은 『청장관전서靑莊館全書』라는 문집으로 남아 있는데, 71권 32책의 대단히 방대한 양이다. 그중 이덕무 문학의 정수는 단연 소품문이라 하겠다. 소품문은 비교적 사소한 제재를 경쾌하고 발랄하며 서정적인 문체로 쓴 짤막한 산문이다. 이덕무 소품문의 일단을 살펴보자.

① 이덕무의 소품문은 짧다. 한 편의 작품에 서술되는 언어의 양이 기존의 문장에 비해 대단히 줄었다. 이런 면모는 문체를 가리지 않는다. 147자로 이뤄진 서문도 있고, 53자로 이뤄진 논설문도 있

으며, 심지어 28자로 된 편지글도 있다. 이는 쓸데없는 격식이나 미사여구를 과감히 생략하고 전달하고자 하는 핵심만을 드러낸 결과이다. 따라서 이덕무의 문장은 편폭은 짧아졌지만 도리어 자신이 전달하고자 하는 요점은 뚜렷하고 간결하다고 하겠다.

> 무릇 시문이란 하나하나 한결같이 그 정신이 유동流動해야만 살아 있는 글이라고 할 수 있다. 만일 진부한 것을 답습하기만 한다면 죽은 글이 될 것이다. 일찍이 육경六經의 글 중에 정신이 살아 있지 않은 것을 본 적이 있는가?
>
> -「내제 박종산의 원고에 써 준 글」

박종산의 문집을 보고 써 준 글이다. 그러나 문집이나 문장에 대한 어떠한 설명도 없다. 단지 '시문이란 한결같이 정신이 살아 움직여야 하니, 진부한 것을 답습하지 말고 자신만의 개성적인 문장을 쓸 것'을 당부하고 있다. 아우의 문장에 진취가 있기를 바라면서 진정으로 하고자 하는 말만 하고 있을 뿐이다.

> 선도仙道는 무無이면서도 무이고, 불도佛道는 유有이면서 무이고, 유도儒道는 유이면서 유이다. 무이면서 무인 것은 허虛한 것이고, 유이면서 무인 것은 적寂한 것이고, 유이면서 유인 것은 실實한 것이니, 차라리 유이면서 유인 것을 할지언정 유이면서 무인 것이나 무이면서 무인 것을 하여서는 안 된다.
>
> -「유무설」

이 글의 제목은 「유무설有無說」이다. 즉, 유무에 대한 주장을 쓴 논설문이다. 그런데 겨우 53자로 이루어졌다. 편폭이 대단히 짧지만, 자신이 전달하고자 하는 요점은 분명하다. 유교·불교·도교에 대한 견해를 밝힌 것으로, 자신은 허무〔虛〕나 적멸〔寂〕보다 실질〔實〕을 중요시하므로 유교에 힘쓰겠다는 말이다. 유학자로서 자신의 견해를 간결한 필체로 서술하고 있다.

> 내가 어제 남한南漢에서 돌아왔는데, 물이 깊고 맑으며 하늘이 드높았소. 가을과 겨울에는 더욱 회포를 참지 못할 것이 산음山陰 길만 못하지 않소.
>
> -「이서구에게」

벗 이서구에게 보낸 척독이다. 어제 남한에서 돌아올 때 보았던 정경을 서술한 것으로 28자만으로 이루어진 문장이다. 좋은 경치를 보니 경치만큼이나 벗에 대한 회포가 간절함을 담아 전하고 있다.

② 이덕무의 소품문은 제재가 다양하다. 그리고 사소하다. 이덕무는 크고 추상적인 세계가 아닌 작고 구체적인 세계에 관심을 가졌다. 지금까지 눈여겨보지 않았던 세계에 관심을 가지게 되었고, 그동안 소외되었던 세계로 눈을 돌리게 되었다. 따라서 관념적이고 거대한 담론을 논하기보다는 일상의 사소한 것들을 이야기하게 되었다. 그의 문장에는 쥐·족제비·까치·벼룩·거미·눈·서리·귤·매미 등 기존의 산문에서는 관심 밖에 있던 보잘것없는 미물이 나오기도

하고, 거문고 타고 향 피우고 차와 술을 마시는 등 일상생활 속의 평범한 일들, 심지어는 얼굴 위 감각기관이나 눈을 감으면 일어나는 미묘한 현상까지 제재로 삼았다.

여름 저녁에 콩꽃이 핀 울타리 가를 거닐다가 거무죽죽한 거미가 실을 뽑아 줄을 얽는 것을 보니, 그 오묘함이 부처와 통할 듯했다. 실을 뽑아내고 끌어당기면서 다리를 움직이는 방법이 영롱한데, 때로는 멈칫거리며 의심하는 듯도 하다가 때로는 빠르게 휘두르며 움직이는 듯도 했다. 그 모습은 마치 보리를 심는 사람들의 발뒤꿈치 같기도 하고 거문고를 퉁기는 손가락 같기도 했다.

-「선귤당농소」 중에서

여름 저녁 우연히 보게 된 거미의 세계에 이덕무는 놀라움을 금치 못하였다. 거미는 주변에서 항상 볼 수 있는 지극히 보잘것없는 존재이다. 그런데 이덕무가 관찰한 거미는 더 이상 먼발치에서 무심코 바라본 거미가 아니다. 거미가 실을 뽑고 당기며 다리를 움직이는 모습을 자세히 살펴보면 그 미물의 세계에도 오묘한 자연의 이치가 있음을 발견할 수 있는데, 마치 불교의 이치를 깨달은 스님과도 같다고 말하였다.

그런가 하면 이덕무는 벗에게 보내는 편지에 시시콜콜한 일상 이야기를 허심탄회하게 적기도 했다.

나는 밥을 먹다가 돌을 씹어서 앞니가 부러져 여러 날을 고생하였는데 상처에 고름이 나므로 음식 씹기가 매우 불편하다네.

-「이광석에게」

나는 어린애들과 더불어 더위를 먹어 헐떡이고 있으니, 괴로운 일일세.

-「이광석에게」

나는 친척집 제사에 참석했다가 새벽에 비빔밥을 먹었는데, 그게 탈이 났는지 낮에 계속해서 변소를 예닐곱 번이나 드나들었네. 오후에 조금 나아지면 그대의 집 문을 두드릴 것이오.

-「박제가에게」

밥을 먹다가 이가 부러진 일이나 배탈이 나서 고생한 일, 그리고 더위 먹어 힘들었던 일 등은 지극히 개인적이고 일상적이며 사소한 사건이다. 이런 면모는 도덕적 가치나 철학적 사상 등의 고답적인 세계를 중시하던 기존의 문장 관행에서 벗어나 일상생활에서 겪는 삶의 모습을 진솔하게 담아내고 있음을 보여 준다. 이처럼 이덕무가 관심을 가졌던 대상은 지극히 가늘고 미미한 것이다.

어린아이가 울고 웃는 것과 시장에서 사람들이 사고파는 것을 자세히 관찰하면 그 속에서 무언가를 느낄 수 있고, 사나운 개가 서로 싸우는 것과 교활한 고양이가 재롱떠는 것을 가만히 관찰하면 그 속에 지극한 이치가 있음을 알 수 있다. 봄에 누에가 뽕잎을 갉아먹는 것과 가을에 나비가 꽃의 꿀을 채집하는 것 또한 하늘의 조화가 그 속에서 움직이고 있다. 만 마리 개미 떼가 줄지어 행진할 때 깃대를 흔들거나 북을 치지 않아도 자연스럽게 절도가 있고 균형을 맞추며, 천 마리 벌 떼가 집을 지을 때 기둥과 들보가 없어도 칸과 칸 사이의 간격이 저절로 균등하게 된다. 이것들은 모두 지극히 가늘고 지극히 미미한 것이지만 그 속에는 너무도 오묘하고 너무도 무궁한 조화가 있다. 그러니 높고 넓은 하늘과 땅, 가고 오는 옛날과 지금도 잘 관찰하면 또한 장관이고 기이하지 않은 것이 없다.

-『이목구심서』 중에서

이덕무는 울고 웃는 어린아이, 물건을 사고파는 시장 사람들, 싸우는 개, 재롱떠는 고양이, 뽕잎을 갉아먹는 봄누에, 꿀을 모으는 가을 나비, 행진하는 개미 떼, 저절로 형태를 갖추는 벌집 등에서 미묘함과 조화로움의 극치를 발견하였다. 따라서 작고 보잘것없는 대상에도 무궁한 조화가 있듯, 세상에 무가치한 것은 없고 문학으로 재현하지 못하는 대상은 없다는 것이다.

③ 이덕무 소품에는 감성적 분위기를 띠는 작품이 많다. 이는 주관을 중시하고 개체의 개성을 중시한 데서 기인한 것이다.

이덕무는 세상을 움직이는 거대한 이치를 궁구하기보다는 만물을 이루는 하나하나의 개체에 관심을 집중시켰다. 개체의 가치를 존중했기에 자신의 주관 또한 중시하게 되었고, 문장에 자신의 주관을 한껏 담을 수 있었다. 따라서 이덕무의 소품에는 주관적 감성이 중요한 문학적 요소가 되었다. 감수성은 외부 세계의 자극을 받아들이고 느끼는 성질이다. 이덕무는 이성적 판단보다는 대상을 감각하고 지각할 때 자신의 내면에서 일어나는 반응에 의존하였기에 그의 소품문은 감수성이 풍부하였다.

> 어린아이가 거울을 보다가 깔깔대며 웃는다. 뒤쪽까지 터져서 그런 줄로 알고 급히 거울 뒤쪽을 보지만 거울 등은 검을 뿐이다. 그러다가 또 깔깔 웃는다. 그러면서 어째서 밝아지고 어째서 어두워지는지는 묻지 않는다. 묘하구나, 구애됨이 없으니, 본보기로 삼을 만하다.
>
> -「선귤당농소」 중에서

어린아이는 현상을 포착할 때 그 현상이 '어째서 그러한가'라는 이성적 단계를 거치지 않는다. 단순히 있는 그대로의 현상을 받아들일 뿐이다. 어린아이는 거울 뒤가 탁 트였을 것이라는 자신의 생각과 달리 검은 판자뿐임을 보고는 이상하다 생각하지만, 왜 그런가를 논리적으로 따지지 않는다. 이와 같은 어린아이의 인식 태도에 대해 이덕무는 기존의 관념으로부터 구애됨이 없기 때문이라고 생각하고 본보기로 삼을 만하다고 하였다.

그리고 여기서 이덕무가 본받고자 한 어린아이의 인식 태도는 고정관념이 일절 배제된 순수한 눈으로 대상을 대하는 것이며, 이는 곧 영처嬰處의 눈으로 세상을 바라보는 것을 말한다. '영처嬰處'는 이덕무 문학론의 핵심 단어로, 어린아이의 타고난 천진天眞과 처녀의 순수한 진정眞情을 일컫는다. 곧 이덕무는 추리나 이성적 판단의 과정 없이 보고 듣고 느끼는 그대로를 받아들이는 어린아이의 순수한 인식 자세를 동경하며, 자신 또한 그러한 눈으로 대상을 바라보고자 했던 것이다. 그래서 객관적 사실보다는 자신의 주관과 감상을 위주로 한 글을 많이 남겼다.

높은 곳에 올라 먼 곳을 바라보니, 내가 보잘것없는 존재임을 더욱 깊이 깨닫게 되어 아득히 근심이 생겼다. 그러나 한탄할 겨를도 없이 저 섬에 사는 사람들을 생각하니 슬퍼졌다.

가령 탄환만 한 작은 땅에 해마다 흉년이 들고, 바람과 파도가 하늘에 닿을 만큼 치솟아 백성들에게 빌려줄 곡식마저 변통하지 못하게 되면 어떻게 할까? 해적들이 몰래 쳐들어와도 달아나 숨을 땅이 없으니, 모두 죽음을 당하게 되면 어떻게 할까? 용과 고래, 악어와 이무기가 뭍에다 알을 낳고 모진 이빨과 독한 꼬리로 사탕수수를 먹듯 씹는다면 어떻게 할까? 해신이 크게 성을 내어 파도가 넘쳐 와 마을의 집들을 덮쳐 하나도 남김없이 쓸어 가 버린다면 어떻게 할까? 바닷물이 멀리까지 밀려가 하루아침에 물길이 끊겨서 외로운 뿌리가 높다랗게 치솟아 앙상하게 바닥을 드러내면 어떻게 할까? 파도가 섬 밑동을 갉아먹어 오래도록 물에 잠겨 흙과 돌이 끝내 지탱하지 못하고 물결을 따라 무너져 버린다면 어떻게 할까?

-「서해여언」 중에서

이덕무가 황해도를 여행하다 장연 금사산에 올라 서해 바다를 바라보며 느낀 감회를 서술한 것이다. 높은 곳에 올라 바라본 주변 경관을 묘사하기보다는 망망대해를 바라보며 느낀 주관적 흥취를 토로하고 있다. 기행문은 여행지를 오가며 보았던 주변 경관과 각 고장의 풍속, 그리고 민간의 전설과 역사 등 객관적인 사실들을 생생하게 서술하는 것이 일반적이지만, 이덕무의 문장에서는 섬세한 묘사와 함께 주관적 감상을 토로한 것이 많다.

이는 이덕무의 개인적 취향 탓이기도 하지만, 이 시기 문인들의 자의식이 비대해진 데서도 원인을 찾을 수 있다. 조선 후기 문단에서는 중국의 것만이 아니라 조선의 것, 더 나아가 자신의 것의 가치를 중시하는 풍토가 유행하였다. 이러한 면모는 당시 문인들의 문집 이름에서도 알 수 있는데, 이용휴의 『환아잠還我箴(나로 돌아가리라)』, 심능숙의 『후오지가後吾知可(훗날 내가 알아주면 그뿐이다)』, 이서구의 『자문시하인언自問是何人言(이것이 누구의 말인지 스스로에게 묻다)』, 이홍재의 『자소집自笑集(혼자 보고 웃자고 쓴 글)』 등이 그것이다. 이덕무도 자신의 자字를 명숙明叔에서 무관懋官으로 바꿨는데, 이는 명숙이라는 자가 너무 평범하다는 이유 때문이었다. 이렇듯 자신의 가치를 존중하고 다른 이와 구별되는 자신만의 목소리를 갖고자 했으므로, 문장에도 자신의 주관적 감상을 많이 토로하게 된 것이다.

이러한 감성적 서술은 「선귤당농소」에 수록된 짤막한 문장에서 보다 두드러지게 나타난다.

만약 나를 알아주는 한 사람의 벗을 얻는다면, 나는 망설임 없이 10년 동안 뽕나무를 심고 1년 동안 누에를 길러 손수 오색실을 물들일 것이다. 10일에 한 가지 빛깔을 물들인다면 50일이면 다섯 가지 빛깔을 물들일 수 있으리라. 이것을 따뜻한 봄볕에 내놓고 말려서 여린 아내에게 부탁해 백 번 달군 금침 바늘로 내 벗의 얼굴을 수놓게 하리라. 그런 다음, 고운 비단으로 장식하고 예스러운 옥으로 막대를 만들리라. 이것을 가지고 뾰족

뾰족하고 험준한 높은 산과 세차게 흐르는 물이 있는 곳 사이에 펼쳐 놓고 말없이 서로 바라보다 뉘엿뉘엿 해가 저물 때면 품에 안고 돌아오리라.

간절히 원하지만 다정한 벗을 오래 머물게 할 수 없는 마음은 꽃가루를 묻힌 나비를 맞는 꽃과 같다. 나비가 오면 너무 늦게 온 듯 여기다가 잠깐 머무르면 소홀히 대하고, 그러다 날아가 버리면 다시 나비를 그리워하기 때문이다.

마음에 맞는 시절에 마음에 맞는 벗과 만나 마음에 맞는 말을 나누며 마음에 맞는 시문을 읽는 것. 이것이야말로 더할 나위 없는 즐거움이다. 그러나 어째서 이런 지극한 즐거움이 드문 것인가. 이러한 즐거움은 일생에 단지 몇 번 찾아올 뿐이다.

-「선귤당농소」 중에서

모두 벗에 대한 글이다. 하지만 벗에 대한 직접적인 서술이 아니라 벗이라는 대상에 대한 자신의 주관적 감정이 우선되고 있다. 감정의 직접적인 표출이라기보다는 세계의 자아화, 즉 대상을 서정적 자아 입장에서 해석함으로써 자신 내면의 서정성이 자연스럽게 표출되고 있는 것이다.

이덕무 소품문의 의의, 감수성

18세기 조선 문단에는 명말청초의 문집들이 대량 유입되면서 새로운 문풍의 변화가 일어났다. 특히 소설과 소품은 '패관소품'이라 칭해지며 엄청나게 유행했고, 조선의 문체에 크게 영향을 끼쳤다. 그러나 소설은 중국 소설에 필적하는 한문소설이 창작되지 못했고, 그 영향력도 소품에 미치지 못했다. 문인들이 집중한 것은 소품이었다.

이덕무는 소품에 특히 뛰어났다. 당시 소품이 대단히 유행했고, 소품 작가 또한 적지 않았지만, 이덕무만큼 감성적이고 감각적인 글을 쓴 이는 드물었다.

앞서 살펴보았듯이, 이덕무의 소품은 대체로 짧고 제재가 다양하다. 편폭이 짧다는 것은 격식에 얽매이지 않았다는 뜻이고, 제재가 다양하다는 것은 문학적 대상에 대한 인식이 확장되었음을 의미한다. 그리고 이러한 확대된 시각에 포착된 다양한 제재를 이덕무는 감성적 접근으로 표현해 내었다.

이덕무가 관심을 기울였던 것은 전체의 크고 추상적인 세계가 아니라, 전체를 세분화한 작고 구체적이며 개별적인 것이었다. 그리고 개별자 하나하나에서 가치를 발견했다. 개별자의 가치를 존중했기에 너와 나, 대상과 자아 모두를 중시하게 되었다. 그러므로 객체로서의 대상뿐만 아니라, 주체로서의 자아의 가치 또한 강조하게 되었고, 문장에 자신의 주관을 많이 개입시킬 수 있었다. 따라서 이덕무에게 세계는 고정된 것이 아니라 자신의 인식에 따라 달라지는 존재이며, 사회와 문화 또한 살아 움직이는 것이었다. 따라서 이덕무가 문학으로 재현한 세계는 이미 인식론의 전환으로 인해 확대된 세계였다.

조선은 성리학을 이데올로기로 삼은 사회이고, 고문은 성리학적 이념, 도의, 예 등을 문학으로 형상화한 것이다. 성리학은 대大를 위해 소小의 희생을, 전체를 위해 개체의 희생을 요구하였고, 고문에서는 개인적 감정의 표현을 경계하고 이성적 사고를 중시했다. 하지만 소품에서는 개인과 개성을 중시했기에 주관과 감성이 강조될 수 있었다. 따라서 소품은 문학일 뿐이지만, 그 이면에는 사상과 인식의 문제를 담고 있다. 그래서 정조는 "소품은 시문을 짓는 일에 불과하지만, 사학邪學을 제거하려면 마땅히 소품을 먼저 제거해야 한다."고 말한 것이다. 국왕이었던 정조는 당시 문단의 소품문 유행을 간과할 수 없었고, 이것이 정조가 문체반정을 일으킨 이유였다.

결과적으로 이덕무의 소품문은 개별자의 개성에 주목함으로써, 거대하고 추상적인 세계가 아닌 작고 구체적인 세계로 인식의 폭을 확대해 나갈 수 있었다. 그리고 이는 곧 '나'라는 가치의 발견, 개인의 주관과 감성의 가치를 존중한 결과였다. 그러므로 이덕무는 소품문이라는 새로운 글쓰기 형식을 통해 당대의 글쓰기와 가치 체계에 조용한 의문을 던졌던 것이다.